사물함 속 책 한 권

사
물
함
속
책
한
권

초판 1쇄 인쇄_ 2022년 02월 10일 | **초판 1쇄 발행**_ 2022년 02월 15일
지은이_쓰담쓰담 | **엮은이**_고연희 | **펴낸이**_진성옥 외 1인 | **펴낸곳**_꿈과희망
디자인·편집_윤영화
주소_서울시 용산구 한강대로 76길 11-12 5층 501호
전화_02)2681-2832 | **팩스**_02)943-0935 | **출판등록**_제2016-000036호
E-mail_ jinsungok@empal.com
ISBN_979-11-6186-119-7 43810

쓰담쓰담 지음
고연희 엮음

사물함 속 책 한 권

꿈과희망

프
롤로
그

학교.

버스 속에서 스쳐 지나는 초등학교를 보면 초등학교 때가 생각이 나고, 걷다가 어느 중학교를 보면 중학교 시절이 생각나고, tv 속 고등학교를 보면 또 나의 고등학교 시절이 떠오르곤 합니다. 학교는 그런 곳인가 봅니다. 학창 시절의 나의 모습, 친구의 목소리, 부모님의 표정, 선생님의 말투… 그 시절 풍경, 날씨, 기분이 이어지고 이어져 오늘의 나를 다시 만나게 하지요.

그렇게 만난 나를 보며 미소를 지을 수 있으면 얼마나 행복한 일일까요?

1년 동안 '쓰담쓰담' 아이들은 자신들의 고민, 갈등, 열정, 꿈, 희망,

슬픔, 절실함을 담아 이야기를 정성껏 만들어 갔습니다. 주인공을 만들고 주인공의 가족, 친구, 선생님들을 그려가며 10대들이 겪을 수 있는 이야기를 담았습니다. 쓰고 또 쓰고 고치고 또 고치는 과정에서 이야기 속 주인공이 되어 보기도 하고 주인공의 친구가 되어 보기도 하며 자신을 들여다볼 수 있어 의미 있는 시간이 되었으리라 생각합니다. 그만큼 또 성장하는 것이겠지요?

자신들이 품은 생각을 드러내기 위해 애쓴 흔적들이 곳곳에서 보여 대견한 마음과 응원하는 마음이 많이 들었습니다. 끝까지 최선을 다해 이야기를 쓰고 마음을 담아준 '쓰담쓰담' 학생들에게 고마움을 전합니다.

훗날, 오늘을 떠올렸을 때 미소 지을 수 있길 바라며…

2021년 10월
고연희 엮어 씀.

작
가
소
개

변송빈

마음 가는 대로 걷거나 낙서하는 걸 좋아한다.

상상을 자주 하는 편이다.

새로운 곳이나 호기심을 자극하는 것에 대해서 관심이 많다.

한편으론 편안하고 안정된 분위기를 좋아한다.

글에 진심과 울림을 담는 사람이 되고자 한다.

최샛별

영화 시청, 독서처럼 현실에서 잠시 벗어날 수 있는 활동을 좋아한다. 마블 영화를 좋아한다.

진로가 컴퓨터 그래픽 디자이너인 것도 마블 회사에 입사하기 위함이다!

내세울 수 있는 장점은 창의력이 풍부하다는 것이다.

때문에 비현실적이고 터무니없는 상상을 자주 하며 즐거움을 느끼는 편이다.

정다은

누가 취미가 무엇이냐고 물으면 당당히 그림 그리기와 글쓰기라고 얘기할 수 있었다.

그렇게 글을 쓰는 것을 좋아했으면서도 끝 한번 내보지 못했던 내가 드디어 이야기를 완성했다.

도서관이 좋아 도서부가 된 나는 이제 글에 마음을 더 두어 보려 한다.

나는 도서관과 그림 그리기와 글쓰기를 좋아하는 학생이다.

김가은

판타지, 예술에 관심이 있고 비현실적인 물체나 배경을 창조하는 것에 흥미가 많다.

내가 현재 직업으로 희망하고 있는 분야인 컴퓨터 그래픽에 대한 이야기, 나의 십 대 마지막을 이 책에 담아보려 했다.

조나은

음악. 예술. 패션.

아름답고 편안한 무언가들을 좋아한다.

책은 보는 것, 그 이상으로 무한한 상상을 하게끔 만든다.

나도 내 끝없는 생각과 영감을 적어나가 보려 한다.

라보미

이 글을 쓸 당시 17이었고, 현재는 18살 고 2인 05년생입니다.

단순히 글을 쓰는 것을 좋아하지만 책에 쓰여 있는 글을 통해 이야기를 전하고도 이야기를 들어보고도 싶습니다.

앞으로도 많은 책 속의 세상을 만들어 가는 게 꿈입니다.

이진

글쓰기에 재능도 없고, 표현하는 데 미숙한 부분이 많았으나 '쓰담쓰담' 동아리 부장으로 활동하며 많은 것을 배웠다. 글쓰기는 용기가 없던 내게 '하면 된다'는 것을 알려준 의미 있는 활동이다. 아직 여러 가지 면에서 미흡한 부분이 많지만 내 한계를 정하고 싶지 않기 때문에 계속해서 도전해 보고자 한다.

김보령

글 쓰는 걸 좋아한다. 누가 이미 써 둔 글을 만지는 것도 좋아한다.

좋아하는 노래를 틀어 둔 다음 노트북 앞에 앉아서 하루 종일 뭔갈 끄적이는 취미도 있고 읽기 편한 글을 쓰기 위해서 노력하고도 있다.

전서린

겨울에 태어났다. 그래서인지 계절 중 겨울을 가장 좋아한다.

겨울 날 따뜻한 이불 속에 들어가 잠을 자거나 아무것도 하지 않고 상상하는 것도 나의 소소한 취미 중 하나이다.

최근에는 자고 일어나서 꿈 일기를 쓰는 것에도 재미를 느끼고 있는데, 언젠가 상상만 하던 이야기나 꿈들을 직접 글로 적어 보려고 한다.

김여빈

주로 옛날 것들을 좋아한다.

옛날 노래나 옛날 만화들.

취미는 계속 바뀌지만 최근에는 영화 보는 것이 가장 재밌다.

매일을 '열심히'보다는 '즐겁게' 사는 것이 목표이다.

이수진

차마 말로는 하지 못한 것들이 글의 형태로 전해지기를 바라는 사람.

그 진심은 사라지지 않아 두고두고 볼 수도, 만질 수도 있다.

내 삶의 일부일 집필을 꿈꾸며 조금씩 나아가고 있다.

우유진

아름다운 이야기를 사랑한다.

때론 그림도 그리고

때론 독서도 하고

때론 음악도 듣는

이런 내 인생이 아름다운 이야기일지도 모른다.

그러므로 나는 오늘도 살아간다.

유지예

3월 27일 꽃샘추위가 한창일 봄에 태어났다.

싫어하는 것은 벌레, 좋아하는 것은 고양이다.

집과 밥 없이 길을 떠도는 고양이들을 챙겨주며 뿌듯함을 느낀다.

세상의 모든 사람과 동물이 행복해졌으면 하는 큰 바람을 안고 살아

간다.

윤안나

1월생이다.

책을 좋아한다.

만화책이든 소설책이든 종이에 적혀 있는 글을 읽는 것이 좋다.

앞으로도 걱정 없이 무탈하게 책을 읽으며 살고 싶다.

박연우

2004년 10월 10일에 태어났다.

좋아하는 색은 하늘색이고 하늘색 물건이 많다.

취미는 소설책 읽기이다.

소설책을 좋아해서 도서부에 지원했는데 그런 내가 소설책을 출판한다는 게 너무 설렌다.

서지예

도서관과 책을 사랑하고 이에 못지 않게 사진 찍는 것도 좋아한다.

책과 사진 모두 나만의 관점과 이야기를 담아낸다는 것에 매력을 느끼는데, 이번 기회에 소설책을 쓰게 됨으로써 삶의 목표 중 하나를 달성하게 되었다.

혼자 시원한 바람을 맞으며 산책하는 것도 좋아한다.

장도영

2022년 기준으로 19살이 되었다.

좋아하는 것은 노래듣기. 취미는 재밌는 영상 찾아보기이다.

또한 내 인생의 좌우명은 '현재의 나에게 최선을 다하자'로 지금 내가 하고 있는 일에 대해 최선을 다하며 살아가고 있다.

차례

그럼에도 다시

변송빈

강영지

　학교 정문을 나서자 환한 가로등 불빛이 비치는 거리가 이어졌다. 동시에 점퍼를 잘 챙겨왔다는 생각이 들었다. 오월에 가까워지면서 날이 조금씩 훈훈해지고 있었지만, 밤에는 걸치고 다닐 얇은 외투가 하나쯤 있어야 했다. 곧 버스에 오른 나는 의자 등받이와 창에 기대어 몸을 늘어뜨렸다. 야간자율학습을 마친 뒤였고 두둑한 책가방을 안고 있자니 쿠션을 안았을 때와 비슷한 기분이 들었다. 경직되었던 어떤 것이 풀어지는 듯한 느낌을 받으면서 나는 문득 휴대전화를 꺼내 들었다. 생각해보니 세민과 연락을 하지 않은 지 2주가 가까워지고 있었다.

　소담 아파트는 그 주변으로 많은 아파트가 있지만, 개중에서도 세대 수가 많기로 유명한 곳이었다. 세민이 지금 살고 있는 곳이기도 하다. 약 삼 년 전, 우리 가족이 이사하기 전까지는 나도 그곳에 살았다.

소담 아파트 단지는 직사각형 형태로 반듯한 모양을 가지고 있다. 그 단지의 중간쯤으로 가면 공원 하나를 볼 수 있는데 공원의 왼쪽으로는 상가로 이어지는 문, 사거리로 향하는 문이 있고 오른쪽으로는 근처 대형마트와 가까운 문, 그리고 아파트의 정문이 나 있다. 어렸을 적에는 그 공원이 마냥 넓다고 생각했지만 자라서 보니 여느 다른 아파트에 있는 공원과 비슷비슷한 규모였고, 또 지금 생각해 보면 그 시절에 느꼈던 그 어떤 광활한 자태를 느낄 만한 곳은 못 되었다. 어쨌든 초등학생 때 우리는 통행로의 중심이 되는 그 공원 근처에서 하루에도 몇 번씩 마주치곤 하였다. 그리고 가끔 세민은 쪼그려 앉아 외진 곳에 피어난 풀이나 꽃을 보고 있었다. 그런 이유로 열다섯의 여름 방학에 우리 집이 이사하기 전까지 나는 공원 옆을 지나갈 때마다 괜히 미어캣처럼 주변을 살펴보곤 했다.

세민을 처음 만난 건 초등학교 5학년 개학식 날이었다. 그날 아침에 나는 현관에 서서 오른쪽 발을 신발에 욱여넣느라 쩔쩔매고 있었다. 봄 방학식에 받았던 반 배정표에 따르면 같은 반이 된 아이 중 내가 아는 친구들이 몇 있었다. 오른발은 여전히 잘 들어가지 않았다. 아무래도 어젯밤 새로 운동화 끈을 묶을 때 너무 조여 묶은 것 같았다. 어느새 시계가 여덟 시 이십칠 분을 가리키고 있었다. 집에서 학교 정문까지는 뛰어서 오 분이 넘게 걸리는데 여덟 시 삼십 분까지는 교실에 도착해야 했다. 엄마가 주방에서 급히 달려나와 내 가방 안으로 물병을 집어넣었다. 십 초 가량 걸린 일이었지만 내게는 십 분처럼 느껴졌다.

"다녀오겠습니다!"

가방 지퍼가 잠기는 소리가 들리자마자 나는 운동화를 대충 구겨 신고 불도저처럼 현관문을 열어젖혔다. 되는대로 달릴 셈이었다.

"영지야! 신주머니 챙겨!"

엄마의 다급한 목소리가 등 뒤로 울려 퍼졌다. 아, 참. 신주머니. 나는 계단을 내려가다가 급하게 멈춰 서며 몸을 돌렸다. 순간 헐겁게 신고 있던 운동화에서 발이 미끄러지고 내 몸이 한쪽으로 기울었다. 우당탕. 순간적으로 오른쪽 발목에 감각이 모두 사라진 것만 같았다. 영지야! 괜찮아? …… 난 발목이 완전히 부서졌다고 생각했다.

병원에서는 내게 석고붕대를 감아 주었다. 나무처럼 딱딱한 붕대였다. 실제로 석고붕대를 감은 곳은 통나무가 된 것마냥 꼼짝할 수 없었다. 목발을 짚고 병원을 나서려는데 한숨이 나왔다. 언젠가의 엄마처럼 말이다.

엄마는 나를 학교까지 차로 데려다주고 돌아갔다. 내가 교실 근처에 도착했을 때는 이미 2교시까지 끝나 있었다. 쉬는 시간 종소리에 맞춰 재잘거리는 아이들의 목소리가 복도 가득히 퍼지기 시작했다. 나는 풋풋하고 열띤 공기를 가로질러 교실 안으로 들어갔다. 친구들 몇몇이 내게로 달려와 말했다. 괜찮아? 어쩌다가 다쳤어? 하필 새 학기 첫날부터냐…… 걱정하지 마, 이런 건 운수 뒤틀린 게 아니고 액땜하는 거랬어! 참, 자리는 저기야. 한 친구가 창가 쪽의 빈자리를 가리켰다. 앞에서 세 번째 자리였다. 그 옆으로 긴 머리로 반 묶음을 한 친구가 보였다. 그 애에게 다가간 나는 한 손을 흔들며 말했다.

"안녕?"

그 애 이름이 바로 윤세민이었다. 세민은 부드러운 인형 필통과 단정한 머리카락, 차분한 웃음소리를 가지고 있었다.

책상 위에는 그새 여러 가지를 했는지 종이가 3장이나 있었다. 무슨 용도인지 묻자 세민은 하나는 안내장, 하나는 자기소개 종이, 하나는 3교시 활동 종이라고 했다. 3교시에는 자기소개 종이를 바탕으로 다른 친구들과 친해지기 위한 활동을 할 예정이었다. 세민은 활동 종이를 다

채우려면 적어도 다섯 명의 친구와 이야기를 나눠야 한다고 했다. 그 말을 할 때 세민의 표정이 조금 어두워 보였다. 나는 세민과 함께 3교시 활동을 하기로 했다. 그러자 세민의 표정이 환해졌다.

세민은 내가 소담 아파트에 산다는 걸 알게 되자 내 발목이 다 나을 때까지 집에 함께 가주기로 했다. 내가 딱딱한 석고붕대를 풀고 온 날, 세민은 학교 건물 한구석에 피어나 있는 작은 풀꽃들 앞으로 나를 데려갔다. 지금껏 미처 발견하지 못했던 것들이었다. 어떻게 발견했느냐는 질문에 세민은 명료한 답을 내놓았다.

"좋아하니까."

소박하고도 독립적이게 한 자리를 차지한 그 풀꽃의 모습을 보면서 나는 어쩐지 세민과 비슷하다는 인상을 받았다.

세민은 어디서든지 내가 짚어내지 못하는 것을 보는 아이였다. 다만 아파트 단지 내의 공원에서는 나도 세민만큼이나 여러 것을 발견할 줄 알았다. 나는 종종 그 공원을 두르고 있는 트랙 위를 걷거나 공원의 놀이터 그네에 앉아 하늘을 올려다보고는 했다. 그 공원에서 달을 올려다보면 유독 달이 예뻐 보였다. 열두 살 무렵부터였다. 5학년은 내게 여러모로 스스로의 둥지를 틀어가던 시기였던 것이다.

열두 살의 그날, 금요일 저녁에 집에는 엄마와 나뿐이었다. 엄마는 저녁을 준비하고 있었고 나는 냄비 옆에서 어묵국 위로 김이 피어오르는 모습을 바라보다 틈틈이 엄마를 도왔다. 낮이 짧아지고 있던 시기였기에 식사 준비를 마치자 어느새 창밖으로 노을이 지고 분홍빛 구름이 떠다니고 있었다.

엄마와 나는 시기에 맞춰 색을 바꿔가기 시작한 나무를 바라보며 밥한 숟가락을 떴다. 한창 밥을 먹던 중에 엄마가 내게 말했다.

"네 책가방 지퍼가 고장 났다기에 엄마가 하나 주문했어."

엄마는 무언가를 해낸 사람처럼 뿌듯해 보였다.

"무슨 가방으로?"

내 물음에 엄마는 휴대전화를 들어 가방 사진을 보여 주었다. 인증 마크나 상표 같은 것들을 봐서는 좋은 것으로 보였다. 예쁘기도 예뻤다. 한눈에 봐도 근사해 보였으니 말이다.

"할인하고 있더라. 그때 안 샀으면 엄두도 못 냈을 거야. 유명하기만 한 게 아니라 품질도 좋다더라."

무엇인지는 몰라도 엄마가 무언가를 해내긴 해낸 거였다. 나는 그런 엄마의 모습을 보며 이상한 기분에 휩싸였다. 어묵국의 온기가 조금 갑갑하게 느껴지기 시작했다. 식사 준비 내내 틈만 나면 국이 끓고 있는 냄비 옆으로 갔던 탓인지도 몰랐다. 나는 밥을 다 먹고 난 뒤 밖에 나가 좀 걸어야겠다고 생각했다.

내가 아파트 단지 공원으로 갔을 때 그곳에는 아무도 없었다. 나는 놀이터 그네에 잠시 앉아 있기로 했다. 그네 주변은 사방이 모래였다. 어쩐지 담백한 그 분위기 속에서 나는 그네 손잡이 한쪽에 몸을 기대었다. 아무 생각도, 말도 떠오르지 않았다. 내가 앞뒤로 조금씩 움직이자 그네에서 끼익, 끼익, 소리가 났다. 조금 전, 집을 나서려는 내게 엄마는 문득 겨울이 오기 전에 단풍 여행이나 한번 가자고 했다.

"예전에 엄마가 말했었던 곳으로 가자. 거기 근처 숙소는 한 달 뒤까지 예약이 꽉 차 있는 경우가 다반사라고 해서 예약해 뒀어."

엄마가 예약한 곳은 다들 한 번쯤은 가 보고 싶어 하는 곳이었다. 단풍이 예쁘고 주변으로는 온통 맛집이 가득하며 그 근처에 새로이 들를 만한 여행지 또한 많은 곳. 엄마는 내게 숙소 예약 날짜를 일러주며 말했다.

"너도 좋잖아."

"싫지는 않아."

"그럼 좋은 거지."

나는 그 말에 별달리 할 말을 알 수 없었다.

"엄마가 여기 예약하고 날짜 맞추느라 애먹었다."

"…… 생각해 볼게."

그리곤 곧장 집 밖으로 향했다. 나도 나를 알 수 없는 순간이었다. 내가 가장 한심한 순간이기도 했다.

몸을 좀 움직이면 답답한 기분이 가실 것 같았다. 나는 그네에서 일어나 공원 트랙 위를 걷기 시작했다. 길 양쪽으로 나무가 자라 있었다. 걷다가 고개를 들면 양 나무에서 자라난 나뭇가지가 빽빽하게 또는 드문드문, 공간을 채우고 있었다. 그리고 그 사이로 틈틈이 달이 보였다. 노르스름한 달을 마주하고 있으면 좀 걷고 싶어질 때처럼 아무 생각도 안 들었지만 느낌은 전혀 달랐다. 달은 자꾸만 내가 그것을 다시 찾게 하였다. 그쯤 생각했을 때 문득 세민이 학교 화단에서 했던 말이 떠올랐다.

"좋아하니까."

나는 내 모든 것을 고요히 만드는 둥그런 달 아래서 다시 그네를 탔다. 선선한 바람이 천천히 불어오다 떠나갔다. 조금 후, 나는 일종의 습관처럼 집을 향해 발걸음을 옮겼다.

"우리 뭐 고르지?"

세민의 목소리에 나는 퍼뜩 정신이 들었다. 학교를 마치고 아이스크림 가게에 들어온 참이었다. 토요일 오전에 택배로 주문했던 가방이 오자 횡재했다며 기분이 좋아진 엄마와 함께 들렀던 곳이기도 했다. 그날 엄마는 내가 아이스크림을 다 보기도 전에 같은 아이스크림 두 개를 꺼내곤 말했다.

"이게 뒷맛이 깔끔하고 좋더라. 어때?"

"어…… 뭐. 근데,"

그 말에 엄마는 계산대로 향했다.

"넌 뭐 고를 거야?"

그새 세민이 아이스크림 하나를 골라 들고 내 옆에 다가와 있었다.

"저 아이스크림 어때?"

나는 주말에 먹었던 아이스크림을 가리키며 세민에게 물었다.

"뒷맛이 깔끔하긴 했는데 나는 별로였어."

세민의 대답을 듣고 조금 확신할 수 있었다. 뒷맛이 깔끔하다고 해서 그 아이스크림이 좋은 것도 아니고 좋지 않은 것도 아니라고. 둘 사이에는 필연적인 관계가 없다고. 나는 반대편에 있던 다른 아이스크림을 집어 들고는 세민과 함께 계산대로 향했다.

집으로 돌아가는 길에 나는 눈에 들어오는 것을 보며 생각했다. 누군간 싫어하겠지만 나는 마음에 드는 초록색 담장. 나는 마음에 들지 않지만, 누군가는 좋아할 회색 페인트가 발린 벽. 나도 그것들을 싫어하거나 좋아하는 한 사람이었다. 현관문에 다다랐을 때 나는 숨을 한 번 고르고 목소리를 가다듬었다. 잠금장치가 열리면서 익숙한 기계음이 났다. 내가 새로운 서막을 여는 중이었다.

* * *

윤세민

초등학교 5학년 개학식 날, 새로 배정받은 교실의 뒷문을 통해 나와 같은 반이 된 아이들의 모습이 보였다. 나는 집에서부터 잡고 왔던 가방끈을 다시 말아 쥐며 숨을 한 번 고르고 교실 안으로 들어갔다. 절반이 조금 넘는 자리가 이미 채워져 있었다. 첫날이라 그런지 몇몇 오가는 대화 소리가 민망하게 느껴질 만큼 미묘한 침묵이 감돌고 있었고 그 침묵 때문인지 교실 뒤편으로 막 들어섰던 나는 괜히 모두가 나를 바라보고 있는 기분이 들었다.

같은 반이 된 친구 중에 나와 친한 아이들은 아무도 없었다. 아이들이 많이 있는 곳으로 갈 생각은 들지 않았다. 마침 햇살을 가득 받을 수 있는 창가 자리 쪽이 한산했다. 앞에서 세 번째 자리였다. 나는 그쪽으로 다가갔다. 왼쪽에는 하얀 테두리의 창문이 있었고 그를 통해 자리에 앉은 내 등 뒤로 햇빛이 날아들었다. 나는 가만히 앉아 복도서 불어오는 봄바람을 타고 책상 위에 드리워진 그림자가 가늘게 떨리는 것을 바라보고 있었다.

언제나 그렇듯 개학식은 예년과 똑같이 진행되었다. 개학식이 끝난 뒤 나는 옆 분단에 앉은 친구들부터 복도 창가 자리에 앉은 반대편의 아이들까지 슬쩍 둘러보았다. 대부분은 옆자리, 뒷자리 친구들과 함께 웃고 떠들고 있었다. 내 옆자리는 아직 주인이 없었다.

2교시가 시작되자 교탁으로 나온 선생님은 싱긋 웃으며 우리와 인사를 나눴다. 친구 한 명은 오는 길에 발목을 삐어 조금 후에 도착할 거란다. 선생님은 그 친구를 기다리는 동안 자기소개 시간을 가져 보자고 했다. 곧 지시에 따라 교실 앞문에 가장 가까이 앉아 있던 친구부터 제각각의 인사를 건네기 시작했다. 아이들이 하나둘 일어날 때마다 내 머릿속은 처음 보는 아이들 이름을 한 번씩 되뇌는 동시에 한참 남은 내 차례를 미리 생각해 보느라 괜히 바빴다.

내 소개를 다 마치고 난 뒤 자리에 앉자 나는 괜히 얼굴이 화끈거렸다. 쿵쿵 뛰던 심장 소리가 조금씩 가라앉기 시작할 때쯤에 쉬는 시간 종이 울렸다. 교실 안이 다시 시끌시끌해지기 시작했다. 그 틈으로 단

발머리를 한 여자아이 한 명이 절뚝거리며 반에 들어왔다. 몇몇 아이들이 그 아이에게로 다가가 말을 걸었다. 그 아이는 자신에게 다가오는 아이들에게 멋쩍게 웃어 보이더니 내 옆으로 와 앉았다. 발목을 삐었다던, 내 옆자리의 주인이었다.

"안녕?"

그 아이의 이름이 바로 강영지였다. 3교시에 영지가 내 손을 이끌고 새 친구들에게 향할 때 나는 영지가 햇빛이 날아드는 내 자리를 가져도 상관없다고 생각했다.

영지는 언제나 내가 길에서 발견하는 것들에 대해 눈을 반짝반짝 빛내 주었다. 때로는 그 눈빛을 띠고 나를 바라보며 물었다.

"대체 어떻게 여길 발견하는 거야?"

우리 가족은 주말마다 산에 간다. 엄마와 아빠 모두 등산을 좋아한다. 달릴 수 있는 나이가 되었을 때 내가 그 일원이 되는 것은 아주 자연스러웠다. 산으로 가면 얻을 것이 많았다. 상쾌한 공기. 한층 더 달콤한 도시락. 가벼워지는 몸. 여러 가지 중에서도 난 무엇보다 그곳에서 만나는 수많은 풀과 꽃이 좋았다. 길을 갈 때 일종의 습관처럼 풀과 꽃을 찾는 것도 그 덕분이었다. 내게는 길을 걸어가는 일이 보물처럼 숨겨진 풀과 꽃을 찾아 나서는 일과 같았다.

다만 해가 지고 밤이 되면 누구나 그렇듯 집으로 돌아와야 한다. 그렇다고 흥미로울 게 없는 건 아니었다. 먼저 깨끗하게 씻고 뽀송뽀송한 이불에 누워서 가만히 눈을 감는다. 그럼 머릿속으로 낮에 봤던 풀과 꽃이 그려졌고 더 나아가 숲이 떠오르고 뜬금없이 언젠가 생각해 보던 외계인에 관해 다시 상상해 볼 수 있었다. 때론 그렇게 떠올렸던 것들이 꿈속에 등장했다. 그중에서도 외계인과 만났던 꿈은 내게 강렬한 기억으로 남겨졌다.

그 꿈속에서 내 눈에 가장 먼저 들어온 것은 어디선가 봤던 나무였다. 내가 서 있던 곳도 어딘가 익숙했지만, UFO의 빛 때문에 어디인지 쉽게 알아차릴 수는 없었다. UFO는 나뭇가지 사이로 강렬한 빛을 발하다가 어느 틈에 천천히 착륙했다. 확실했던 것은 내 주변에 사람들이 바글바글했다는 것이다. 나는 그 사람들과 UFO의 빛 속에서 헤매고 있었다. 그 틈에 외계인은 UFO에서 내려 몇 번 정도 주변을 둘러보더니 금방 나를 찾아왔다. 나는 외계인이 나를 그토록 쉽게 찾은 것이 신기하지 않을 수 없었다. 내 반응에 외계인은 싱긋 웃으며 말했다.

"넌 너잖아. 어떻게 몰라?"

영지를 만났던 5학년을 지나 우리는 함께 6학년이 되었다. 졸업 사진을 찍고 야영을 떠나는 동안 우리의 6학년은 지나갔고 어느새 영지와 나는 꽃다발을 든 졸업생 무리 속에서 사진을 찍고 있었다. 중학교 생활도 마찬가지였다. 영지가 이사 가기 전까지 같은 반은 한 번도 못 됐지만 우리는 누구보다 자주 만났고 사소한 거로 다투다 화해하곤 했다. 눈 깜짝할 사이에 초등학교 졸업에 가까워졌던 것처럼 중학교 졸업 앨범을 받아드는 날도 금세 찾아왔다. 그 틈에 중학교 시절은 모두 과거로 남아 사진 몇 장에 남겨졌다. 중학교 3학년의 겨울, 같은 반 아이들은 교실 한구석에 모여 쉬지 않고 재잘댔다. 모두가 고등학교 입학을 앞두고 있었다. 그 속에 있으면 몽글몽글한 마음 주위로 긴장감이 웃돌고 있다는 것이 느껴졌다. 우리는 십 대의 완전한 후반으로 향하는 중이었다.

겨울 방학식 때부터 줄곧 내리던 눈이 그친 날이었다. 며칠을 꼬박 내린 눈이 건너편 붉은 벽돌의 건물 위에 두껍게 쌓여 있었다. 검은 구름이 하늘을 뒤덮는 날이 계속 이어졌는데 그날 아침에는 햇살이 살며시 거리의 하얀 눈을 비추는 모습을 볼 수 있었다. 베란다 난간에 쌓인 눈도 햇빛을 받아 반짝였다. 나는 문득 눈의 결정이 떠올랐다. 크리스

마스 엽서의 한구석에 아로새겨져 있을 법한 모양 말이다. 웅크린 몸에 턱을 괴고 창밖 풍경을 바라보던 나는 어쩐지 그 순간이 끝나지 않을 것처럼 한동안 밖을 바라봤다.

"중학교 3학년 겨울 방학이 그렇게 중요하다 그러네."

엄마가 딸기가 담긴 소쿠리를 들고 오며 나를 흘끗 쳐다보는 게 느껴졌다. 나는 못 들은 척 창밖만 바라보았다. 큼, 엄마가 목소리를 한번 가다듬더니 나를 돌아보게 했다. 엄마는 세 장의 종이를 나란히 펴서 내 쪽으로 돌려놓고 판사가 판결 봉을 두드리는 것처럼 각각을 손바닥으로 내리쳤다.

"여기, 여기, 여기. 그래도 국어, 영어, 수학은 하자."

세 종이 모두 예비 고1 학생들을 대상으로 진행하는 국어, 영어, 수학 학원 겨울 방학 특강 홍보 전단지였다. 전단지의 색이 너무 다채롭게 느껴졌던 나는 금세 눈이 어질어질해졌다. 엄마의 주장은 간단했다. 다녀 보고 괜찮은 학원이다 싶으면 미룰 것 없이 정규반으로 들어가자고 했다. 학원에도 이미 그렇게 전했단다.

"원한다면 당장 오늘 테스트를 받으러 가도 된대."

엄마가 딸기 소쿠리를 탁상 한구석으로 밀며 말했다. 그래, 나는 오늘 학원 테스트를 보게 될 거였다.

그날로부터 이틀 뒤에 나는 책가방을 메고 수학 학원으로 향하는 버스에 올랐다. 거리 위로 사람들의 입김이 흘러 다니던 계절이었다. 나는 의자에 앉아 멍하니 창밖에 시선을 던졌다. 이윽고 버스가 덜컹거리며 도로를 달리기 시작했다.

강영지

　우리는 각자 다른 고등학교로 진학했다. 고등학교 2학년이 된 지금, 내가 사는 집에서 소담 아파트로 가려면 지하철을 타고 15분은 가야 했다. 내가 세민의 동네로 가는 날이 없는 것은 아니었다. 일주일에 두 번, 학원에 가기 위해 소담 아파트 근처로 가야 했다. 지하철을 타야 했기에 귀찮은 일이었지만 지금으로선 꽤 반가운 일이다.

　일주일 전, 소담 아파트 근처 학원가에서 세민을 만났다. 세민과 나 모두 수업에 가는 길이었기에 우리는 고작 몇 마디만 나누었지만 나는 어쩐지 세민의 분위기가 달라졌다고 느꼈다.

　돌아서서 걷는 세민의 뒷모습을 보던 나는 5학년, 세민을 처음 만났던 때가 갑자기 떠올랐다. 풀과 꽃 앞에서 무엇보다 반짝이던 그 애의 눈빛과 행동이 눈앞에서 아른거렸다. 학원으로 향하는 세민의 발걸음이 시든 배춧잎처럼 질질 끌리고 있었다.

　마침 오늘은 학원 수업이 있는 날이라 세민의 동네로 갈 예정이었다. 학원을 마치고 세민을 만나봐야 한다. 세민이 없었더라면 나는 아직 나를 찾지 못했을지도 모른다.

윤세민

　띠링. 휴대전화 알림이 울렸다. 눈이 번쩍 떠졌다. 책상 위에 놓인 공책이 조금 구겨져 있었다. 깜빡 잠이 들었던 탓이다. 탁상 등의 빛이 머리 위를 연신 쏘아댔다. 시곗바늘이 열 시에 가까워지고 있었다. 야자를 끝내고 집으로 와서 의자에 앉았는데…… 언제 엎드렸는지는 기억나지 않았고 다른 기억도 정확하지 않았다. 나는 탁상 등 불빛에 눈을 찡그리며 휴대전화를 집어 들었다. 내게 메신저를 보낸 사람은 영지였다.

-아이스크림 먹으러 나올 윤세민 구함.

피식. 웃음이 새어나왔다. 정신도 차릴 겸 잠깐 밖에 다녀오는 것도 괜찮을 것 같았다. 엄마는 시간이 늦었으니 열 시 삼십 분 전까지는 들어오라고 했다.

아파트 단지 공원 주변의 나무 사이로 영지가 보였다. 영지는 소프트 아이스크림 두 개를 양손에 들고 있었다. 오랜만이었다. 영지는 그네 위에 앉아서 무릎을 구부렸다 펴고 있었다. 양손이 자유롭다면 금방이라도 높이 올라가고 싶어 보이는 그 모습. 나는 왠지 십 년도 더 전에 그런 모습을 본 것 같이 느껴졌다.

"학원 일찍 마쳤네."

내 목소리에 영지가 고개를 들어 나를 바라봤다. 영지는 금세 웃으며 내게 아이스크림을 건넸다. 우리는 아이스크림을 먹으며 잠깐 수다를 떨었다. 내가 먼저 말을 시작했다. 그 과학 학원은 좀 다닐 만해? 다른 건 다 괜찮은데 수업 시간이 자주 바뀌어. 계속 다니긴 다니려고? 응, 그 쌤 수업이 그나마 잠이 덜 와서…… 넌 요즘 어때? 나도 이번에 바꾼 곳으로 계속 다닐까 싶어.

"말고. 좀 지낼 만하냐고."

영지가 무심한 듯 슬쩍 물었다. 그 말에 갑자기 전단지 몇 장과 함께 시작된 예비 고1 때의 특강 수업이 떠올랐다.

열여섯에서 열일곱이 되던 때의 겨울이 내게 남긴 것은 학원 수업과

학원 자료들뿐이었다. 그 과정은 세상 사람들이 그렇게 살아왔고 앞으로도 그럴 것처럼 모든 것이 자연스러웠다. 학원 수업을 듣는 동안 나는 한차례 회오리바람에 휩쓸리는 기분이 들었다. 내 눈동자는 아이들의 손놀림과 선생님의 목소리 크기에 따라 팽글팽글 돌아갔다. 선생님의 교육열에 모든 것이 불타 버린 듯한 그 수업들이 끝날 때면 또다시 모두가 일사불란하게 움직였다. 내가 가방을 메고 일어나는 사이 교실은 이미 텅 비어 있곤 했다. 돌아오는 길에도 언제나 버스는 덜컹거렸다.

집으로 돌아와 갑작스레 따뜻한 훈기를 맞으면 겨울바람을 쐰 내 뺨이 금세 붉어졌다. 그도 그럴 것이 방학 내내 밖에서는 모든 것을 바싹 말리고 얼려버릴 법한 추위가 이어지고 있었다. 그런데도 나는 종종 두꺼운 파카와 무거운 가방 때문에 땀이 나곤 했다.

수업이 끝나고 숙제 파일을 돌리는 동안 선생님은 여전히 수업 시간의 목소리 크기를 유지하며 말했다. 하루에 이 정도는 다 끝낼 수 있어야 해……. 얼마 안 되지? 모든 선생님은 약속이라도 한 것처럼 같은 말을 했다. 다만 숙제가 하나에서 둘이 되고 둘에서 셋이 되는 일은 빈번하게 일어났지만 셋에서 둘이 되거나 둘에서 하나가 되는 일은 일어나지 않았다. 지금 고생하면 학기 중에 고생을 딜 해, 걱정하지 마. 그리곤 어깨를 팡팡 두드리고 갈 길을 갔다. 그 틈에서 나는 질문하는 법과 답하는 법을 점차 잊어가고 있었다.

열일곱 살이 되어 고등학교 입학식이 찾아왔을 때였다. 개학날이란 벚꽃이 핀 길을 걷기 전에 새 학기 교실을 먼저 밟는 날이다. 새로 차려입은 교복이 조금 빳빳하다는 걸 느꼈을 때 나는 내가 고등학생이 되었다는 걸 조금 실감할 수 있었다. 그 미숙한 실감과 모두의 기세에 맞추어 나는 세상의 모든 고등학생에 걸맞을 법한 야자를 신청했고 학교에서 저녁을 먹기 시작했다. 어느 날은 그런 내 모습이 사회 초년생 같왔고 어느 날은 야근을 마치고 돌아오는 직장인 같았고 어느 날은 그냥 모든 것이 다 똑같아 보였다. 모든 사물, 모든 건물, 모든 사람……그 모든 것들이 말이다. 그렇게 일 년이 지나갔고 열일곱은 내게 다시 돌아오지 않았다.

나는 영지의 말에 아무 대답도 하지 않고 잠자코 있었다.

"이 아이스크림 맛있지?"

영지가 목소리 톤을 바꿔 말했다. 두 가지 맛이 섞여 있는 아이스크림의 모습이 꼭 회오리 모양을 떠올리게 했다. 응, 이라고 답한 나는 아이스크림을 한 입 베어 먹고 그네 끈에 기대었다.

"잠깐 걸을래?"

영지는 나를 바라보다가 슬쩍 물었다. 그 순간 이상한 기분이 들었다. 걸어, 말아. 걸으면 어떻고 안 걸으면 어때. 걷는다. 아니, 안 걷는다……. 어려운 고민이라도 하는 것 같았다. 어쩔 수 없이 다른 것을 생각하기보다 내 오랜 습관을 믿어보기로 했다.

"잠깐 걷자."

우리는 5학년 때처럼 아파트 공원 주변을 걷기 시작했다. 그동안 영지가 동네로 온 적은 많았지만, 함께 공원 트랙을 따라 걷는 일은 없었다. 비로소 어딘가로 돌아온 기분이었다.

"와, 저기! 네가 좋아하는 꽃이다."

영지가 가리키는 곳은 가로등 불빛의 사각지대였다. 다른 곳에 비해 비교적 어두운 그 속에서 분홍빛의 꽃잔디가 피어 있었다.

"그러네. 되게 오랜만이다."

내 말을 들은 영지가 짐짓 놀라며 물었다.

"너 오늘 처음 보는 거야?"

"응. 그동안 볼 일이 없었어."

영지는 내 말을 듣고 잠시 조용해졌다. 그렇게 조금 더 걸어 우리는 다시 놀이터의 그네로 돌아왔다. 나는 그새 힘이 빠진 건지 뭔지 그네 한쪽 끝에 기대어 앉았다.

나는 내가 미처 발견하지 못했던 꽃잔디에 관해 생각해 보았다. 그러다 생각의 흐름은 조금 전 보았던 가로등과 비슷한 역할을 하는 듯한 학교와 학원으로 옮겨갔다.

"우리 뭐 하고 살지?"

의식의 흐름대로 꺼낸 말이었다. 영지는 잠깐 머뭇거리다 입을 열었다.

"몰라. 다른 사람들 보면 자연스럽게 무언가를 찾아가고는 하던데."

"모든 사람이 그럴 수 있을까."

"일단 지금 주어진 상황에서 할 수 있는 것들을 해야겠지."

"아."

우린 잠깐 아무 말 없이 먼 곳을 바라보았다. 내가 발끝으로 놀이터 모래를 툭툭 건드리고 있던 사이 영지가 휴대전화를 꺼내 들어 화면을 켰다 끄고는 말했다.

"시간 다 됐다. 이제 가자."

우리는 서로에게 손을 흔들고 돌아섰다. 문득 내가 고개를 돌려 뒤를 돌아봤을 때 영지는 이미 사라지고 없었다. 빈 그네만 끼익, 끼익, 움직이고 있었다.

학원에서는 새로운 자료들을 나눠줬다. 고등학교 2학년으로서의 첫 시험이 한 달을 앞두고 있었다. 이따금 나는 책상에 앉아 다리를 떨었다.

언젠가 학원에서 들었던 말이 떠오른다.

"얘들아, 딱 삼 년만 죽은 듯이 보내면 된다."

5학년 때 나는 그만 자러 가자는 엄마 말을 들으면서도 베란다 창문에 붙어 있고는 했다. 그러면 집으로 돌아가고 있는 고등학생 무리가 보였다. 어렸던 나는 그들이 왜 항상 늦은 시간까지 바깥에 있는지, 무섭지는 않은지 궁금해하곤 했다. 그때 내게 깜깜한 밤거리란 귀신이 금방이라도 튀어나올 수 있는 곳이었다. 이제는 나도 햇살 아래 펼쳐지는 길거리보다 그 깜깜한 밤거리를 더 많이 지나다니게 되었다. 가로등이 없는 밤거리를 지나갈 때면 어깨를 움츠리곤 했던 것도 한순간의 일이었다.

중간고사는 금세 다가왔다. 모두가 그렇듯 나는 시험을 준비했고 내가 그렇듯 모두가 시험을 준비했다. 주변을 둘러보면 다들 시험을 마주하고 있었으니까.

마지막 날, 마지막 시험을 치고 학교에서 걸어 나오는 순간이었다. 푸른 하늘 위로 하얀 구름이 떠다니는 게 보였다. 드넓은 하늘과 밝은 햇살. 더는 내 수중에 아무것도 없는 듯했다. 나는 독방에 있다 나오는 사람처럼 햇빛을 보고 눈살을 찡그렸다. 내 발걸음과 친구들의 발걸음이 자연스레 한 길로 모여 함께 걸어가기 시작했다.

어디를 가든 상관없었다. 우리는 우리의 옆으로 자동차가 지나가도 깔깔 웃었다. 그 순간만큼은 세상에 남부러운 것 없었으니까. 어딘가 달콤했고 왠지 모르게 허무했다. 친구들을 모두 신이 나 있었다.

오늘 시내 가자. 일단 점심부터 먹자. 저번에 그 떡볶이 가게 갈래? 거기 어제부터 쉬던데. 그러면 저기 아래 햄버거 가게로 갈까…….

윤세민! 너 요즘 그 옷 안 입네. 그러게, 그 하늘색 점퍼, 네가 좋아하는 거 아니었어?

나는 내가 입고 있는 검은색 점퍼를 슬쩍 보며 말했다.

"이게 무난하잖아."

햄버거 가게에 도착했을 때는 벌써 우리와 같은 학교인 아이들이 들어차 있었다. 다행히 우리는 자리를 잡았고 주문한 햄버거는 금방 나왔다. 한 친구가 카메라를 꺼내 들었다. 찰칵 소리가 끝나자마자 우리는 각자 햄버거를 들고 한 입을 베어 물었다. 빵은 따뜻했고 콜라는 시원했다. 친구들은 깔깔 웃었고 가게 안은 적당히 소란스러웠다. 나는 햄버거를 한 번 더 베어 물었다. 일순간 속이 울렁거리는 느낌이 들었다. 나는 시원한 콜라 한 모금과 함께 모든 걸 삼켰다.

시험이 끝나고 이어진 주말은 금세 지나갔다. 곧바로 월요일부터 중간고사 기간에 중단되었던 야자가 다시 시작되었다. 그날도 어김없이 야자를 마치고 돌아오는 길이었다. 나는 문득 같이 걷던 친구에게 물었다.

"우리 뭐 하고 살지?"

"갑자기? …… 뭐, 열여덟 되니까 좀 걱정이긴 하다."

"넌 하고 싶은 거 있어?"

"없어. 그냥 살아."

"가끔 뭐랄까, 회의감 같은 것도 들고…….'

"그래서 지금은 일단 하려고. 내 앞에 있는 것만."

"우리도 이제 내년이면 수능이네."

"생각하면 생각할수록 끝이 안 보여. 그러기에 모두가 바쁘고 실제로 할 일이 많아."

그 말을 끝으로 우린 갈림길에서 헤어졌다. 집에 도착하니 엄마가 거실 소파에 앉아 있었다.

"엄마, 난 뭐 하고 살까?"

"엄마는 네가 하고 싶은 거 하고 살면 좋겠어. 뭘 하든 열과 성을 다하기만 하면 돼."

"내가 좋아하는 거? 모르겠는데."

"한 번 생각해 봐."

"음…….'

그 순간이었다. 휴대전화 알람이 울렸다.

"맞다, 내일 수행평가 있다. 참, 이 책 주문해야 해. 학교에서 필요하다고 해서……."

초등학교 삼 학년 때, 이단 뛰기에 처음 성공했던 순간은 여전히 온몸에 전기가 통하는 듯한 느낌을 선사한다. 이단 뛰기에 꼭 성공하겠다며 혼자 나와 나흘째 연습하던 때였다. 그때 나는 심장이 간질간질했고 하늘을 날아갈 수도 있을 것만 같았다. 이번 시험은 훨씬 더 오랫동안 준비했다. 내 성적표 속 나는 상위권이다. 내 성적표를 어디서든 민망하지 않게 내놓을 수도 있을 것이었다. 심장이 부풀어 오른다. 간질간질한 느낌은 없다. 마음 한구석이 텅 빈 느낌은 있다. 어딘가 달콤하고 왠지 모르게 허무하다.

"다녀오겠습니다."

이제 곧 기말고사 시험 기간이 시작될 거였다. 나는 중3 때부터 길러온 머리카락을 묶어 올리며 학교로 나섰다. 이를 앙다물었다. 여름에 가까워지면서 아침 햇볕이 점점 뜨거워지고 있었다. 부지런히 발을 놀린 나는 금세 학교에 다다랐다. 건너편, 오른쪽, 왼쪽 할 것 없이 나와 같은 교복을 입은 아이들이 학교를 향해 걸어오고 있었다. 학교 정문은 아이들의 시끌시끌한 목소리로 가득했다. 그 속에서 나는 누구도 알아보지 못할 만큼 평범했고 치열했고 똑같았다.

학교 건너편에 있는 건널목 앞에 서 있을 때였다. 내 옆에는 나무 한 그루가 자라 있었는데 그것을 보는 순간 나는 오래전, 외계인이 등장했던 꿈속의 나무가 어느 곳의 나무였는지 알 수 있었다. 나는 오랜만에 외계인이 등장하는 상상을 해보기로 했다.

번쩍번쩍한 UFO의 빛이 사방을 강렬하게 내리쬐기 시작한다. 얼마 지나지 않아 한 외계인이 UFO에서 내린다. 예전의 꿈에서와 마찬가지로 내 주변엔 사람들이 가득하다. 우리 학교 아이들이다. 모두가 나와 같은 옷, 똑같은 걸음걸이로 학교를 향해 걸어가고 있다. 그 틈에서 외계인은 나를 찾아 두리번거리고 발걸음을 놀리기 시작한다. 나는 곧 한 무리의 인파에 뒤섞여 학교 안으로 들어간다. 아침 8시가 되고 학생들의 발길이 점점 그쳐가기 시작한다. 외계인은 나를 찾지 못하고 나는 학교 교실에 모든 아이와 똑같이 앉아 있다.

신호등의 불빛이 바뀌자 모두가 일제히 건너편을 향해 걸어가기 시작했다. 제각각이 각자의 걸음 속도에 맞추어 학교 정문으로 다가갔다. 그동안 나는 조금 더 상상해 보았다. 우리가 모두 나이를 먹고 이십 대를 지나 서른이 되는 상상. 우리는 점점 말이 없어지고 까르르 웃지 않고 그땐 그랬지, 와 같은 말로 상념에 빠지는 상상. 서류로 삶의 모든 것이 정의되는 상상. 나는 활짝 열린 학교 정문 앞에서 조금씩 늙어 가는 기분이 들었다.

＊＊

창밖으로 은행나무가 노랗게 물들어가는 계절이 다가왔다. 엄마는 아침 기온이 점점 떨어진다며 점퍼 하나라도 챙겨가 입으라고 했다. 옷걸이에 걸려 있는 두 개의 점퍼가 보였다. 하나는 검은색이었고 하나는 하늘색이었다. 나는 두 점퍼를 만지작거리며 망설였다.

"세민아, 버스 곧 오겠다."

나는 점퍼 하나를 집어 들고 밖으로 향했다.

학창 시절에 관한 소설을 쓰기로 했을 때 나는 소재에 대한 부담을 덜었다고 생각했다. 일상적인 이야기였고 내 이야기였다. 그렇지만 글을 쓰기 시작하자 상상력에 기반을 두어 창작하는 소설보다 훨씬 더 많은 생각과 고민이 이어졌다. 일종의 책임감 같은 것도 느꼈다. 그동안 내 이야기 혹은 다른 누군가의 이야기를 쓸 수 있는 사람이 되고 싶다고 생각해 왔던 것도 내가 이 소설에 책임감을 갖게 했다.

　나는 이 글을 이제 십 대일 뿐이잖아, 라는 생각과 열여덟씩이나 됐는데, 라는 생각을 오가게 하였던 고민을 바탕으로 만들었다. 나의 고민은 여기서 끝나지 않을 것이고 언제나 변화무쌍할 것이다. 그렇지만 나는 제목처럼 그럼에도 다시 나아가는 사람이 되려고 한다.

꿈꿈
꿈꿈
────────

최
샛
별

두 번째 수행평가 기간이 시작되었다. 고등학교에 입학한 지 막 6개월 된 SB는 벌써 지끈거리는 머리를 부여잡았다. 이번 여름 방학 동안의 진로 찾기는 역시 실패로 돌아간 것이다. 지난 수행평가 기간에 이 불쌍한 고등학생은 진로가 없어 꽤 애먹었던 기억이 있다. 수행평가를 진로와 연관시켜야 할 줄 어느 누가 알았겠는가. 겨우겨우 짜냈던 진로는 의사. 하지만 진정한 꿈은 아니었기에 수행평가 내내 골머리를 앓았던 자신의 모습을 떠올리니 슬슬 걱정되기 시작하였다.

　"이번 수행평가는 여러분의 진로와 관련된 주제를 과학적 측면에서 탐구하여…….."

　8월 22일 1교시, 예상했듯 수행평가 안내가 시작되었다.

　'이 부분은 자신의 진로와 관련지어서…, 활동하면서 자신의 진로에 도움이 된 점을…….'

과학 선생님을 필두로 '진로'라는 단어는 전염병처럼 퍼져 나갔다. 그것은 입에서 입을 거치며, 점점 몸뚱이를 불려 SB의 머릿속을 맹렬히 파고들었다. 작년까지는 중학생이었던 자신이, 이제 미래의 직업을 생각해 내야 한다는 사실을 SB는 도무지 이해할 수가 없었다. 고작 미성숙했던 16년 동안의 경험이 어떻게 앞으로 나아가야 할 방향을 결정지을 수 있겠는가. 만약 지금 정한 꿈이 바뀌면? 전까지 해온 것들은 모두 말짱 도루묵이 되는 것이 아닐까.

SB는 불만을 가득 담아 복도에 놓여 있던 돌멩이를 힘껏 발로 찼다. 돌멩이는 아슬아슬하게 앞서가던 사람의 머리를 빗겨 나갔다.

'학교 안의 돌멩이라…… 전혀 어울리지 않는 게 마치 학교에 다니는 나 같군.'

아니야. 차라리 내가 저 돌멩이었더라면. 차라리 내가 아침 식사로 먹은 삼겹살이었더라면. 차라리 내가 나일강이었더라면. 이렇게 우리나라의 교육방침에 대해 불평할 필요도 없었겠지. SB는 바닥으로 한숨을 던졌다.

무엇보다 SB의 가장 큰 걱정은 자신만 이런 고민을 하는 것 같다는 사실이다. 다들 거창한 꿈 하나씩은 가지고 있는 듯한데.

"넌 꿈이 뭐야?"

"수학교사."

"왜?"

"수학은 재밌잖아."

SB는 곧바로 물어본 것을 후회했다. 다른 친구들처럼 좋아하는 게 꿈이면 얼마나 좋을까.

물론 SB도 좋아하는 것이 있긴 하다. 바로 영화 보기. 특히 마블 영화를 볼 때면 현란한 특수 효과와 눈을 뗄 수 없는 액션에 현실을 잠시 잊어버리곤 했다. 마블은 SB의 삶에서 아주 중요한 요소였다. 언젠가 영화가 만들어지는 것을 직접 눈으로 보고 싶다는 원대한 꿈이 마음 한 편에 자리 잡고 있었다. 하지만 좋아하는 것만 하면서 살 순 없다는 게 SB의 생각이다. 마블 영화만 보면서 살 수는 없는 것처럼 말이다. 그게 수학이라면 말이 달라지겠지만. SB는 불만 가득한 표정으로 가방을 챙겼다. 오늘도 학교에서 얻은 것은 미래에 대한 걱정과 두려움뿐.

'지긋지긋한 학교. 이곳에는 내 두뇌 회전을 막는 바이러스가 있는 것이 틀림없어. 재빨리 여길 뜨자. 집에 가서 다시 생각해 보면 뭐라도 떠오르겠지.'

하지만 SB는 틀렸다. 집은 학교의 연장선일 뿐이었다. 수행평가 생각에 SB는 집에서도 좀처럼 편히 있을 수가 없었다. 당장 며칠 뒤에 수행평가가 시작될 텐데 SB의 머리는 아무것도 떠올리지 못하고 마음에는 불안만 쌓여 갔다.

'역시 저번처럼 의사로 할 수밖에 없는 건가.'

침대에서 내뱉은 두 번째 한숨은 공중에서 포물선을 그리다가 다시 SB에게로 돌아갔다. 머리가 더 무거워진 것은 이 때문일까. SB의 걱정은 잠에 빠져들 때가 되어서야 비로소 막을 내렸다.

＊＊＊

한 시간쯤 지났을까. SB는 갑자기 잠에서 깨는 느낌을 받고 눈을 떴다.

당황스럽게도 SB는 지금 검은 왜건의 뒷좌석에 타고 있다. 앞에서는 한 여자가 운전대를 잡고 있는데 아직은 뒤통수도 채 보이지 않는다.

얼마 가지 않아 차는 멈추었다. SB는 이제야 창밖의 풍경을 제대로 볼 수 있었다. 높은 건물과 화려한 간판, 북적이는 거리. 한눈에 봐도 외국 어딘가의 도심 같은 모습인데. 사람들의 목소리에 섞여 간간이 들려오는 음악에 이상하게도 괴리감이 느껴진다.

SB는 여자를 따라 차에서 내렸다. 여자는 여전히 뒷모습밖에 보이지 않았지만 느껴지는 분위기를 봐서는 젊은 전문직 여성임이 틀림없다. 가벼운 발걸음을 보아하니 어디 즐거운 약속이라도 있는 것일까.

SB는 여자를 뒤따르랴, 주변 풍경을 감상하랴 바빴다. 어쩐지 습해 보이는 푸른 하늘 아래에는 일정한 간격으로 야자수가 서 있다. 가지 각색의 자동차들이 SB를 스쳐 지나갔는데, 개중에는 바퀴가 없는 것도 있었다. SB와 같은 또래의 남자아이는 피자 한 조각을 입에 문 채 스케이트보드를 타는 묘기를 선보였다. 학업에 찌든 고등학생에게 이 모든 것은 매우 진귀한 풍경이다.

몇 걸음 안 가 여자가 멈춰 섰다. SB는 그녀의 앞에 우뚝 솟은 거대한 건물을 올려다보았다. 그곳은 다름 아닌 마블 스튜디오. 역시 꿈은 이뤄진다고 했던가.

'내가 살다 살다 침대에서 마블 스튜디오로 날아올 줄이야.'

SB는 마음속으로 함성을 질렀다. 심장이 세차게 뛰면서 귀가 먹먹해졌다. SB는 떨리는 마음으로 천천히 발걸음을 떼었다.

건물 내부는 들어서는 누구라도 혀를 내두를 만한 모습이었다. 넓은 로비가 딸린 새하얀 건물 안에서 직원으로 추정되는 사람들이 저마다 바쁘게 움직이고, 상의하고, 무언가를 옮기고, 기다리는 모습이 마치 영화의 한 장면처럼 보인다. 마블 스튜디오가 꿈의 직장이라 불리는 이유를 알 만하다.

여자도 이곳에서 일하는 직원 중 하나인 모양이다. 그녀는 곧장 한 사무실로 들어갔다. 이 작은 사무실에서도, 각자 자신이 맡은 역할을 하느라 매우 분주한 것이 마치 회사의 모습을 축소해 놓은 것 같다. 사무실 안의 모든 책상은 스케치한 종이와 메모지, 문서 따위로 지저분했다. 여자는 컴퓨터 앞에 자리 잡았다. 보아하니 그녀는 개봉 예정인 마블 영화의 그래픽 작업을 하는 것 같다. 그녀의 현란한 손놀림에 따라 초록색의 단색 배경이 총알이 난무하는 전쟁터가 되기도 하고, 난쟁이들이 사는 상상 속 행성의 모습이 되기도 한다.

SB는 새로운 영화를 미리 볼 수 있는 특권을 마음껏 누리기로 다짐했다.

'이 장면……. 분위기가 차갑고 어두운 것을 보니 이번 영화의 배경은 요툰헤임인가?'

컴퓨터 화면 속에 얼음과 눈으로 뒤덮인 땅이 끝없이 펼쳐졌다. 그 땅은 여자의 마우스 클릭 몇 번으로 점차 꼼꼼해지더니 나중에는 거의 사진처럼 보였다.

'저 우스꽝스러운 기하학 무늬의 옷을 입은 배우는 순식간에 거인으로 변했네.'

SB는 자신이 열광할 작품이 만들어지는 과정을 흥미롭게 지켜보았다. 머릿속에는 이미 영화 한 편이 재생되는 중이었다.

점심시간이 되었다. 여자와 사무실의 다른 직원들은 지친 기색 하나 없다. 오히려 아침보다도 더 활기가 도는 것만 같다. 디자이너 팀을 포함한 각기 다른 부서가 구내식당에 모였다. SB는 이들 사이에서 묘한 기 싸움을 감지했다. 하지만 이것도 모두가 자신의 일에 애정을 가지고 있다는 사실을 증명해 주는 게 아닐까.

여자가 다시 작업에 몰두한 지 어느덧 수 시간이 흘렀다. 벌써 창밖으로는 어둠이 찾아왔다. 열정적으로 의논하던 목소리들이 점차 희미해졌다. 동료 직원이 하나둘 떠나자 여자도 그제야 느릿하게 자리에서 일어났다. SB도 여자를 뒤따라 일어났다. 회사를 떠나는 발걸음은 들어왔을 때처럼 가볍다. 스쳐 지나간 얼굴에는 자랑스럽다는 표정이 맴돈다. 그 주체가 그녀인지, 그녀의 결과물인지 아니면 다른 무언가인지는 모르지만. 마치 SB가 온종일 공부하고 난 후 잠자리에 들 때 짓는, 그런 부류의 표정이다.

둘은 SB가 아침에 열심히 구경했던 그 거리를 다시 걷고 있다. 늦은 시간이라 제법 한산하다. 여자는 무언가를 곰곰이 생각하는 눈치이다. 아니나 다를까 그녀는 어디론가 전화를 한다. 휴대전화 너머로 들려오는 목소리는 조금 전 함께 사무실에 있었던 동료 직원의 것이다. 여자는 흥분을 감추지 못하고 열심히 설명을 늘어놓는다. 작업한 영화에 관한 이야기다. 오늘 하루 동안 자신이 얼마나 성과를 냈는지, 수정할 점은 무엇인지, 새로운 아이디어는 무엇이 있는지를 이야기한다.

SB는 경악했다.

'정말 일에 대한 집착의 끝을 보여 주는구나.'

집에 갈 때마저도 저런 생각을 하는 것을 보면 이 여자는 머릿속이 일로 가득 찬 괴물일 거야.

멀리서 길가에 세워 둔 차가 보였다. 걷는 속도가 느려진다. 아쉬운 듯 잠시 발걸음을 멈추고 여자는 달빛 아래에 섰다.

그때 SB는 처음으로 여자의 얼굴을 제대로 볼 수 있었는데, 그녀는 다름 아닌 자기 자신이었다. 지금보다 이십 년 정도 나이 들어 보이는 얼굴이었지만, 생기 있는 두 눈은 일에 대한 자부심으로 가득했고 누구보다 행복해 보였다. 현재 자신의 목표 없는 모습과는 다르게. SB는 직감적으로 깨달았다.

'이게 내 미래구나.'

좋아하는 일을 하며 산다는 게 바로 이런 모습이구나. 좋아하는 일을 하면서 살 수는 없다는 오랜 사고방식이 깨지는 순간이었다. 여자와 눈이 마주침과 동시에 SB는 다시금 눈을 떴다. 익숙한 천장이다. 시간은 이제 새벽 3시를 넘어가고 있었다. 사방은 고요했다.

'왠지 나를 본 것 같아.'

커튼 뒤로 방금 꿈속에서 본 달빛이 눈에 들어오자 이상하게 머리가 소란스러워졌다. SB는 말똥한 눈으로 침대에서 일어났다. 오랜만에 의욕이 타올랐다. 머릿속에 무언가 두리뭉실한 것이 떠올랐다가 곧 구체화되었다.

공교롭게도 SB는 이날, 꿈속에서 꿈을 찾았고, 다가온 첫 번째 수행평가 날 답안지는 처음으로 제 기능을 다했다.

에필로그

　'꿈꿈'은 고등학교 진학 후 진로 문제로 힘들어하던 SB가 꿈속에서 미래의 모습을 보게 된다는 내용이다.

　제목인 '꿈꿈'의 의미는 다양하게 해석될 수 있다. 이중적인 의미가 있는 '꿈꾸다'의 명사형이 될 수도, '꿈'에서 '꿈'을 찾는다는 의미가 될 수도 있으며, 그저 강조를 위해 '꿈'이라는 단어를 두 번 반복한 것으로 볼 수도 있다.

　사실 글은 아직 미완성된 상태라고 생각한다. 머릿속에 있는 내용을 글에 모두 담아내기는 쉽지 않았기 때문이다. 글을 쓰면서 가장 아쉬웠던 점이다. 하지만 글을 쓰는 것은 즐거운 경험이었다. 나를 주인공인 SB에게 녹여내는 과정은 재미있었다. 무엇보다 내 상상력을 마음껏 펼칠 수 있다는 점은 글쓰기의 굉장한 매력 중 하나였다. 글을 쓴 3개월은 무언가에 깊이 몰입하고 많은 것을 배울 수 있었던 의미 있는 시간이었다고 생각한다.

빨간 끈

정다은

올해 중2가 된 지영이가 다니는 중학교는 시골도, 도시도 아닌 어딘가 모호한 동네에 있었다.

지은 지 꽤 오래되어 낡아 빠진 학교 건물은 몇 달 전 큰돈을 들여 새로 칠한 페인트가 효과가 있었는지, 외부에서 보기에는 꽤 그럴듯한 모양새였다. 그러나 매일 같이 건물 안을 들락날락하는 아이들에겐 소용이 없는 일이었다. 그들에겐 때깔이 좋은 하얀색 페인트보다 안쪽 계단 사이 구석구석 끼어 있는 때, 먼지, 혹은 껌 쓰레기가 더 실감나게 다가왔다.

이는 단지 건물만의 특성은 아니었다. 지영이네 학교 학생들의 분위기는 외부적으로 꽤 괜찮은 축에 속했다. 근처에 한두 개 더 있는 중학교보다 학생 평균 성적이 조금 더 높다는 이유만으로 교장 선생님은 가끔씩 열리는 강당 조회 연설에서 어깨를 당당히 펴곤 했다. 아이들은 그런 그의 모습을 선생님들 몰래, 알게 모르게 따라 하며 구석에서 키득키득 웃기도 했다. 지영이는 그런 학생들 중 한 명은 아니었다. 그녀는 그런 아이들을 가끔씩 말리며 난처한 웃음을 지은 채 선생님 쪽을 힐끔힐끔 바라보던 학생이었다.

"아! 내 이어폰!"

강당 조회를 마치고 교실로 돌아와 다들 어수선하게 자기 자리를 찾고 있을 무렵이었다.

교실 한편에서 갑자기 들려온 외침은 일순간에 반 아이들의 관심을 모조리 앗아 갔다. 소리의 출처는 지영의 친한 친구인 혜진이었다. 혜진은 조금 화가 난 얼굴로 그녀의 책상을 이리저리 훑으며 손으로 책사이를 헤집고 있었다.

그런 그녀를 보는 반 아이들 중 3할은 호기심에 가득 찬 얼굴이었고, 3할은 그녀와 똑같이 화난 얼굴이었으며, 나머지 3할은 심지어 조금 결연에 차 있기까지 했다. 그러나 그들 중 아무도 그녀에게 그 외침의 이유를 묻지 않았다. 이유는 별것 없었다. 이미 그들 모두가 이런 상황에 익숙해져 있었기 때문이었다.

반짝 빛나는 페인트처럼 겉 부분만 멀끔한 학교의 요즈음은, 작은 문제 하나로 골머리를 앓고 있었다.

언제부턴가 뜨겁게 달아올라 어느새 모두의 관심사가 된 그 문제는 바로 '도둑'이었다.

새 학기가 시작된 3월 이래로부터 2학년 3반 학생의 샤프 하나를 필두로, 학교에는 간간이 사라지는 물건이 생기기 시작했다. 훔쳐 가는 물건이 조금만 더 비싸고 중요한 물건이었더라면 필시 경찰이 오고 가고 학부모의 민원이 빗발쳤을 것이다. 그러나 괴상하게도 항상 사라지는 물건들은 구형 줄 이어폰이나, 충전 케이블, 저가의 샤프 등 어찌 보면 사소한 것들뿐이었기에 학교의 이미지가 실추되지 않길 바랐던 몇몇은 이 일을 피해 학생의 실수와 부주의로 취급하기 일쑤였다. 하지만 이것은 마치 계단 구석구석의 먼지, 껌, 쓰레기 등과 같았다. 학생들 사이에선 이미 공공연하게 퍼져 심각하게 다루어지고 있는 중요한 사안이었다. 특히 훔쳐 가는 물건이 금전적인 목적이라곤 도저히 볼 수 없는 순 평범한 것들뿐이어서 아이들의 호기심은 점점 커져만 갔다.

필두가 2학년 3반의 샤프인 것은 우연이 아니었는지, 5월 말 중간고사가 가까워지는 지금까지 가장 많은 피해를 본 반도 단연 3반이라 할 수 있었다. 혜진의 외침에 화가 난 얼굴이었던 3할, 결연에 찬 얼굴이었던 3할, 총 6할이 바로 그들이다.

호기심'만' 가득한 것은 다른 반 아이들의 이야기지, 비싼 물건은 아니더라도 자신의 물건을 그렇게 도둑맞은 3반 아이들이 어찌 기분 나쁘지 않겠는가? 매일 매일 아이들의 원성을 받는 담임 선생님의 뒤통수에는 어느샌가 스트레스성 탈모로 인해 생긴 자그마한 땜빵이 자리했다.

피해가 가장 큰 만큼 범인이 있는 반도 3반일 것이라는 이야기는 이미 정설이 된 지 오래였다. 그런 3반의 분위기는 언제부턴가 과열되어, 선생님들의 도움을 받지 않고도 어떻게든 도둑을 잡아내겠다는 흉흉한 분위기가 형성되어 있었다.

"너지? 김상인!"

상인이는 그런 과열된 분위기에 휩쓸려 도둑이 된 아이였다.

＊＊＊

김상인이 조금씩 도둑으로 몰린 것은 얼마 되지 않은 일이었다.

학기 초반에 사라진 샤프 등의 물건들은 없어져도 도둑의 소행이라 생각하기 힘든 것들뿐이었기에 한동안 아이들은 이것이 각자의 단순한 분실 사고인 줄로만 알았다. 그러나 며칠이 지난 후의 한 쉬는 시간, 수다를 떨며 사소한 이야기를 주고받던 몇몇 아이들은 근래에 이러한 분실 사건이 이상할 정도로 매우 자주 일어났었다는 것을 알게 되었다. 그렇게 우연한 겹침이 하나의 깨달음을 만들어 내고, 이윽고 모두가 그 존재를 알아차렸을 땐 이미 너무 많은 물건이 종적을 감춘 뒤였다.

공통된 목표를 가지고 행동을 같이 할 때에는 언제나 우두머리가 필요한 법이었다. 도둑을 스스로 색출해 내겠다는 아이들의 목표에 하나둘씩 속출한 그들은 하나같이 입을 모아 알리바이를 가려내는 것을 첫 번째 목표로 삼았다. 그러나 그것이 마냥 쉬운 일은 아니었다. 이동 수업이 꽤 많았던 지영이네 중학교는 수업 시간이 끝난 직후라 하더라도 몇 명씩 뭉텅이로 사라지는 일이 잦았다.

그래서 그 우두머리들이 머리를 맞대 생각해 낸 해결책이란 단순한 방식이었다. 도둑이 잡힐 때까지 당분간은 웬만하면 친한 친구들끼리 모여 다니면서, 사건이 생기면 확실하게 알리바이를 증명할 수 있도록 하자는 것이었다. 그렇게 또 시간이 흘러 5월 초가 되었을 때, 반 친구 한 명의 작은 새 수첩이 사라지는 일이 일어났다. 아이들은 일사불란하게 물건이 사라졌다 의심되는 시각에 누구랑 같이 있었는지 말하고, 그들의 친구끼리 모였다.

친한 친구들이랑 항상 같이 있는 것은 매우 쉬운 일이라고 누군가가 생각했다. 가끔씩 단독 행동이 필요한 친구 사이에 꼭 붙어 있는 것은 불편한 일이라고 누군가는 생각한다. 같이 노는 친구가 같은 반이 아니라고 툴툴거리는 한 사람도 있다. 그 사이에서 단연 돋보이는 사람은 친구가 없어, 평소 혼자서만 다니거나 밥을 먹는 누군가일 것이다.

"나, 난 그때 혼자 밥, 먹었어……."

웅성거리는 아이들 속에서 김상인이 우물쭈물하며 손을 들고 얘기했다. 어딘가 당당하지 못한 어투에 아이들의 이목이 쏠려 김상인은 불안한 듯 눈을 이리저리 굴렸다.

작년, 중학교 1학년 때부터 항상 말을 더듬고 혼자 다니며, 선생님들의 묘한 '배려'를 받는 그를 음침하다고 생각하고 싫어했던 몇몇 아이들은 인상을 찌푸리며 그를 탓했다. 그러자 그 시간에 밥을 먹고 있었던 한 무리의 아이들이 그를 급식실에서 봤다고 증언했다. 김상인 외에도 우연찮게 그 시간에 혼자 있었거나, 다른 반 친구와 같이 있어 알리바이를 바로 증명할 수 없는 아이들이 없지는 않았다. 그렇게 그날의 사건은 크게 수상한 사람을 잡지 못한 채 흐지부지되었다.

그 뒤로 약 3주간의 시간 동안 이런 상황이 몇 번이나 반복되었다.

그 모든 시간이 도둑의 소행으로 일어난 소란은 아니다. 단순히 잠깐 찾지 못한 물건 하나하나에도 과열된 3반은 쉽게 휘말렸다. 쉬는 시간마다 각자의 책상을 뒤지며 안 보이는 물건을 찾는 아이들 속에서 김상인은 항상, 또 혼자였다.

그가 친구가 없는 것을 누굴 탓하겠는가? 굳이 탓하자면 그 스스로라고, 아이들은 생각했다. 반의 누구도 말을 제대로 하지 못하는 더듬이와는 같이 다니기 싫어했다. 이런 상황이 계속되자 매번 일어난 소란에서 항상 주목받는 사람은 결국 김상인이었다.

"또 김상인이야?"

고요한 침묵 속에서 의심스럽다는 목소리로 한 친구가 말했다. 그 많던 소란 속에서 항상 침묵을 끌고 오는 김상인의 더듬거리는 고백들에, 그는 점점 의심을 받기 시작했다. 모든 상황에 그만 혼자였던 것은 아니다. 그러나 그의 우물쭈물한 태도는 아이들의 눈길을 한눈에 사로잡았다.

점점 그의 알리바이를 대신 증명해 주는 아이들도 없어졌다. 그를 그 순간 봤다 하더라도 쭉 같이 있었던 것은 아니었기에 그들의 증언은 효력을 잃어 버렸다. 이도 저도 아닌 상황이라면 그와 함께 다닌 친구도 한 명쯤은 있어야 하는데, 먼저 나서서 해결책을 내놓을 순 있어도 그것을 실행할 사람은 반에 없었다. 그의 행동은 3반에 불씨를 던져 넣었다. 어느샌가 그는 일이 일어날 때마다 가장 첫 번째로 의심을 받는, 잠정 도둑이 되어 있었다.

*** * *

"나도 강, 강당에 있었어!"

"그걸 어떻게 믿어? 이번에도 혼자 있었잖아. 누가 봤다 해도 잠시 반에 들렀다 오는 건 아무도 못 알아챌길."

조금씩 들어오는 햇빛에 불도 켜지 않고 모두 자신의 자리 옆, 혹은 친한 친구와 함께 서 있는 교실의 풍경. 강당 조회 시간의 혼란함을 틈타 기회를 잡았던 그의 행위라 주장하는 목소리가 곳곳에서 들려왔다. 김상인은 또, 또, 또 도둑으로 의심받는 아이가 되었다. 이번에는 서로의 알리바이를 증명해 주는 시간도 없었다. 기묘한 신뢰가 그들 사이에 흘러들었다.

이어폰을 도둑맞은 혜진이는 눈물이 고일 정도로 씩씩대고 있었다. 그녀는 다시 한번 책상을 헤집어 보다, 고개를 푹 숙이고 말했다.

"그거 정말 소중해……. 이어폰 헤드가 곰돌이 모양이란 말이야. 남
자친구가 나 닮았다고 사 준 건데…… 특이해서 당장 가방이라도 뒤지
면 바로 찾을 수 있을 거야!"

혜진이가 울먹거리며 한 말에 아이들은 눈을 매섭게 빛내며 김상인
의 가방을 쳐다보았다. 김상인은 땀을 뻘뻘 흘리고, 눈을 불안하게 굴
리면서 가방을 꼭 쥐었다. 몇 초 안 되는 침묵 후 김상인이 어렵게 입을
뗐다. 아니, 떼려고 했다.

"너희들 그만 좀 해. 상인이가 훔쳤다는 증거도 없잖아."

과열된 분위기를 식히려는 듯 가볍게 힘이 실린 짧은 목소리는 교실
뒤편 남자아이들이 몰려 있던 사물함 앞에서 들려왔다. 그 말에 김상
인은 말을 하려다 말고 움찔 놀랐고, 아이들은 눈을 굴려 소리가 들린
쪽을 쳐다보았다.

소리의 출처는 빈 의자에 앉아 상황을 지켜보기만 하던 박철현이었
다. 반에서 항상 조용하게 시간을 보내는 편은 아니지만, 그렇다고 또
이런 일에 나서는 성격은 아니었던 그였기에 아이들은 조금 의아한 눈
빛으로 그를 보았다.

박철현이 다시 말했다.

"이쯤 했으면 적당히 넘어가자. 너희들 자꾸 증거도 없는데 상인이로
몰아가는 거 보기 좀 그래."

성실하고, 꽤 괜찮은 이미지의 남자애가 나서서 김상인을 감싸니 아
이들은 잠시 주춤했다. 그의 말이 끝나자 김상인을 도둑 용의자로 처음
언급했던 여자아이가 당황한 듯 슬금 발을 뒤로 내디뎠다. 그녀가 작
은 목소리로 말했다.

"아니……. 딱히 몰아간 건 아니지. 걔가 아까 어디 있었는지 확실히
모르는 건 맞잖아."

그녀의 소심한 반박에 박철현은 딱히 뭐라고 가타부타 말을 덧붙이지 않았다. 그러나 그가 방금 내뱉은 말에 과열되었던 반 분위기가 한층 환기되었는지 반 아이들 모두 섣불리 나서지 않고 침묵하기에 바빴다. 그때, 그 상황을 조용히 지켜보기만 하던 지영이가 조심스럽게 나섰다.

"…… 근데 그건 딱히 김상인만 그런 건 아니지 않아? 조회 시간에 다 같이 떠들고 놀아서 분위기가 좀 어수선했잖아. 누구 하나 사라진 건 그게 누구든 몰랐을걸."

반 분위기를 슬쩍 살피며 자그마한 목소리로 지영이가 말했다. 그 말에 아이들은 입을 다문 채 서로 눈치만 보고 있었다.

결국 김상인에게 뭐라 하는 사람이 딱히 더 나타나지 않자 여자아이는 고개를 획 돌리곤 그녀의 친구들에게로 슬금 가까이 다가갔다. 어색하고 조용한 분위기 속에서 얼마 지나지 않아, 체육 도우미인 친구가 1교시 체육은 운동장이라고 모두에게 알렸다. 아이들은 곧 아무 일이 없었다는 것처럼 웃고 떠들며 체육을 준비했다. 지영이는 교실 한가운데 우두커니 서 있는 김상인을 힐끔 바라봤다가, 발걸음을 떼어 혜진이에게 다가갔다. 혜진이는 아직도 분이 안 풀리는지 눈물이 살짝 맺혀 있었다. 지영이는 그런 혜진이를 달래기 위해 화장실로 데리고 갔다.

김상인은 그런 그녀를 쳐다보았다.

***

그 일이 있고 며칠 지나지 않아 중간고사가 시작한 날이었다.

반 아이들 대부분이 집에 간 오후 시간, 지영이는 교과서를 꺼내기 위해 평소엔 잘 들여다보지 않던 그녀의 사물함을 찾아 열었다. 필요한 책을 찾으러 고개를 숙여 안을 들여다본 지영이는 깜짝 놀란 듯 눈을 동그랗게 뜨고 사물함 안을 쳐다보았다.

사물함 안에는 어제 시험을 위해 서랍의 모든 책을 집어넣을 때까지만 해도 보이지 않았던, 낯선 물체가 책더미 위에 조심스럽게 얹혀 있었다. 그녀는 손을 집어넣어 물체를 꺼내 살펴보았다.

그것은 생뚱맞게도 작은 '선물'이었다. 빨간 끈으로 입구가 묶인 손바닥만 한 봉투 안에는 시험에 대한 응원의 뜻인 듯 익숙한 생김새의 작은 초콜릿 여러 개가 담겨 있었다. 지영이는 선물을 가만히 들여다보다 그녀의 가방 앞주머니에 챙겨 넣었다.

선물은 4일 간의 시험이 끝날 때까지 사물함에 다시 등장하지 않았다. 그러나 시험이 끝나고 며칠 뒤, 지영이는 음악책을 꺼내기 위해 사물함을 다시 열었을 때 눈에 익숙한 빨간 끈이 그녀를 반기는 것을 볼 수 있었다. 끈을 풀어 봉투를 열어 보자 이번엔 편의점에서 파는 막대 사탕들이 그녀를 맞이했다. 저번과는 다르게 모두가 집에 간 방과 후가 아닌 오전의 쉬는 시간이어서, 지영이는 혜진이의 호들갑을 몇 분이나 들어야 했다.

선물은 두 번으로 끝나지 않았다. 세 번째 선물은 봉투가 아닌 작은 과자 상자였다. 네 번째는 다시 봉투에 담긴 초콜릿이었다. 다섯 번째는 잘 기억이 나지 않았다. 선물은 며칠 간격으로 꾸준히 사물함에 들어 있었다. 지영이는 수업을 마치면 방과 후에 꼭 한 번씩 사물함을 들여다보는 습관이 생겼다.

"넌 예쁘장하게 생겼으니까, 선물 받는 것 정도야 딱히 이상한 일은 아니지."

방과 후, 카페에서 만나 지영이의 상황 설명을 반짝이는 눈으로 들어주던 혜진이가 플라스틱 빨대를 빙빙 돌리며 그녀에게 말했다. 지영이는 그 말에 딱히 별다른 대답을 하지 않았다. 그저 조금 미소 지을 뿐이었다.

"아닌가? …… 성격이 친절해서?"

"그래?"

"성격 친절하다는 칭찬은 좋은가 보지? 바로 대답하네."

혜진이는 알 만하다는 듯이 깔깔 웃었다. 지영이는 이번에도 조금 미소 지었다. 웃음이 참 친절해 보였다. 지영이는 예쁘장하게 생겨서, 성격이 친절해서 사실 항상 인기가 많았으니까. 사물함에 선물 정도야 계속 들어 있을 수 있지.

그렇게 며칠이 반복되어 어느새 7월이 되었다.

＊＊＊

7월 초중의 기말고사가 바로 앞으로 성큼 다가오자 반은 점차 어수선한 분위기를 잃어 갔다.

과열되었던 도둑 색출 분위기도 많이 진정되어 이젠 단순히 물건 하나가 안 보인단 이유만으로 큰 소동이 일어나지는 않았다. 물론 그 후 여러 차례 더 있었던 소동에서 김상인 등이 도둑의 용의자로 재차 몰렸지만, 뚜렷한 증거도 없는데다 사라지는 물건이 단체로 화가 난 아이들을 의식했는지 더 사소하고 쓸모없는 것으로 바뀌어서 아이들은 점점 흥미를 잃어 갔다.

하지만 그래도 아직 도둑은 잡히지 않았다.

이 생각은 아이들의 머리 한구석에 자리잡혀 당최 떠날 생각을 하지 않았다. 도둑은 잡히지 않았다. 잠시 진정된 분위기도 누군가 다시 장작을 넣고 기름을 들이부으면, 활활 타오르기까지 별로 시간이 걸리지 않을 것이었다.

반 전체를 흥분시켰던 큰불이 계속 타오르다 소진해 점점 작은 불씨가 되어갈 때까지의 긴 시간 속에서 꾸준히 그녀의 사물함을 차지했던 빨간 끈은 이제 지영이의 일상을 많이 차지하게 되었다. 이렇게 긴 시간 동안 한 사물함에 꾸준히 무엇을 넣어 두다 보면 언젠가는 들키기 마련인데, 이상하게도 선물의 주인은 당최 그녀 앞에 나타나지 않았다. 용의주도한 사람이었다.

그러던 어느 날의 5교시, 그녀가 교실 뒤편 사물함의 문을 닫고 몸을 일으켜 칠판 쪽을 바라봤을 때였다. 그녀는 별 생각 없이 눈앞에 자리한 책상들을 쭉 살펴보다가, 앞쪽 책상 어딘가에서 매우 익숙한 색깔을 발견했다.

"!"

지영이는 몸을 잠시 움찔거리고는, 그 익숙한 색깔을 인상까지 찌푸려 가며 자세히 쳐다보았다. 틀림없이 그 빨간 끈이었다.

지영이는 눈을 동그랗게 뜨며 발걸음을 조금 앞으로 내디뎠다. 몇 걸음이나 옮겼을까, 야속하게도 수업 종이 쳐 지영이는 자신의 자리로 가야만 했다. 그녀는 시선을 계속 떼지 않았다. 곧이어 그 자리에 한 남자애가 앉았다.

박철현이었다.

＊＊＊

박철현은, 그리 특별한 아이는 아니다.

외모는 크게 못나지도 잘생기지도 않았지만 꽤 호감형이었다. 특히 이목구비 중의 서글서글한 눈매는 아이들에게 그를 항상 선한 인상으로 남을 수 있게 도와주었다. 그는 운동을 꽤 좋아해, 자주 반에서 사라져 다른 반 아이들과 축구를 하고 있을 때가 많았다. 그만큼 다른 반에 친구도 많았고, 그렇다고 우리 반에 친구가 없는 것도 아니었다.

성격 또한 크게 모난 곳이 없었다. 그는 눈매를 고스란히 따라가는 성격을 타고난 것인지 어떤 일이든 항상 유들유들하게 넘어가는 일이 잦았다.

저번 아침 강당 조회 시간 이후 일어났던 소동에서 먼저 나서 김상인을 감싸 준 것이 그 대표적인 일화라 할 수 있었다. 반 친구 하나가 억울하게 도둑으로 몰리는 것을 차마 볼 수 없었던 것일까? 박철현은 정의롭고 착한 성격일 것이다. 지영이는 생각했다.

"널 좋아하는 거 아닐까?"

이번에도 혜진이와의 만남이었다. 그녀는 플라스틱 빨대를 컵에 넣고 음료수를 쭉 들이마시며 웅얼댔다.

"그러고 보니 얼마 전에 들어 본 것도 같아. 너는 워낙 인기가 많으니까…… 좀 헷갈리는데, 우리 반 남자애 중에 너 좋아한다는 애 있었을 걸. 다른 애들이 얘기하는 거 들었어."

"그래?"

"뭘 또 '그래?'야."

"음."

"난 솔직히 박철현 정도면 괜찮은 것 같은데. 저번에 김상인 감싸 줄 때도 다시 봤잖아. 으, 물론 나는 아직도 김상인이 범인이라 생각하지만……."

혜진이는 이번에도 깔깔 웃었다.

지영이는 이번에도 조금 미소 지었다. 웃음이 참 친절해 보였다.

＊＊＊

여름 방학이 되었다.

꽤 긴 시간 후에 그녀를 다시 맞아 준 빨간 끈은 방학식을 끝으로 오랫동안 볼 수 없게 되었다. 그녀는 방학 동안 조금 먼 동네에 있는 수학 학원에 다니기로 했다. 더운 날씨에 땀을 흘리며 학원 강의실을 찾아 들어가자, 안쪽에서 귀에 익은 목소리가 들려왔다. 목소리는 가볍게 힘이 실린 짧은 말로 이루어져 있었다.

"…… 어? 지영아!"

아, 또 박철현이다.

흰 티에 청바지를 입은 박철현이 방긋 웃으며 지영이에게 다가왔다. 그녀는 그의 얼굴을 바라보다 설핏 웃었다.

박철현이 말했다.

"너도 이 학원 다니는 거야?"

"웅…. 너도?"

"당연하지! 다행이다. 난 같이 얘기할 만한 친구는 한 명도 없을 줄 알았어."

약간 곱슬기가 있는 갈색 머리를 손으로 헤집듯 정리한 박철현이 어색하게 손을 내리면서 말을 이었다.

"방학 동안에만 다니는 거야?"

"그럴걸. 단기만 끊은 거라서."

"왜? 계속 다니지. 여기가 생각보다….."

박철현이 재잘거리며 얘기하고 지영이가 간간이 웃으며 짧게 대답하는 광경은 그 뒤로 방학 동안 학원 곳곳에서 발견할 수 있는 풍경이 되었다. 며칠이 지나면서 함께 친하게 지내게 된 다른 학교의 친구들은 그들에게 항상 놀림식으로 연애를 부추기곤 했다. 그때마다 박철현은 빨개진 귀를 감추며 서글서글한 눈을 접은 채 어색하게 웃었다. 지영이는 그의 서랍 속에 있었던 빨간 끈을 떠올렸다.

적게는 네다섯 명, 많게는 여덟 명쯤 들어와 앉아 있는 학원 강의실 뒤편은 항상 그들이 놀고 떠드는 소리로 북적거렸다. 그러다 선생님이 들어오셔서, 각자 자리로 돌아가 칠판 쪽을 쳐다보면 지영이의 눈엔 그제야 앞자리에 홀로 앉아 엎드려 있던 한 아이가 눈에 들어왔다. 그는 선생님의 질책에 숙이고 있던 머리를 들고 칠판을 바라보았다. 김상인이었다. 그는 방학 첫날부터 이 학원에 그들과 같이 다니고 있었다.

지영이는 수업에 집중하며 책을 폈다. 그녀가 오기 전까지 학원엔 정말 이야기할 만한 사람이 없었다.

* * *

여름 방학은 생각보다 길었고, 짧았다.

그녀는 이제 박철현과 개학식에서 서로 눈을 맞추며 웃고 먼저 다가가 인사할 정도로 친해졌다. 방학은 말수가 별로 없는 그녀가 잘 알지 못했던 남자애와 친해지기에 충분히 긴 시간이었다. 그러나 그녀는 빨간 끈에 대해 그에게 얘기하진 못했다. 그녀의 기준으로 그럴 용기를 가지기엔 너무 짧은 시간이었던 걸까?

그렇게 어영부영 넘어가게 된 선물에 관한 이야기는 그 뒤로 딱히 꺼낼 필요도 없어졌다. 눈에 띄게 달라진 그녀의 행보 덕분인지 사물함엔 더는 선물이 들어 있지 않았다.

며칠 뒤, 박철현은 지영이에게 고백했다.

"······ 이건 뭐야?"

"그냥, 뭐. 빈손으로 고백하긴 뭐해서…. 따로 불러내기까지 했는데."

저녁 시간이 지난 후 박철현이 그녀를 아파트 밑 놀이터로 불러내 전해 준 것은 '빨간' 리본으로 장식된 작은 곰 인형이었다. 말수가 적은 지영이는 그녀가 해야 할 말을 도저히 길게 말할 자신이 없다. 지영이는 선물을 뚫어져라 쳐다보다, 박철현의 빨개진 귀를 바라보고, 손끝에 걸리는 빨간 리본을 만지작거리곤 대답했다.

"고마워."

"어?"

"먼저 말 걸어 준 것도 그렇고 네가……, 여태까지 해준 거 다."

박철현은 눈을 동그랗게 뜨고 그녀의 말을 듣다 이젠 목까지 빨개진 모습으로 고개를 옆으로 휙 돌렸다.

지영이는 미소 지었다. 웃음이 참 친절해 보였다.

* * *

푸른빛의 나뭇잎은 점점 붉게 변하고, 붉을 것만 같던 여름의 공기는 파랗게 가을로 변했다.

10월 초가 되자 아이들은 저번 학기의 중간고사가 바로 엊그제 같은데 어떻게 벌써 중간고사가 돌아왔냐고 투덜거리는 일이 잦아졌다. 하지만 그런 것도 잠시, 시험이 끝나자마자 그들은 이제 올해의 시험은 하나밖에 남지 않았다며 신나 친구들끼리 놀러 다니기 바빠졌다.

반 아이들은 대부분 놀러가기 위해 먼저 하교한 시험 마지막 날의 오후 시간이었다. 지영이는 교과서를 집어넣기 위해 이젠 다시 잘 들여다보지 않게 된 그녀의 사물함을 찾아 열었다. 책이 들어갈 공간이 있나 살펴보기 위해 고개를 숙여 안을 들여다본 지영이는 깜짝 놀란 듯 눈을 동그랗게 뜨고 사물함 안을 쳐다보았다.

사물함 안에서 그녀를 맞이한 익숙한 물체는 바로 빨간 끈으로 묶인 선물이었다! 그녀는 사귀고 난 이후로는 받지 못했던 선물을 박철현이 왜 이제서야 다시 주는지 의아해하다, 끈을 풀어 그 안을 들여다보았다. 봉투 안에는 또 익숙한 생김새의 작은 초콜릿 여러 개가 담겨 있었다. 지영이는 이것이 박철현이 시험 응원을 위해 기획한 작은 이벤트인가 싶어, 즐겁다는 듯한 표정을 짓곤 핸드폰을 꺼내 들었다. 전화라도 하려는지 그의 전화번호를 누르면서 고개를 칠판 쪽으로 빙글 돌린 그녀는 아무 생각 없이 앞을 쭉 둘러보았다. 그때, 그녀는 한 책상 서랍에서 또 익숙한 색을 발견하게 되었다.

"어……?"

그녀가 우연히 발견한 것은 이번에도 선물에 장식된 것과 같은 빨간 끈이었다. 그녀는 반갑게 웃음을 지으며 그 책상에 가까이 다가갔다. 이윽고 그 서랍에서 끈 뭉치를 꺼내 들었을 때, 그녀는 이상한 점을 알아챘다. 지영이는 의아한 듯한 목소리로 중얼거렸다.

"이건 철현이의 책상이 아닌데……."

쿵-!

지영이가 고개를 갸웃거리며 책상을 다시 살펴본 그때, 교실 앞쪽에서 급하게 문을 여는 듯한 소리가 나와 적막한 교실 안을 가득 채웠다. 그녀는 화들짝 놀라 소리가 난 쪽을 쳐다보았다. 그곳에는 당황한 듯한 표정의 김상인이 문을 부여잡고 숨을 헐떡이고 있었다.

지영이는 그와 끈을 꺼낸 서랍의 책상을 차례로 살펴보았다. 아, 그래. 그녀는 그제야 이 책상이 김상인의 책상이라는 것을 기억해냈다.

"……."

"지, 지영아……. 그게……."

"…… 정말 네가 훔친 거야?"

지영이의 말에 김상인은 눈을 크게 뜨며 대답했다.

"아니! 아, 아니야. 그건 내가 가지고 온 거야."

"네가 가지고 왔다고?"

"으, 응……."

지영이는 크게 한숨을 한 번 내쉬고 그에게 다시 말했다.

"미안한데, 굳이 거짓말할 필요 없어. 이거 철현이가 나한테 선물 줄 때마다 묶어 줬던 끈이거든. 그냥 리본이 아니라 끈이라 확실히 구분할 수 있어."

"뭐?"

"지금 사물함에도 하나 있는데, 혹시 끈 말고도 그동안 물건을 훔친 게 너야?"

김상인은 말을 심하게 더듬기 시작했다.

"아, 아니야! 정말 내가 가, 가져온 건데. 내 거야!"

"철현이가 준 선물이라니까….."

"그 선물도 내가 준, 준 거야!"

지영이는 김상인이 지금 물건을 훔친 것을 들켜 떼를 쓰고 있다고 생각했다. 하지만 그녀는 친절해서, 많이 당황한 듯한 조금 모자란 친구에게 굳이 차갑게 말할 필요는 없다고 생각했다.

"괜찮아, 상인아. 솔직하게 얘기하면 크게 일 안 벌일게. 다른 애들한테 얘기 안 할 거야. 정말이야."

"진짜……. 내가 준 거야! 그동안, 그동안……."

지영이는 한참을 김상인에게 좋은 말을 하며 그를 달래려고 시도했다. 그러나 김상인은 그런 그녀에게 선물을 준 것이 자신이라는 말만 반복했다.

"너 정말 이럴래? 철현이가 나한테 준 선물이었다니까! 저번에 봤어. 원래는 철현이 책상에 있었던 거잖아, 이 리본!"

박철현의 이름이 계속 언급되자 김상인의 표정은 점차 어두워졌다. 말을 더듬거리며 한참을 무어라 반박하듯이 내뱉길 반복하던 그는 갑자기 박철현의 이름을 두세 번 부르며 다른 말을 하기 시작했다.

"박철현, 박, 철현……."

"뭐?"

"걔가… 걔가 그때 갑자기 가방 검사를 막아서 이렇게 된 거야. 그때 뒤, 뒤져 봤으면 알 텐데, 내가 안 훔쳤는데…."

"뭐라는 거야, 갑자기?"

지영이는 김상인이 갑자기 박철현에 대해 뭔가 억울하단 듯이 말하자 황당하다는 어투로 언성을 높였다.

"너 아까부터 왜 이래? 솔직하게 말하면 봐주겠다고 했잖아."

"정말 내가 훔친 거 아니야! 박철현이… 박철현이 훔쳐 간 거야!"

지영이는 김상인이 되지도 않는 변명을 지어내는 것이라 생각해 점점 화가 났다.

항상 친절하게 말을 걸고 대해 줬는데, 이런 식으로 되레 화내기만 한다니. 이건 너무하지 않은가!

"지금 철현이를 도둑으로 몰아가는 거야? 철현이는 너를 도와줬는데!"

"저, 정말 박철현이 너한테 선물을 줬다고 했어? 걔가 정말로 거짓말한 거야?"

지영이는 김상인의 말에 대해 크게 생각하지 않고 감정이 앞선 모양새로 화내기 시작했다.

"거짓말이 아니라 사실이야. 내가 걔 책상에서 이걸 봤다니까."

"걔가 훔쳐서 가지고 있던 거야. 왜, 왜 나한테만……."

"내가 네 말을 어떻게 믿어?"

지영이는 김상인의 말에 짜증스럽게 대꾸했다.

"넌 예전부터 도둑으로 의심 많이 받았잖아. 내가 이런 상황에서 박철현을 믿지, 너를 믿어?"

그녀는 말을 끝마친 뒤, 인상을 찌푸린 얼굴로 몸을 휙 돌려 가방을 챙기고 교실을 나갔다. 그런 그녀의 모습을 김상인은 멍하니 쳐다보기만 했다. 그녀는 걸어 나가면서 핸드폰을 꺼내 혜진이에게 전화했다. 자초지종을 설명하는 그녀의 얼굴엔 미소 한 점 없었다.

"…… 그러니까. 네 말 좀 진작에 들을 걸 그랬어. 괜히 불쌍한 애 한 번 챙겨 줬다가 이게 뭐람!"

지영이는 얼굴을 구기며 투덜거렸다. 매서운 얼굴이 참 친절해 보였다.

* * *

이어폰을 도둑맞았던 일이 아직도 가슴에 깊이 새겨져 있었는지, 혜진이는 지영이의 전화를 받고 크게 분노하며 단톡방, SNS, 전화 등을 가릴 것 없이 모두 동원해 그동안 물건을 훔치고 다녔던 사람이 김상인임을 넓게 퍼뜨렸다. 김상인이 물건을 훔치고 발뺌하는 장면을 지영이가 직접 봤다는 이야기에 아이들은 그가 그럴 줄 알았다는 표정을 짓고서 그에 대해 신나게 떠들어 댔다. 소문은 걷잡을 수 없이 퍼져 갔다.

다음 날 아침, 교실 문을 열고 들어오는 박철현을 발견한 지영이는 그에게 다가가 어제의 일을 자세히 설명해 주겠다며 운을 뗐다. 그러나 박철현은 그런 그녀에게 자신은 이미 소문을 들었으니 설명은 되었다고 손사래를 치며 웃었다. 지영이는 설핏 미소만 지었다. 그 뒤로는 몇 분 후 등교한 혜진이와 함께 김상인에 관해 이야기하느라 시간이 빠르게 흘러갔다. 김상인은 등교하자마자 교무실에 불려 가 아이들에게 얼굴을 비추지 않았다.

다 꺼져 가는 불씨였음에도 불구하고 기름과 장작은 그 솜씨를 톡톡히 발휘해 금방 산 하나를 잡아먹을 것만 같은 큰불을 만들어 냈다. 일이 점점 심각하게 커지는 것 같아 보이자 3반의 담임 선생님은 급하게 종례 시간을 통하여 반 아이들에게 여러 당부의 말을 전했다. 그러나 그의 말은 다시 정리하자면 '조금 모자란 친구니 이해하자.'와 같아, 김상인을 크게 나무라는 뜻이 없는 듯한 어투에 아이들은 더욱 분노하여 오히려 학기 초반보다 더 과열된 양상을 띠고 김상인을 탓했다.

아무리 잦은 횟수로 교무실에 불려 가도 결국 교실에 머물러 있어야 하는 시간은 많았다. 김상인은 쉬는 시간 혹은 수업 시간 내내 책상 위에 엎드려 있거나 아이들의 눈을 피해 학교 건물의 구석진 곳에서 홀로 있는 나날을 반복했다. 잠깐 덮어놓았고, 결국 잊히는가 싶었던 작은 사건이 몇 달의 시간을 지나 되레 크게 덮쳐와 당황한 사람들도 많았다. 며칠이 지나지 않아 선생님은 몇몇 아이들을 따로 불러 이 상황에 대한 설명을 부탁했다. 그 불려간 몇몇에는 지영이도, 혜진이도, 박철현도 포함되어 있었다.

점심시간에 박철현과 함께 교무실로 와 달라는 선생님의 부탁에 지영이는 혜진이보다 밥을 조금 더 일찍 먹은 뒤 바로 발걸음을 옮겼다. 철현이와는 교무실 앞에서 만나 같이 들어가기로 했다.

서둘러 걸어가 교무실 도착 직전의 한 코너만을 남겨 두고 있을 때였다. 그녀는 그녀보다 먼저 교무실에 도착한 한 인영이 복도에서 담임 선생님과 이야기하는 소리를 듣게 되었다.

"…… 정말 네가 아니니?"

"아니, 아니에요. 저 정말 아니에요."

"하……."

지영이는 코너에서 교무실 쪽으로 머리만 내민 채 눈을 가늘게 뜨고 그 인영을 자세히 살펴보았다. 김상인이었다.

"상인아. 많이 겁먹은 마음은 이해해. 하지만 선생님한테는 조금 더 솔직하게 말하자. 네가 이러면 선생님도 정말 힘들어……. 아까 다녀간 아이들이 네가 훔치는 걸 직접 봤다고 하는 거 다 들었다."

김상인이 훔치는 걸 직접 봤다고?

지영이는 그 말에 다른 아이들이 거짓말을 섞어 선생님께 설명했다는 것을 알아챘다. 그녀는 숨을 죽이고 대화를 더 자세히 들었다.

"가, 가방 검사해 보면 안 돼요? 저 정말 안 훔쳤는데…, 저 진짜 아닌데……."

"이런 상황에 가방 검사하는 게 무슨 의미가 있니? 하, 됐다. 이따가 얘기하자. 이만 교실로 돌아가도 돼."

김상인은 울먹거리며 재차 선생님께 아니라는 말만 여러 번 반복했다. 선생님은 그런 그를 타일러 교무실에서 결국 돌려보냈다. 문이 닫히고, 곧 김상인이 그녀가 있는 방향으로 천천히 걸어오는 소리가 들렸다. 지영이는 황급히 머리를 뒤로 물렸다.

"…… 이지영?"

코너에서 방향을 꺾은 뒤 지영이와 마주치게 된 김상인은 우뚝 선 채로 그녀의 이름을 불렀다. 지영이는 그 부름을 못 들은 척 무시하며 입을 꾹 다물었다. 그에 김상인은 순식간에 눈물이 차오른 눈으로 그녀를 바라보며 입을 옴짝달싹하다, 억울한 목소리로 말했다.

"내가 안, 안 훔친 건데 왜 그렇게 얘기했어? 정말, 정말……."

"……."

지영이는 김상인이 재차 그녀를 탓하는 말을 해도 시선을 피한 채 침묵하기만 했다. 이윽고 그녀가 몸을 살짝 옆으로 돌려 그를 피해 교무실을 향해 걸어가자, 김상인은 그런 그녀의 팔을 잡으려 들며 소리쳤다.

"정말 내, 내가 훔친 거 아닌…… 윽!"

"!!"

그때였다. 지영이와 교무실 앞에서 만나기로 했지만 밥을 조금 늦게 먹어 급하게 걸어오던 박철현은, 그녀에게 달려드는 듯한 모양새의 김상인을 보고 깜짝 놀라 그를 막아 밀쳐 내며 인상을 구겼다.

"너 뭐 하는 거야?!"

김상인은 그의 행동에 뒤로 쿵 넘어지고, 박철현이 크게 외치는 소리가 들리면서 큰 소란이 일어나 교무실에서 선생님 한 명이 뛰쳐나와 무슨 일이냐고 소리쳤다. 곧이어 그들의 담임 선생님도 교무실을 나와 그 상황을 보곤 가까이 다가왔다. 선생님이 박철현에게 다시 한번 무슨 일이냐고 묻는 대화가 들리고, 지영이는 당황한 듯한 눈으로 그 광경을 이리저리 둘러봤다.

그 모든 상황에서 김상인은 이지영을 쳐다봤다. 그의 눈빛이 무슨 뜻을 담고 있었는지 지영이는 분간할 수 없었다.

다음 날, 김상인은 학교에 나오지 않았다.

＊＊＊

날씨는 눈 깜짝할 새에 매섭도록 추워져, 차갑고 짙은 공기와 함께 2학기 기말고사가 모두의 앞으로 성큼 다가왔다. 반 아이들은 이제 두꺼운 겉옷으로 몸을 꽁꽁 싸매고 교실에 들어오자마자 히터의 작동 여부를 살펴보는 것이 일상이 되었다.

누군가 습관처럼 추워, 라고 중얼거린 말에 아이들은 득달같이 달려들어 서로 대화에 대한 물꼬를 트고 너 나 할 것 없이 추위에 대해 불평했다. 한참을 웃고 떠들며 이야기하던 그들은 교실 앞쪽에서 문이 열리는 소리가 들리자 갑자기 대화를 뚝 멈추고 다 같이 그쪽을 쳐다보았다.

교실에 들어온 사람은 바로 이지영이었다. 몇 초 유지되는가 싶었던 그 침묵은 이지영이 웃음을 지으며 그들에게 다가오자 언제 그랬냐는 듯 사르르 녹으며 없어졌다. 거리낌 없는 대화를 이어가던 그들은 이지영이 잠깐 화장실을 다녀오겠다고 교실을 나서자 다시 뚝 말을 멈췄다. 조금 긴 고요 속에서, 한 아이가 다른 아이들의 눈치를 보다가 누가 들을까 조심스럽게 낮춘 목소리로 말을 꺼냈다.

"…… 왜, 얼마 전에 김상인이 교통사고로 죽은 거 말이야."

"그게 왜?"

"너 못 들었어?"

"그거 사고가 아니라 걔가 차에 뛰어든 거라고 하던데."

"뭐?"

다시금 침묵이 흘렀다. 그러나 그것도 잠깐뿐이었다.

"걔가 뛰어들 이유가 뭐 있어?"

"왜 없어? 그 사고 직전까지 계속 왕따 당했었잖아."

"그건 걔가 먼저 도둑질하고 다녀서였는데, 뭘."

"그건 맞지만……."

또 침묵이었다. 그러나 또 잠깐이었다.

"…… 근데 그건 확실한 거야?"

"뭐가?"

"그때 그 도둑질, 전부 김상인이 한 거 맞아?"

"왜 아니야? 전교에 소문 쫙 났었는데."

"그거 그냥 김혜진이 퍼뜨린 거잖아. 걔 말 외에 딱히 증거는 없었지."

"근데 정확히는 이지영이 봤다는 말 아니야?"

…….

"너네 왜 이제 와서 그래? 너네도 김상인 욕했잖아."

"누가 뭐래? 그냥 얘기하는 거지."

"아, 몰라. 난 그냥 소름 끼쳐. 그렇게까지 할 건 또 뭐야."

"사고였을 수도 있지."

"아니겠냐? 그 전날에도 박철현이…….'

아이들이 떠드는 소리가 들렸다. 이지영은 조용히 교실 뒷문으로 들어가, 그녀의 사물함을 찾아 열어 보았다. 사물함엔 그녀의 책 외에는 아무것도 없었다.

1교시 수업 종소리 이후 금세 몇 교시가 훌쩍 지나고 오전 수업이 끝났다. 점심시간이 되자 아이들은 교실 밖으로 와르르 뛰쳐나갔다. 이지영은 조용히 교실 뒤쪽으로 걸어가, 그녀의 사물함을 찾아 열어 보았다. 사물함엔 그녀의 책 외에는 아무것도 없었다.

점심시간 종이 끝나고 곧이어 시작한 오후 수업들은 매우 빠르게 흘러갔다. 다음 날이 기말고사의 시작인 탓인지 아이들은 미적거리는 일 없이 각자의 집, 혹은 학원으로 빠르게 흩어졌다. 이지영은 교실 뒤쪽으로 걸어가, 그녀의 사물함을 찾아 열어 보았다. 그녀의 눈이 커졌다. 사물함에서 익숙한 빨간 끈이 살랑이며 그녀를 맞아 주었다.

이지영은 급하게 손을 집어넣어 그 선물을 꺼냈다. 처음 선물을 받았을 때와 똑같이 생긴 봉투엔 시험에 대한 응원의 뜻인 듯 작은 초콜릿 여러 개가 담겨 있었다. 그녀는 살며시 웃음 지었다. 기쁨의 뜻인지, 안심의 뜻인지 모를 웃음이었다.

"지영아, 얼른 가자."

그때, 교실 밖에서 이지영을 기다려주던 박철현이 사물함 앞에서 나올 생각을 안 하는 듯 가만히 서 있는 그녀를 재촉했다. 그에 이지영이 밝은 목소리로 그에게 말했다.

"선물 또 줬네? 이번에도 초콜릿이야?"

"선물?"

이지영이 웃으며 한 말에 박철현은 의문을 표하며 교실 문을 열고 그녀에게 다가갔다. 그녀는 봉투를 고정하고 있던 빨간 끈을 흔들면서 다시 말했다.

"이거 말이야, 이거. 그때 김상인이 훔쳐 갔던 끈은 내가 우리 집에 가져갔었는데……. 끈 새로 산 거야?"

"무슨 소리야? 그게 뭔데?"

계속 이어지는 설명에도 박철현은 그게 진짜 무엇인지 모르겠다는 듯 고개를 흔들었다.

"왜 몰라? 네가 여태까지 나한테 주던 선물이잖아. 사물함에, 며칠 간격으로… 장난치는 거야?"

"무슨 말인지 잘 모르겠는데. 선물을 줬다고? 누가, 너한테? 나한테 그런 얘기 한 적 없었잖아."

"왜 한 적이 없어. 네가 나한테 빨간 리본으로 묶인 곰 인형 줬을 때, 여태까지 준 거 다 고맙다고 내가……."

리본?

"고맙다고 내가……."

불안한 눈빛으로 박철현을 보던 이지영은 그와 눈을 맞추고 있었던 그녀의 시선을 무심결에 아래로 낮추었다. 그러자 그녀는 박철현이 앞으로 매고 있던 가방의 앞주머니가 눈에 들어왔다. 앞주머니는 지퍼가 살짝 열려 있었다.

열려 있는 틈새로 어느 하얀 물체가 보였다. 시선을 더 내려 틈새를 자세히 살펴보니, 안에 들어 있는 물체는 줄 이어폰인 듯했다. 이어폰 헤드가 특이하게 곰돌이 모양이었다.
지영이의 얼굴이 일그러졌다. 일그러진 얼굴이 참 친절해 보였다.

에필로그

　나의 이야기를 쓰는 에세이와 달리, 오로지 생각과 상상으로만 가득 채워서 써 본 소설은 정말 생경한 느낌이었다. 담고 싶은 뜻이 많았지만 그래도 담백하게 글을 쓰고자 노력했다. 언뜻 보면 선과 악이 분명하게 드러나 있는 것 같지만, 사실 말 그대로의 악역을 생각하고 구상해낸 캐릭터는 없었다. 나는 이 글을 읽는 사람이 '만약 자신이 지영이었다면, 철현이었다면, 상인이었다면, 그리고 3반의 아이들이었다면'을 가정해 보는 시간을 가졌으면 좋겠다.

　다음 기회를 기다리지 않고 내가 스스로 한글 창을 켜서 소설을 써 보는 날이 왔으면 한다. 무엇이 이유였든 이렇게 글을 써 본 것이 나에게 매우 좋은 경험이 되었다는 것을 안다. 이 경험이 여기서 끝나지 않고 미래의 나에게 계속 영향을 끼치길 바라며, 글에 대한 애정에 작은 나뭇가지를 던져 불씨가 사그라들지 않게 유지하고 싶다. 언젠가 한 번쯤은 아주 큰 장작을 넣어 단편 소설을 써 볼 나를 위해.

내
담

김가은

- 탁탁 탁. 아침잠을 깨우는 키보드 소리가 방 안을 가득 채운다. 현재 토요일 오전 6시, 평소의 내담이라면 창문을 통해 들어오는 선선한 새벽 공기와 은은한 빛을 받으며 까무룩하게 자고 있을 시간이었다. 해가 뜨지 않은 이른 시각이라 무채색으로 가득 찬 방 안에서 흘러내린 잔머리를 연신 쓸어 넘기던 손은 한숨을 쉬며 독서기록장이라고 적힌 빈 용지를 어두운 낯빛으로 하나씩 채워가기 시작했다. 이름… 한내담. 학반… 2학년 9반. 책 이름…. 이 책을 읽은 이유…. 타이핑을 하던 내담이의 손이 이내 멈추었다.

 "내가 이 책을 읽은 이유라……."

 한숨이 섞인 무거운 숨소리로 내담이는 잠시 고민하였다.

 "나의 꿈을 이루기 위해…. 내가 좋아하고 관심 있는 분야이기 때문에……."

타자를 치던 손이 주춤거렸다.

나는 과연 진정으로 이 책에 대해 궁금하고 읽고 싶은 호기심이 생겨서 읽었는가에 대한 생각은 곧 생활기록부를 채우기 위한, 대학을 가기 위한 수단으로서의 생각으로 변질이 되었다. 그나마 관심이 생기고 좋아하는 것도 생활기록부를 채우려는 목적으로 더 알아보려고 하니 흥미가 떨어지는 기분이었다. 이내 내담이는 체념한 채 꾸역꾸역 한 페이지 분량의 독서기록장을 마무리하였다. 그리고 나서 새로운 책을 빌려 기록부를 더 쓰기 위해 도서관에 갈 준비를 서둘러 하였다.

-지잉 지잉 울리는 전화벨 소리에 책을 챙기다 말고 내담이는 서둘러 전화를 받았다. 부모님의 연구소에서 온 전화였는데 놔두고 온 자료를 가져다 달라는 부탁이었다. 서둘러 도서관에 갔다가 집에 와 쉴 생각이었던 내담이는 한숨을 쉰 채 우울한 목소리로 웅얼거린 뒤 빠르게 집을 나섰다.

무더운 한여름의 낮은 지친 기분을 더 무기력하게 만들기에 충분했다. 연신! 손부채질을 하며 20분 동안 버스를 타고 연구소에 도착해 신원 확인을 하고 내부에 들어섰다. 하얀색 타일로 꾸며진 내부는 왠지 모르게 신기하면서도 긴장되게 만들었다. 이는 평소에 궁금증이 매우 많은 내담이의 호기심을 자극하였다. 잠시 안내데스크에 앉아 기다려 달라는 안내원의 말을 잊은 채 이내 자리에서 일어나 무언가에 홀린 듯 주변을 찬찬히 살펴보기 시작했다. 주말이기도 하고 한창 새로운 시스템 연구로 바쁜 시기라 로비에는 내담뿐이었다.

-뚜벅뚜벅 거대한 빈 홀에 내담이의 발걸음 소리가 울려 퍼졌다. 연구소에는 신기한 물건들이 많았다. 호기심 가득한 내담이는 두리번 두

리번거리면서 걷다가 앞에 무엇이 있는지도 모른 채 큰 구멍에 발이 빠져 버려 그대로 구멍에 빨려 들어가듯 낙하하였다.

-쿵 소리를 내며 엉덩방아를 찧은 내담이는 꽤 아팠는지 작게 탄식한 후 느릿하게 일어났다. 아무래도 연구소 점검을 위해 잠시 치워놓았던 환풍구 구멍으로 발을 헛디뎌 이곳에 낙하한 것 같았다. 환풍구 구멍을 보고 잠시 상황 파악을 하다 뒤를 돌아 떨어진 곳의 내부를 살펴보았다.

연구실 안 가장자리에 둘러싸듯 배치된 큰 원통 안의 솟아오르고 있는 공기 방울을 보자 밀려오는 긴장감에 내담이는 마른침을 꿀꺽 삼켰다. 식은땀도 흐르는 것 같았다.

거대하고 복잡하게 서로 엉켜 있는 선들을 따라 시선을 이동해 보니 본 시스템으로 보이는 기계가 있었다.

긴장이 조금 풀린 내담이는 한 발자국씩 다가갔다. 시스템은 하얀색의 독서 받침대처럼 생겼고 받침대에는 여러 색깔의 버튼이 있었다.

"아……. 이게 그 책 속에 들어가게 하는 시스템인가……?"

그저께 저녁 내담이는 부모님과 저녁식사를 하면서 부모님의 연구소 얘기를 살짝 엿들은 적이 있었다. 요즘 개발하고 있는 시스템 개발이 막바지에 다다랐는데 아직 실행시키기엔 위험 부담이 크다는 내용이었다. 얼핏 들었을 때는 책 속에 들어가 책 내용을 체험하는 시스템이라고 부모님께서 말씀한 것이 내담이는 떠올랐다.

시스템 옆을 보니 홀로그램으로 주의사항이 적혀 있었다. 이 시스템에는 많은 시간을 소비하지 않고 간단하게 경험할 수 있다는 장점이 있으나 체험을 끝내기 위해선 작가가 책을 쓴 이유와 의미들을 깨닫고 책 내용의 일들을 다 수행해야지 빠져나올 수 있고 책 속 시간이 더 빠르게 흘러간다는 내용이었다.

그제야 내담이는 자신이 어디에 있는지 점차 실감이 나기 시작했다. 등골이 오싹해지고 심장이 불규칙적으로 뛰어 귀에 두근거리는 소리가 들릴 정도로 긴장감이 맴돌았다. 연구소 내에는 공기 방울이 올라가는 소리와 기계음밖에 들리지 않아 공포감이 증폭되었다.

내담이는 뒷걸음질을 치며 주춤거리더니 빠른 보폭으로 연구실의 출입문으로 다가가 문고리를 당겼다. 이때 문밖에서 말소리가 들리는 동시에 연구원들이 돌아오는 소리가 들렸다.

내담이의 두 동공이 세차게 흔들렸다. 자신이 이곳에 있다는 것을 들킨 후 일어날 일이 두려워 내담이는 자신도 모르게 냅다 본 시스템 위에 도서관에 반납하려고 가져온 책을 올려 둔 뒤 설명서에서 시키는 대로 시스템의 버튼을 빠르게 눌렀다. 이내 강한 빛이 일어나더니 -쿵 하는 굉음과 함께 시스템이 가동되었다. 연구실 안에서 들리는 소리에 연구원들은 놀란 표정으로 문을 세차게 열었다.

연구실 내부에는 연기가 자욱했다. 손으로 연기를 휘저으며 시스템 근처로 나가가자 그 자리에 남아 있는 것은 내담이의 보조가방과 도서관 책뿐이었다.

* * *

"…… 내…… 담… ㅅ…."
"…… 내담 사… 원…."

작게 이명처럼 들리던 목소리는 점점 커져 내담이의 정신을 들게 하였다. 눈이 번쩍 뜨인 내담이는 발작하듯 벌떡 일어났다. 내담이는 이게 꿈인가 싶었다.

"지금 조는 거야, 내담사원? 이거 오늘 해야 할 일들이니까 빨리 움직이도록……."

종이를 보자마자 내담이는 섬광처럼 집에서 독서기록장에 쓴 책의 목차가 머릿속을 스쳐 지나갔다.

[목차]

1. 그래픽의 기본 기초 (작동법, 용어 등)

2. 그래픽이 쓰인 영화 기법

3. 유명 그래픽회사 견학

4. 영화 그래픽 참여

"아니, 이게 왜 여기에……. 여긴 어디야."

그제야 내담이는 주위 사물을 둘러보기 시작했다. 이때 ─또각또각 거리는 다급한 구두 소리와 함께 땀으로 끈적하게 젖은 내담이의 손을 붙잡아 이끄는 손이 나타났다. 멍한 눈으로 방황하던 내담이의 시선이 도착한 곳에는 이도움이라는 명찰이 달려 있었다.

"자자, 어서 가자! 할 일이 태산이야."

내담이는 영문도 모른 채 상황 파악을 하기에 바빴고 그저 이도움이라는 직원의 손길에 끌려갈 뿐이었다. 내담이는 끌려가면서 가만히 생각했다.

분명 자료를 가지고 연구소에 갔고 돌아다니다가 구멍에 빠졌고 연구실을 빠져나가려다 연구원들이 오는 소리에 시스템을 가동했…, 가동? 내가 시스템을 가동했다고?! 설마……. 잠시만……. 그래서 이곳은 책 속이고……?'

"망했다……."

내담이는 당황스러움에 몸에 있는 피가 얼굴로 쏠린 것처럼 얼굴이 빨갛게 변했다. 멍하게 있는 내담이를 보던 이도움은 내담이의 얼굴 앞으로 손뼉을 짝 쳤다.

"이름이 한내담이라고 했나……? 너 지금 이럴 시간이 없어! 빠른 시일 안에 그래픽 프로그램 작동법이랑 용어 익혀야 해. 그래야지 이곳을 빨리 빠져나가지 않겠어? 어서 앉아. 내가 도와줄게!"

"잠시만. 이도움씨도 책 안에 갇혀 있던 거예요? 그 사실을 어떻게 알아요?"

"너 이 책 읽을 때 내용 중에 도움말이라고 어려운 용어나 덧붙이는 말을 적어 놓은 글을 봤지? 책 안 세계에서는 도움말이 체험자가 미션을 수행할 수 있게 도와주는 사람으로 나와. 너도 알면서 책 속으로 들어온 거 아니니?"

내담이는 시행 준비 중이던 시스템을 실수로 가동했다는 사실까지 얘기하고 싶지 않았다. 내담이는 작게 한숨을 쉬고 시스템 작동 전 읽은 주의사항을 생각했다.

'그래 이렇게 좌절만 해봤자 진행되는 것은 아무것도 없을 거야. 대충대충 빨리 끝내서 책 밖으로 나와야겠다.'

내담이와 이도움은 회사 한 쪽에 마련된 작은 사무실로 들어갔다. 그곳엔 성능 좋은 컴퓨터와 내담이의 키만큼 쌓여 있는 책이 눈길을 끌었다.

"자, 우린 영화의 그래픽. 즉, CG를 다룰 것이기 때문에 모션 그래픽을 배울 거야. 모션 그래픽이란 영상에 여러 효과들을 줘서 디자인을 하고 영상을 풍부하게 만들어주지. 자, 일단 우리는 모션 그래픽 디자인에 필요한 전문 디자인 툴 애프터 이펙트, 시네마4D 등을 배울 거야. 그 전엔 첫 번째로 기본인 일러스트와 포토샵이 있어. 그것부터 익혀보도록 하자."

이내 사무실 안은 책을 넘기는 소리와 마우스가 현란하게 움직이는 소리로 가득 찼다.

"자, 다 익혔니? 이제 조금 알겠어?"

책 속에서 빨리 빠져나가고 싶은 마음에 내담이는 이틀하고 반나절의 밤을 꼴딱 새운 결과 빠른 속도로 대충 다 익힌 것 같았다. 덕분에 발 끝까지 내려온 다크서클을 얻었지만….

"이제 어느 정도 익혔으니 유명 그래픽 회사에 가서 견학하는 시간을 가질 거야. 음……. 조언 같은 것을 듣는 거지. 이 책 안을 빠져나가는데 많은 도움이 될 거야. 인터뷰를 하려면 일단 그 회사가 만든 영화를 사전에 봐야겠지? 이번 일은 내가 도와주진 않을 거야. 네가 직접 영화를 고르고 조사를 하면 내가 회사까지 데려다줄 것이고 내가 그 회사에 미리 너에 대한 이야기는 해 놓을게. 그럼, 파이팅!"

이도움은 그렇게 작은 주먹을 불끈 쥐는 행동을 하며 서둘러 사무실을 나갔다. 닫힌 문을 빤히 보다가 내담이는 책상에 물 흐르듯 엎어졌다. 막막하고 힘들었다. 그래도 이 책에서 빠져나가려면 서둘러 주어진 일을 처리해야 했다. 막중한 책임감이 엄습해 왔다. 내담이는 모니터 앞에 앉아 영화를 검색하기 시작했다.

아무래도 그래픽 쪽으로 관심이 많던 내담이는 자신이 즐겨보던 SF, 공상과학, 판타지적인 그래픽이 쓰인 영화들을 손쉽게 찾을 수 있었다. 자신도 모르게 귀찮다는 마음보다 설레고 흥미로운 느낌에 푹 빠져서 반짝거리는 눈빛을 띠며 조사를 시작했다.

작은 문틈으로 내담이를 보던 이도움은 작게 미소를 지으며 말하였다.

"빨리 빠져나갈 수 있겠다."

내담이는 절로 머리가 지끈거리는 느낌을 받았다. 유명 그래픽 회사에 견학이라니 벌써 손에 땀이 나기 시작했다. 역시 무엇 하나 쉬운 것이 없었다.

자신의 의지 없이 억지로 일을 하려다 보니 자신이 관심 있던 분야였음에도 흥미를 점점 잃어갔다. 마치 자신이 독서기록장을 쓸 때와 같은 기분인 것처럼 말이다. 내담이는 덜컥 겁이 났다. 내가 이때까지 커 오면서 좋아하고 행복해했던 것들이 귀찮아지기만 하니 내담이는 이때까지 자신의 꿈을 이루기 위해 해왔던 노력은 다 물거품인가라는 상실감까지, 여러 복합적인 감정이 맴돌았다. 목이 메고 눈앞이 흐려졌다.

자기 자신이 하는 일들을 자신이 직접 의심한다는 것이야말로 마치 무저갱과 같았다. 내가 가는 길이 맞는 것인가라는 생각도 같이 들며 내담이의 기분은 심해 저 밑바닥으로 끌려 들어가는 것 같았다.

오전에 갔던 그래픽 회사에서의 견학은 지금 내담이를 녹초로 만들기에 충분했다. 회사가 만든 그래픽에 대해 궁금한 점, 감상한 느낌 등을 말하려는데 그래픽 디자이너 분들을 만나자마자 전해오는 아우라에 목소리가 절로 떨려 이도움은 내담이가 노래를 부르는 줄 알았다.

"내담아, 아까 노래 부르는 거 아니었지?"

이도움이 올라가려는 입꼬리를 애써 참으려 입술을 오므렸다.

"지금 저 놀리려고 하는 거죠? 정말 떨렸다니까요⋯."

울상인 표정으로 어깨를 축 내린 몸짓과는 다르게 내담이의 얼굴에는 뿌듯함이 서려 있었다.

"자자, 어서 가자! 곧 있으면 회의가 시작된단 말이야!"

초조하다는 듯 발을 동동 구르며 내담이를 일으키려는 이도움의 모습은 지나가는 회사원들의 웃음을 자아냈다. 녹초가 된 내담이의 몸을 이끌며 이도움은 회의실로 뛰어갔다.

"아니, 좀 쉬었다가 하면 안 돼요? 너무 귀찮은데……."

내담이는 풀썩 주저앉아 웅얼거리며 말했다.

"너. 인터뷰랑 조언을 듣고 와서 하루하고 반나절을 쉬었잖아. 이번 프로젝트에 너는 꼭 참여해야 해. 빨리 들어가자!"

–끼익 하는 소리와 함께 문이 열렸다. 내담이는 어색한 미소를 지으며 자리에 앉았다. 이윽고 빔프로젝터가 켜지면서 회의가 시작되었고 내담이의 심장도 빠르게 뛰기 시작했다. 긴장이 돼서 그런 것이라고 착각했겠지만 사실은 이 일을 하는 것이 설레었기 때문이라고 내담이는 생각하지 못하였다.

이제 정말 실전에 들어가야 할 시간이었다. 내담이와 회사 직원들은 손을 가운데로 모아 프로젝트의 성공을 바라는 마음으로 힘차게 파이팅을 외쳤다.

* * *

어스름한 달이 고개를 들어 창을 비출 때쯤 내담이와 직원들이 일정한 간격으로 타자를 치는 소리가 사무실 안을 배회하였다. 뻐근한 목을 이리저리 돌리며 반쯤 내려앉으려고 하는 눈꺼풀을 애써 참으며 책상에 엎드리기를 수십 번 하였을까. 창 너머로 밝은 빛이 새어 나오고 있을 때 마감 버튼을 누르는 –딸깍 거리는 마우스 소리가 났다.

"모두 맛있게 먹고 이번 프로젝트 모두 수고했다!"

내담이는 닭다리를 집어 한 입 크게 베어 문 뒤 목이 따가운 것도 모른 채 콜라 한 컵을 마셨다. 그간의 고됨이 싹 씻겨져 나가는 것 같았다.

퇴근 시간이 한참 지나 불 꺼진 회사의 사무실에선 밝은 빛이 여전히 새어 나오고 있었다. 마치 내담이의 기분처럼. 그렇게 사무실 안에서는 나른하게 노닥거리는 소리가 끊이지 않았다.

녹초가 된 내담이는 회사 2층 맨 끝 쪽에 있는 숙직실로 갔다. 잘 준비를 모두 마치고 쓰러지듯 간이침대에 누웠다. 금방이라도 잠에 들듯 노곤한 기분에 눈을 감자 지금까지 있었던 일들이 주마등 스치듯 지나갔다.

내담이는 이제 자신이 어떤 것을 위해 컴퓨터 그래픽 디자이너의 직업을 이루고 싶었는지, 왜 하고 싶었는지에 대한 이유를 찾은 것 같았다. 누군가 시켜서 하는 것이 아닌, 자신이 꼭 해내고 싶다는 의지로 일을 해결해 나가는 것이 얼마나 중요한지를 깨달았던 것이다.

그렇게 잠든 내담이의 얼굴엔 은은하게 빛나는 밝은 빛이 감쌌다.

* * *

자욱한 연기와 함께 -펑 하는 소리가 들렸다. 일사불란하게 시스템 복구 중이던 연구원들은 일제히 시스템을 향해 바라보았다. 순간 밝은 빛이 일렁이면서 내담이가 서 있었다.

내담이는 눈을 슬쩍 뜨자 보이는 시스템에 먼저 안도의 한숨을 쉬었다. 산을 100번 오른 것마냥 다리가 후들거리며 온몸에 힘이 쭉 빠지는 느낌이 들었다.

"돌아왔구나……."

이윽고 내담이는 뒤를 돌자 자신을 바라보고 있는 여러 개의 눈동자와 눈이 마주쳤다. 이윽고 자신이 어떤 일을 저질렀었는지 하나하나 스쳐가며 내담이의 얼굴을 붉게 만들었다. 그러고서 고개를 푹 숙였다. 목에 큰 공이 턱 막힌 듯이 숨이 잘 안 쉬어졌고 몰려오는 긴장감과 이내 돌아왔다는 안도감과 죄책감에 눈앞이 먹구름 낀 것마냥 흐려지기 시작했다.

먼발치에서 다급하게 뛰어오는 소리와 함께 자신의 이름을 부르는 소리가 메아리처럼 웅웅 들려왔다. 내담이는 백지에 가까운 창백한 낯빛을 띠며 달려오는 부모님을 보자마자 긴장감이 풀려 주저앉고 말았다. 내담이의 부모님은 흐르는 땀을 애써 닦으며 내담이를 아무 말 없이, 빈틈없이 꼭 안아 주었다.

연구소에서는 내담이에게 책임을 묻지 않기로 했다. 연구소의 부주의로 일어난 일이라는 결론을 내렸다. 대신 내담이는 일주일 동안 연구소에 부모님과 머무르면서 책 속에서 있었던 일, 체험했던 것, 빠져나올 수 있었던 방법 등을 빠짐없이 전달하였다. 연구소는 이를 바탕으로 시스템 개발을 마무리짓기로 하였다.

마침 연구소에서도 임상실험이 필요했는데 위험 부담이 큰 탓에 마땅히 체험할 사람을 구하지 못해 완성을 못 시키고 있었다고 한다. 연구소는 내담이의 체험을 끝으로 시스템을 완성하기로 했다.

– 연구원과 내담이의 질의응답 中 –

"마지막 질문입니다. 한내담씨는 이 시스템의 체험으로 인해 무엇을 얻었나요? 자신에게 어떤 발전이 있었는지 궁금합니다."

"음…. 처음 책 속에 들어갔을 땐 아무것도 모르고 들어왔으니 빨리 주어진 일들을 끝내야겠다는 생각이 들었어요. 관심 있는 분야였고 이루고 싶은 진로에 관한 일인데도 빠져나가고 싶은 마음이 크다 보니까 싫증이 났고 흥미도 잃어서 대충대충 하게 되더라고요. 그래서 대충 하다 보니까 다음 단계의 일을 하는데 어려움이 있더라고요. 그때 하고자 하는 의지가 가장 중요하다는 것을 알게 되었어요."

"자세하게 말씀해 주실 수 있으신가요?"

내담이는 눈동자를 위로 굴리며 작은 헛기침을 내뱉은 뒤 천천히 읊조리기 시작했다.

"아아, 네. 좀 더 설명하자면 자신이 아무리 좋아하는 일이라고 해도 하고자 하는 의지가 없으면 아무것도 할 수가 없었어요. 그래서 그 후에는 주어진 일을 즐기자는 마인드로 한 것 같아요. 스스로가 의지를 가지고 한 걸음씩 가다 보니 어느새 흥미를 느끼고 열심히 일하는 제 자신을 발견할 수 있었어요. 그렇게 하다 보면 일의 능률이 안 오를 수가 없더라고요."

내담이의 얼굴에는 어느덧 예쁜 보조개가 움푹 파였다.

"네, 감사합니다. 이상으로 한내담 씨의 질의응답을 마치겠습니다. 수고하셨어요."

집에 돌아온 내담이는 책상 위에 앉아 노트북을 켜 독서기록장이라고 적힌 빈 용지를 꺼냈다. 일주일 동안 연구소에 있어서 미뤄진 할 일이 산더미처럼 쌓여 태산이었다. 그럼에도 불구하고 내담이는 한결 가벼워진 어깨로 타이핑을 치기 시작했다. 이름… 한내담. 학반… 2학년 9반. 책 이름…. 이 책을 읽은 이유…. 타이핑하던 내담이의 손이 이내 멈추었다.

"내가 이 책을 읽은 이유라……."

느릿하게 눈을 감았다가 뜬 내담이는 잠시 고민하였다. 시계 초침이 움직이는 소리가 방안을 채우고 정각에 다다랐을 때쯤 멈춘 손이 이내 다시 움직였다.

 조그맣게 열린 창틀 사이로 은은하게 반짝거리는 햇살이 방 안을 서서히 색칠해 나갔다.

✦ TMI (더 알아보기)

- 이름을 한내담으로 짓게 된 계기: '내담'이라는 이름은 순우리말로 '힘차게 나아가라'라는 뜻을 담고 있다. 주인공이 맡은 일을 잘 해결하고 나아가라는 의미에서 내담이라는 이름을 붙였다.

- 책 속의 시간은 현실 시간보다 빠르다. 책 속에서의 일주일이 현실 세계에선 1시간이다.

- 내담이는 책 속 시간을 기준으로 3주 동안 머물렀다.

에필로그

지금 시기, 자신의 진로에 대해 방황하는 친구들을 위해.

컴퓨터 그래픽 디자이너라는 직업에 대한 꿈을 가지고 있는 나는 그래픽과 입시 미술을 공부하고 있다. 이 꿈을 이루고 싶어 시작한 공부지만 수행평가나 독서기록장에 이루고 싶은 진로와 관련된 내용으로 끼워 맞추려 하고, 모든 일에 대해 평가를 받다 보니 꿈을 향해 가는 것이 요즘엔 부담스럽고 부쩍 힘들어졌다. 그렇지만 되돌아보면 그 고됨 속에서 도움이 되지 않는다고 여겼던 것들이 나에게 밑거름이 되어 미래의 '나'를 만든다는 것을 깨달았다. 그래서 나와 같은 방황을 겪고 있는 이들에게 이 과정을 함께 이겨내자고 말하고 싶다.

정몽(正夢)

조나은

언제나 반복되는 하루. 알람은 오늘도 울렸고, 나는 힘들게 일어나 지각을 면할 시간에야 겨우 학교로 갔다. 주위를 둘러보니 마치 컨베이어 벨트에 놓인 인형들처럼 온통 똑같은 모습을 한 학생들이 같은 목적지로 향하고 있었다.

막상 교실에 들어서면 다들 생기가 넘쳤다. 물론 나는 빼고. 시끄러운 대화를 뚫고 자리에 앉아 에어팟을 끼고 내가 좋아하는 곡들이 가득 찬 플레이리스트를 재생했다. 그렇게 아침을 보내려던 때에, 아이들의 말들이 뒤엉켜 노랫소리를 덮었다. 아무래도 저 소음들을 막을 수는 없었나 보다.

"집 가고 싶다."

"나도 마찬가지야."

나와 친구의 대화 중 절반 이상을 차지했던 주제였다. 그만큼 학교에서 시간을 보내는 것은 너무나도 지루했다. 그 시간에 다른 일을 하면 훨씬 더 도움이 됐을 텐데. 하지만 어쩔 수 없으니 뭐, 불평을 늘어놓긴 하지만 하라는 대로 살고 있었다.

가끔 학원을 안 가는 날엔 도서관으로 가 차분함을 느끼며 남은 하루의 여유를 즐기곤 했다. 나는 교복을 벗어 던지고 내가 원하는 옷을 입은 채, 한결 가벼워진 발걸음과 함께 집 근처 도서관으로 곧장 향했다. 도서관에 도착하자마자 느꼈던 것은 바로 그곳의 정적이었다. 조용함을 넘어서 적막이 흐르는 이곳은 나의 안락한 휴식처가 되어 주었다. 그다음 느껴진 것은 책의 향기였다. 도서관에 모여진 온갖 책들의 향기가 조화롭게 섞여 코를 찔러 왔다. 숨을 크게 들이마시고 책의 향기를 느끼다 보면, 어느새 이곳의 책들을 다 읽은 것만 같았다.

나는 조용히 책들을 구경해 보았다. 소설부터 시작해 잡지, DVD 등 없는 것이 없었다. 나는 패션 책 부서로 자리를 옮겼다. 패션 드로잉, 옷의 종류, 디자인, 스타일링 등 패션과 관련된 모든 책들이 나열된 광경은 보기만 해도 가슴이 뛰었다. 그 순간, 한 패션 MD의 책이 눈에 들어왔다. 그는 자신의 패션 MD로서의 삶을 책에 담아낸 것 같았다. 내가 꿈꾸던 삶을 살면 과연 어떨까? 나는 궁금증을 참지 못해 책을 빌려 집으로 돌아왔다. 과연 내가 꿈꿀 만한 삶이었다. 아……. 이 책의 주인공이 나라면 얼마나 좋았을까. 그 사람은 패션 MD가 어쩌면 굉장히 힘든 일이라고도 말했지만, 나에게는 너무나도 이상적으로 다가왔다.

그 다음 날, 역시나 무기력한 모습으로 등교를 하고 수업을 듣는 것은 전과 다를 바가 없었다. 다만 오늘은 학원을 가야 한다는 사실이 더욱 마음에 들지 않았다. 밥을 얼마 먹지 않아 허기짐은 날 재촉했고, 길거리에서는 사람들이 언성을 높여 싸우고 있었다. 엎친 데 덮친 격으로,

하늘은 온통 잿빛 먹구름으로 가득 차기 시작하더니, 이내 구멍이라도 뚫린 듯 세차게 빗줄기가 내리기 시작했다. 소란 피우길 중단하고 비를 피하기 바빠진 사람들을 보니 왠지 모르게 통쾌했다. 하지만 그 생각은 얼마 있지 않아 바뀌게 되었다.

'아, 우산…….'

어쩔 수 없이 나는 비에 흠뻑 젖은 채로 버스를 타고 겨우 학원으로 갔다. 축축하고 습한 날씨 때문인지, 오늘따라 유난히 학원에 가기가 싫었다. 수업을 빠지고 놀러 나가 볼까 생각도 했지만, 그마저도 귀찮아서 관뒀다.

"무슨 생각을 그렇게 하니? 공부에 집중해야지."

수업 중 넋을 놓고 있던 나를 보며 선생님께서 말씀하셨다. 선생님은 내가 얼마나 힘들게 여기까지 왔는지 모를 것이었다. 별거 아닌 말이었지만 왠지 눈물이 나려 했다. 간신히 수업을 끝마친 나는 아까 전의 반대편 정류장에서 똑같은 번호의 버스를 다시 타고서 집으로 갔다.

저녁 7시, 노을이 질 즈음이었다. 힘든 하루의 보상이라도 되는 듯, 창문에 비친 노을과 귀에 꽂힌 에어팟에서 흘러나오는 밴드 노래가 나를 위로해 주었다. 버스에서 내리니 어느새 해는 자취를 감추어 사라져 있었다. 한결 약해진 빗줄기와 우산들이 만나 내는 소리는 조금이나마 내 마음에 안정을 주었다.

* * *

길을 가다 멈추어 섰다. 저기 고여 있는 물웅덩이엔, 평온하지만 도저히 올라가지 않는 입꼬리가 비쳤다. 왠지 모를 슬픔이 섞여 있는 듯한 모습을 바라보다 눈을 감고, 나는 무언가를 계속 갈망하였다. 한참을 있다 눈을 떠 다시 길을 가려는 순간, 내가 서 있던 곳은 조금 전의 답답하고 눅눅한 현실과는 조금 다른 곳이 되어 있었다.

새하얀 방에서 새하얀 쉬폰 커튼이 바람과 함께 찰랑거리고 있었다. 그 뒤론 에펠탑이 보이는 탁 트인 전경이 펼쳐졌고, 내 손에는 갓 내린 아메리카노가, 그 앞의 책상엔 자그마한 맥북과 책 몇 권이 널브러져 있었다.
'어라, 저 한 권은 어디서 많이 본 듯한데……'
그게 뭐든 상관없었다. 이건 내가 늘 꿈꿔 왔던 완벽에 가까운 모습이었다. 나는 흥분되는 마음을 겨우 가라앉히고 옆에 놓인 스케줄러를 바라봤다. 오늘의 날짜에는 '외부 미팅'이 적혀 있었다. 이게 뭘까 고민하다 혹시 하는 생각이 내 머릿속을 스쳐 지나갔다. 나는 이곳을 조금 더 둘러보고서 머지않아 내가 한 생각이 맞았다는 것을 깨닫게 됐다.

지금 나는 늘 동경해 오던 그곳, 파리에서 패션 MD가 되어 있었다. 이게 무슨 일일까. 나는 옷장에 걸린 수많은 옷 중에서 가장 마음에 드는 고급스럽고 멋신 옷을 꺼내 입고 나갈 준비를 했다.
"완벽해!"
밖으로 나가 보니 내 가슴은 더욱 빨리 뛰기 시작했다. 꽉 막힌 길에 시끄러운 사람들이 아닌, 여유가 넘치고 평화로운 파리의 길거리는 보기만 해도 기분이 좋아지게 만들었다. 어찌저찌 출근을 해 할 일들을 검토해 보았다. 외부 미팅뿐만 아니라 매출 확인, 패션 정보 수집, 상품 기획 등 해야 할 일들이 엄청나게 쌓여 있었다. 그전까지 배운 적은 없었지만, 신기하게도 몸에 익은 듯 나는 일들을 하나씩 해내어 갔다. 무척 정신없고 바빴어도 그동안의 삶에 비하면 매우 즐거운 시간이었다.

하루 일과를 끝내고 퇴근을 하고선 파리에서 가장 유명하다는 카페로 갔다. 헤밍웨이, 피카소, 사르트르, 랭보 등 많은 예술가와 철학자들이 단골이었다니 더욱 기대가 되었다. 나는 수많은 프랑스어의 디저트들이 적혀 있는 메뉴판을 보고서 고심하였다.

"Qu'est ce que vous prenez?"

(무엇을 드시겠습니까?)

"Je vodrais ca."

(이걸로 주세요.)

나는 Chocolat Chaud(쇼콜라 쇼)를 가리키며 말했다. 여기에서 가장 유명한 이 메뉴는 핫초코와 같은 것인데, 우리가 평소에 흔히 먹던 것과는 달리 굉장히 꾸덕하여 보기만 해도 달콤함이 느껴졌다. 평소에 단것을 즐겨 먹지는 않았지만 이번에는 왠지 모르게 이 메뉴가 끌렸다. 쇼콜라 쇼를 마시며 지나가는 사람들을 구경했다. 각기 다른 개성 있는 패션들로 채워진 길거리는 파리의 낭만을 느끼기에 충분했다.

하늘은 이미 어둑어둑했지만 나는 까만 선글라스를 꺼내 들고 퐁네프 다리로 향했다. 저 멀리서 들려오는 파리의 분위기가 물씬 느껴지는 버스킹, 다리의 조명에서 나오는 노란 불빛과 검푸른 하늘이 어우러진 이곳의 야경은 황홀에 가까웠다. 나는 가득 찬 배를 소화할 겸, 흘러나오는 재즈와 함께 느긋하게 걷고, 또 걸었다.

집으로 돌아와 하루 동안 고생한 내 몸을 위해 편안한 파자마를 입고 폭신하고 바스락거리는 침대 위로 누웠다. 침대에서 보이는 에펠탑은 여기는 현실이 아니라고 알려주는 듯이 찬란하게 빛나고 있었다. 나는 내일의 걱정 따윈 생각하지 않고 그저 화려한 건물들 속에 우뚝 솟은 에펠탑을 바라보며 잠이 들었다.

* * *

잠에서 깨어난 나는 새하얀 방도, 폭신한 침대도, 편안한 파자마도 아닌 눅눅하고 습한 길거리에 교복을 입고 서 있었다. 나의 파리는 그저 한순간의 물거품이 되어 버렸지만, 그래도 그곳에서의 행복했던 기억을 안고 한층 밝아진 표정으로 집으로 돌아갔다.

그 뒤로는 다시 지루한 일상의 반복이었다. 학교, 학원, 학교, 학원…. 정신을 차려 보니 어느새 시험 기간이 다가와 있었다. 시험 기간의 나는 무채색에 가까웠다. 행복했던 그날을 떠올리며 버티고 있었지만, 공부에 치이며 살다 보니 여유가 무엇인지도 까먹게 되었다. 시험을 겨우 마치고서 성적표를 받았다. 결과는 내가 원하는 대로 따라와 주지 않았다. 마음 같아서는 당장 던져 버리고 싶었지만 그럴 수 없기에 그저 한숨만 내쉬었다.

나에겐 일상의 환기가 필요했다. 평생을 산에만 둘러싸인 채로 살아서 그런지 가끔 숨 쉴 곳으로 바다를 찾곤 하였다. 잔잔한 파도와 반짝이는 윤슬을 쳐다보면 내 마음도 편안해졌다. 하지만 당장 어딘가로 갈 수도 없었고…. 그것을 글로나마 경험해 보고 싶은 마음에 오랜만에 도서관을 가보기로 했다. 언제 와도 좋은 이곳을 시험 기간 동안 못 온 것에 대해 후회를 하며 책들을 둘러보았다. 때마침 오늘의 추천 도서 목록에 제주도 여행기를 남긴 책이 있었다. 보자마자 책의 표지가 눈에 들어왔고, 나는 곧바로 이 책을 집어 들었다.

＊＊＊

책을 가지고 도서관을 나오자마자 나의 눈이 파스텔 빛으로 물들었다. 나는 깜짝 놀라 들고 있던 책을 떨어뜨렸다.

떨어진 책을 주우려 고개를 숙이자, 나는 그 책이 딱딱한 보도블록이 아닌 온통 검은색의 모래 위에 있다는 것을 알게 되었다. 재빨리 고개를 들어 주변을 살폈다.

'그곳이다……!'

나는 이곳이 책의 장소와 일치한다는 것을 곧바로 확신할 수 있었다. 내 눈앞의 분홍빛과 하늘빛이 섞인 하늘을 가득 담아 일렁이는 바다의 짠 내가 은은하게 나를 감쌌다.

쓰읍- 하.

숨을 크게 들이마시니 꼭 바다가 내 안에 담기는 것 같은 느낌이 들었다.

지난번 파리처럼 이번에도 내가 꿈을 꾸고 있는 것이 분명했다. 그렇지만 나는 이 순간이 아까워 쓸데없는 추측 대신에 깨어나기 전 제주도를 마음껏 즐기는 것을 선택했다. 아름다운 해안가 주변을 따라 한참 동안 걷고 있던 도중, 정체 모를 검은 물체를 발견했다.

그것은 바로 검은 고양이였다! 나는 검은 고양이가 가는 방향으로 내 몸을 맡기고 제주도의 이곳저곳을 누볐다. 그것을 따라가는 길에서는 내 키보다 낮은 돌담, 상큼함이 느껴지는 귤나무, 끝없이 넓게 펼쳐진 녹차 밭을 볼 수 있었다. 평화롭고 한적한 마을을 둘러보는 것은 이곳을 느끼기에 충분했다. 마지막으로 지나가다 들른 소품 가게엔 한 장 남은 엽서가 달랑 놓여 있었다. 그 엽서에는 책의 표지와 같은 사진이 있었다. 나는 홀린 듯이 당장 그 엽서를 사서 주머니 안에 고이 넣어 두었다.

어느새 밖은 어두컴컴해졌다. 쉴 새 없이 움직이던 검은 고양이의 발걸음은 서서히 느려지더니 이내 멈추고 말았다. 도착한 이곳은 맨 처음, 노을 진 바다를 보았던 곳이었다. 분홍빛의 잔잔했던 바다는 한없이 어두운 색으로 바뀌어 요동쳤다. 문득 오싹해진 마음에 하늘을 올려다보니 둥근 보름달이 밝게 빛나고 있었다.

'달이 원래 저만큼 밝았었나.'

나는 눈이 부셔 손으로 달을 가려 보았지만, 손가락 사이를 비집고 새어 나오는 달빛을 막을 수는 없었다. 저 거대한 달은 점점 커졌고, 끝내 나를 집어삼키고야 말았다.

＊＊＊

정신을 차려 보니, 역시나 도서관 앞 그대로였다. 나는 내게 일어난 일들이 도대체 무엇인지를 알 수가 없었다. 그저 모든 것들이 평소에 원해 왔던 삶이었다는 것뿐…. 중요한 것은, 지금 내 옆에 검은 고양이가 있다는 것이다. 나는 잠깐의 고민조차 하지 않고 그 고양이를 집으로 데리고 돌아왔다.

노란빛이 오묘하게 감도는 맑고 투명한 눈동자를 바라보니 문득 밝게 빛나던 보름달이 떠올랐다. 그 순간, 주머니에 넣어둔 엽서가 생각났다. 혹시 하며 뒤적여 보니, 정말로 소품 가게에서 구매한 엽서가 나의 주머니 속에 들어 있었다. 나는 그 엽서를 꺼내 들고선 서랍 한구석에 소중히 보관했다.

당연하게도 이제 다시 현실에 적응해 나갔다. 조금의 변화가 있었다면, 더는 날마다 무료한 시간을 보내고 있진 않았다는 것이었다. 내가 겪은 말도 안 되는 일들은 내 일상에 생기를 불어넣어 주었다. 나는 언제나 경험하고, 그것을 통해 무엇인가를 항상 생각하고 느낄 수 있게 되었다. 또, 꿈이 생기고, 목표가 생겼다. 집으로 돌아오면 날 기다려주는 소중한 존재가 생겼다. 나는 그것들을 위해 하루하루 온 힘을 다하며 살아갔다. 드디어 나의 의식을 되찾은 기분이었다.

한편, 도서관에 가는 날도 많아졌다. 책을 빌리는데, 사서 선생님께서 나에게 말을 건넸다.

"자주 보네요. 무슨 좋은 일이라도 있나요?"

"네?"

"요즈음 웃는 얼굴이 많이 보여서요."

나의 달라진 모습이 확 와닿았다. 사실 도서관에 자주 오는 이유에 또다시 내가 바뀔 수 있지도 않을까, 라는 기대가 없었다면 그건 거짓말이었다. 하지만 이제 그것에만 매달리지는 않았다. 평범한 일상 속에서도 행복을 찾았기에, 현재를 충분히 즐기기로 했다.

＊＊

디리링 디리링-

알람을 끄고 일어나 간단한 스트레칭을 하고서 내가 좋아하는 프렌치토스트와 함께 커피 한 잔을 마셨다. 커다란 창문으로 보이는 에펠탑과 함께 15년 전의 꿈은 완전한 현실이 되었다. 나는 나의 사랑스러운 검은 고양이를 쓰다듬고, 책상 위에 가지런히 놓여 있는 패션 MD 책과

제주도의 엽서를 보며 과거를 회상해 보았다. 분명 힘든 시절도 있었지만 잘 이겨 왔고, 하루하루를 열심히 잘 살아온 것 같아 뿌듯했다. 그랬기에 지금의 내가 있는 것이 아닐까 싶었다.

슬슬 일어나 출근할 준비를 했다. 스케줄러를 확인하고 늘 그렇듯이 가장 마음에 드는 옷을 골라 입은 후 까만 선글라스를 꺼내 들었다. 날 보고 가지 말라며 옷깃을 짓누르는 고양이에게 뽀뽀를 여러 번 해주고 나서야 신발을 신을 수 있었다.

그렇게 나는 오늘도 행복하게 집을 나섰다.

나의 첫 번째 책. 주인공인 '나'는 실제의 나를 모티브로, 평소 내가 느낀 감정들을 바탕으로 내가 좋아하는 것, 바라는 것 등을 담았다. '나'의 특별한 꿈들은 현실이 되었다. 사실과 일치하는 꿈, 그것을 "정몽(正夢)"이라 부른다. 학창 시절, 다들 한 번씩은 반복되고 지루한 일상에서 벗어나고 싶다 생각해 볼 것이다. 이 이야기를 통해 일상의 환기와 삶의 동기부여를 얻으면 좋겠다.

우리에게는 꿈이 있고, 그것을 향해 달려 나가면 꿈은 곧 현실이 될 것이다. 만약 꿈이 없다고 해도 상관없다. 어쩌면 오늘 특별한 꿈을 꾸게 될지도!

부재 (不在)

라보미

눈이 내렸다. 이 해의 첫눈이었다. 함박눈처럼 눈송이가 굵지도 진눈 깨비처럼 흩날리는 눈도 아니다.

내 사랑이 또 나이를 먹었다. 이 사랑이 첫 생일을 가졌던 건 내가 고 등학생이었던 날의 겨울이었다. 학교에 한 명쯤은 있는 잘생기고 인기 많은 동급생을 사랑한 게 내 첫사랑이었고 현재의 짝사랑이다.

오늘 같은 이런 눈이 내리는 날, 너를 처음 본 순간, 시작되었다. 속에 삼키고도 식지 않고 여전히 열을 내는 사랑이.

* * *

눈이 내리고 거리에는 나뿐이다. 비쳐오는 달빛에 차분히 가라앉은 하얀 거리는 나름 봐줄 만했다.

너는 내 맞은편에서 걸어오는 사람이었다. 롱패딩을 입은 특별할 것도 없는 차림이었다. 그러나 너를 가로등 불빛에 의지해서 본 순간, 첫눈이었다. 너에게 사랑이 빠진 것이. 스쳐 지나간 3초. 그 3초에 나는 너를 사랑하게 되었다. 너를 사랑하게 되었으나 난 너에게 아무 말도 하지 못했다. 숨이 멎을 것 같았으니까. 첫사랑이란 녀석이 여린 마음을 들쑤셨으니까. 그래서 벅차오르는 가슴 때문에 입을 막기 바빴다.

너의 발자국만이 남겨진 하얀 눈의 거리는 그 순간 각인되었다. 너만의 거리로. 첫사랑으로.

말 한마디 건네 보지 못한 탓에 나만이 아는 첫 만남이라, 거리에서 스쳐 지나간 짧은 첫사랑으로 끝날 줄 알았다. 그러니까 새 학기가 시작된 교실에서 너를 만난다는 시나리오는 존재조차 없었다는 소리였다. 그러나 다시 봐도 너는 그날의 그 사람이었다. 확신했다. 내 앞에 있는 너는 내 첫사랑이다.

내가 너를 알아보기 전부터 너의 주변에는 이미 많은 사람이 모여 있었다. 잘생겼다는 말에 구경 온 사람들, 예전부터 알고 지내던 너의 친구들. 너의 옆에 내 자리는 없다. 그저 멀리서 눈으로 너를 쫓을 뿐이었다. 그런데도 아쉬운 감정은 들지 않았다. 아니 들지 않았다기보다는 못했다가 더 맞는 표현이다. 난 지금 너를 다시 만났다는 것만으로도 충분히 멍멍했다. 다른 감정, 생각 따윈 낄 곳이 없었다.

그리고 너는 놀랍게도 내 옆자리였다. 번호순으로 매긴 자리, 비슷한 성씨. 너는 바로 내 뒤 번호였다. 수업을 알리는 종소리가 울리자 자신의 자리로 오는 너의 모습에 그 거리가 떠올랐다. 멀리서 걸어오던 너. 스쳐 지나간 3초. 그 순간의 것들이 나를 채우기 시작했다. 너의 그 모습에 다시 멍해졌다. 너의 거리에서 달빛을 받아 떨어지던 눈송이가 내 볼에 내려앉는 것만 같았다.

"안녕."

단순한 인사 한마디. 하지만 나는 그 순간 쿵. 떨어지는 것만 같은 기분이었다. 안녕. 겨우 그 한 마디를 조심스럽게 내뱉었다. 너를 사랑하는 마음에 열이 오르는지 내 얼굴도 같이 열이 올랐다. 발개진 얼굴을 감추려 고개를 돌렸다. 창가 밖으론 조용한 운동장이 보였다. 창문으로 발개진 내 얼굴이 언뜻 비쳤다. 어떡하지. 모든 것이 생소했다. 사랑하는 마음이 주는 신호 하나하나를 다 표출하고 있었다. 말하기도 전에, 다 들킬 것만 같은 기분이었다.

마음을 진정시키는 동안 아침 시간이 끝났다. 어느새 어디론가 가 버린 너로 인해 내 옆자리는 텅 빈 자리가 되었다. 소리가 들리는 게 아닐까 싶을 정도로 세게 뛰던 마음을 진정시키느라 참았던 숨을 천천히 뱉어 냈다. 유난히 숨이 무거웠다.

그 뒤 수업들도 다를 건 없었다. 여전히 나는 너와 눈을 맞추지 못했고, 너와 나 사이에 더 이상의 대화는 없었다.

그렇게 보충수업도 없는 짧은 첫날이 지나갔다.

뒤에서 집 문이 잠기는 소리가 들리자 긴장했던 것이 겨우 풀렸다. 너를 처음 만났던 곳이 집 앞 거리였기에 혹시나 거리에서 너를 다시 만나게 될까 봐 마음이 졸아들었던 탓이었다. 아무런 행동도 없는 집안은 작은 소리마저 크게 들리게 해 내 심장 소리가 귀에 들리는 것만 같았다. 애써 무시하고 방으로 들어갔다.

금방 지나갈 사랑일 거라고, 그렇게 생각하기로 했다. 너와의 접점은 나만이 알고 있을 거리에서의 만남과 네가 건넨 짧은 인사뿐. 스쳐 지나간 3초. 그걸로 오랜 사랑에 빠지기는 힘들다. 급하게 모든 것을 태운 불꽃은 금방 잦아들고 태울 것도 없는 사랑은 저절로 사그라든다. 너를 향한 나의 사랑은 이런 형태를 띠고 있을 것이다. 그러니 자연스럽게 존재조차 사라지겠지. 그런데도 너만 생각하면 자꾸만 심장이 두근거리고 심장 뛰는 소리가 귓가에 맴도는 사랑에 빠진 사람이 되었다. 첫사랑은 원래 이런 건가. 너를 생각만 해도 일어나는 일들에 첫사랑은 영원히 잊지 못한다는 게 이런 말인 건가 싶었다. 얼굴이 화끈했다.

너만 생각하면 시간 가는 줄을 모른다. 방금 집에 왔던 거 같은데 어느새 집에 인기척이 들어서기 시작했다. 황급히 시계를 봤더니 오후 7시. 시계는 저녁이 시작되었다고 말하고 있었다. 이게 무슨…. 벌써 한 시간이 지나 있었다. 아무것도 안 했는데. 허탈함에 헛웃음이 저절로 나왔다.

'금방 지나갈 첫사랑…… 맞겠지?'

속에서 의문이 피어올랐다. 너를 쉽게 잊을 수 없을 것 같다는 불안감이 하나하나 차곡히 쌓이고 있었다.

눈 깜짝할 사이 그날 하루가 지나가고 다음 날이 찾아왔다. 너 때문에 긴장해서인지 오늘은 알람을 듣기도 전에 일어났다. 아침을 먹고 씻고 나서도 시간이 남을 정도로 이른 시간이었다. 멍하니 침대에 걸터앉아 있었다. 뭐하지. 할 것을 찾아 방을 두리번거리니 화장대가 내 눈에 들어왔다. 조금만… 화장할까…? 아니 뭔 소리야. 뭔 화장이야. 정신 차려. 그래도 할 것도 없지 않나…? 너를 너무 의식했나? 잘 보이고 싶은 마음이 든 건가? 또 발개지는 얼굴 때문에 이불에 얼굴을 묻었다. 그럼 틴트만…. 고민 끝에 화장대 위에 있는 벚꽃색 틴트를 집어 들어 입술 위에 덧대어 발랐다. 틴트를 바르자마자 집을 나서서 조금 이른 등굣길을 걸었다. 아무도 없는 등굣길은 적적했지만, 괜히 들뜨게 했다. 아직은 이른 봄이라 그런지 조금은 쌀쌀한 것 같기도 했다. 하-. 한숨을 내쉬자 하얀 입김이 보였다. 숨을 들이쉬자 느껴지는 신선한 공기에 왠지 오늘은 괜찮을 것 같았다. 너도, 학교도, 하루도, 다 잘 될 것 같았다.

누가 그랬어. 누가 잘 될 거 같대. 아무도 없을 줄 알고 곧장 반으로 가는 대신 열쇠를 가지러 열쇠 보관함에 갔더니, 열린 문 하나를 사이에 두고 너를 마주하게 되었다. 그냥 아무렇지 않게 인사할걸. 아무것도 못 하고 멍하니 있으니 오히려 분위기가 이상해졌다.

"그…… 안녕?"

너에게 들은 두 번째 인사였다. 아침이라 그런지 조금 낮은 목소리에 또 얼굴이 빨개질 것 같았다.

"어……. 안녕."

"열쇠는 내가 챙겼어. 올라가자."

응……. 조그만 목소리로 답했다. 부끄럽지만 좋았다. 너와의 연결고리라고는 1년이 지나면 자연스럽게 사라질 같은 반이라는 연결고리와 언제 없어질지 모르는 짝꿍이라는 연결고리밖에 없었다. 그래서 너와 단둘이 있는 시간이 좋았다.

"원래 이 시간에 와?"

적막이던 분위기에 너의 목소리가 들어왔다.

"아니, 그건 아니고… 오늘은 좀 일찍 일어나서…."

그렇구나. 작은 웃음소리가 들렸다. 비웃음보단 귀여운 실수를 봤을 때 짓는 웃음 같았다. 그걸 자각했을 때는 이미 반 자물쇠가 열린 상태였다. 들어가자. 작게 고개를 끄덕이고 너의 뒤를 쫄래쫄래 쫓아갔다.

반으로 들어가면 너랑 나는 책상이 나란히 있는, 짝꿍이다. 책가방을 내려놓고 나니 반은 민망할 정도로 적막이었다. 뭘 해야 할지 몰라 귀에 이어폰을 꽂고 책을 펼쳤다. 과연 이걸 읽을 정신이 있을까 걱정됐지만 그런 걱정이 무색하게도 책은 잘 읽혔다. 오히려 너무 집중해서 아침 시간이 시작되고 선생님이 들어오시는지도 모를 정도였다.

네가 내 귀에서 이어폰을 빼내자 그제야 정신을 차릴 수 있었다. 귀에서 오른쪽 이어폰이 빠지는 느낌에 그쪽으로 고개를 돌리자 옆에서 네가 나를 바라보고 있었다. 너와 나 사이의 거리가 두꺼운 책 한 권의 거리밖에 되지 않는 상태로 말이다.

"선생님 오셨어."

귀에 대고 속삭이는 너의 말에 교탁으로 시선을 돌렸다. 진짜로 교탁에 계시는 선생님의 모습에 황급히 남은 한쪽 이어폰도 빼내자 너는 네가 가지고 있던 반대쪽 이어폰을 건네주었다. 이어폰을 케이스에 넣은 뒤 책과 함께 서랍에 넣었다. 오늘은 아침 시간에 방송이 있는 모양이었다. 맨 뒷자리에서 보는 방송은 제대로 보이지도 않았다. 그래도 둘째 날부터 선생님께 밉상으로 보이고 싶지는 않으니 열심히 듣는 척이라도 했다. 학교생활에 관한 내용이었지만 별로 영양가 있지는 않았다. 한 귀로 듣고 한 귀로 흘리니 금세 종이 쳤다. 너는 늘 그래왔듯이 자리를 떴고 나도 너의 빈자리를 바라보다 친구와 함께 반을 나섰다. 이 이상의 접점은 더 보이지 않을 것 같은 날이다.

***

봄이라는 시작의 계절이 지나가고 어느새 여름이 성큼 한 발자국 다가왔다. 옷이 단출해졌으며 반에서는 점심시간에 에어컨을 틀기 시작했다. 너와 나란히 했던 내 책상은, 3월이 지나면서 떨어졌다가 7월에 다시 만나게 되었다. 운명 같은 거 원래 안 믿었는데 지금은 믿고 싶어졌다. 이러는 게 너와 나의 운명이라고. 첫사랑이었던 너는 여전히 내 마음속에 머물렀다. 금방 지나갈 줄 알았는데. 첫눈에 널 좋아하게 된 그때처럼 쉽게 마음속에서 날아갈 줄 알았는데. 너는 여전히 내 짝사랑이다. 바람처럼 스쳐 지나가는, 소나기처럼 잠시 머물렀다 가는 사랑이 아니었다. 나무처럼 단단히 자리 잡은 사랑이었다.

여름의 어느 하루. 그날은 아침부터 몸이 아픈 날이었다. 학교에 못 갈 정도로 아픈 것은 아니어서 등교했으나, 학교에 온 뒤로는 한 시간씩 더해질 때마다 더 아파져 왔다. 결국 점심시간에는 책상 위에 엎드려야 할 정도가 되었다. 내 옆에 서 있던 친구는 걱정스러운 표정을 짓다가 약을 받아오겠다며 반을 나섰다. 친구가 반을 나서고 나서는 아마 그대로 잠들었던 것 같다. 눈가에 햇빛이 아른거리자 눈이 부셔 잠에서 깨어났다. 반만 떠진 눈을 몇 번 깜빡이다 눈이 부셔 햇빛이 들어오지 않는 쪽으로 고개를 돌렸다. 고개를 돌리자 엎드려 자는 너의 얼굴이 시야에 들어왔다. 잠에서 깨어난 지 얼마 안 돼 흐릿하던 눈이 한 번에 초점을 되찾았다.

"잘생겼다……."

나도 모르게 무심코 내뱉었다. 잠든 너의 모습을 보고 있으니 몸을 일으키기가 싫었다. 조금만, 조금만 더 이런 너의 모습을 보고 싶었다. 창문을 통해 비쳐오는 햇볕이 따스하게 느껴졌다. 꼭 순정 만화의 한 장면 같았다. 잔잔한 이 분위기와 네가 좋았다.

안녕. 내가 널 좋아해. 너에게 전할 수 없는 말을 조용히 내뱉어 보았다. 정말로 너에게 전할 수 있으면 얼마나 좋을까. 울컥하는 마음이 들었다. 욕심내고 싶었다. 너의 옆에 나란히 서서 너의 옆모습을 보고 싶었다. 스쳐 지나가는 얼굴이 아닌, 뒷모습이 아닌 너의 이런 모습을 보고 싶었다. 그래도 너를 볼 수만 있다면 이런 거리라도 상관없다. 욕심이 안 나서, 너를 열렬히 사랑하고 있지 않아서 그런 게 아니다. 이렇게라도 너의 경계에 있고 싶은 마음이 강해서, 가끔 날 돌아봐 주는 너의 얼굴이라도 보고 싶어서. 친구로라도 인식되는 사람이었으면 해서, 날 돌아봤을 때 부담스럽다고 느끼지 않았으면 해서였다.

하고 싶은 말을 이렇게라도 전하고 난 뒤, 얼마 지나지 않아 친구가 반으로 들어왔다. 손에는 약을 들고 있는 상태였다. 상사병이었는지, 숨겨둔 말을 편지 봉투에 담아 너에게 보내고 나니 아픈 게 조금 나아진 것 같아 몸을 일으켰다.

"밥 먹으러 가자. 좀 괜찮아졌어?"

"응. 좀 괜찮아진 것 같아."

"가자." 친구를 붙잡고 급식실이 있는 1층으로 내려갔다.

점심시간이 끝나고 나서부터 하늘이 흐리더니 6교시에는 기어코 비가 쏟아졌다. 우산 있어? 친구가 물었다. 아니 없어 어떡하지……. 너는 있어? 아니……. 나도 없어. 밖에 내리는 비는 무시하고 뛰어갈 수 있는 수준의 비가 아니었다. 맞고 가면 다음 날 감기에 걸릴 것 같은 비였다. 꼼짝없이 비가 그치기만을 빌 수밖에 없었다.

수업이 끝나고 보충수업이 끝나도 비는 그칠 기미가 없어 보였다. 진짜 어떡하지, 이제는 정말로 저 빗속을 뛰어가는 것밖에는 방법이 없어 보였다. 숨을 고르고 빗속으로 뛰어가려는데 뒤에서 누가 팔을 잡았다.

"그…… 비 많이 오는데 뛰어가게? 나 우산 하나 더 있어, 빌려줄게."

너였다. 너는 작은 접이식 우산 하나를 건넸다.

"우산…… 빌려줘서 고마워."

"뭘, 조심히 가."

나는 네가 우산을 건네줬음에도 한동안 빗속으로 들어가지 못했다. 빗속으로 들어가는 대신 네가 준 우산을 바라보기만 할 뿐이었다. 나는 한참이 지나서야 우산을 펴고 거리를 걸을 수 있었다.

다음날 등굣길을 걷는 내 손에는 네가 줬던 우산이 잘 말려진 상태로 들려 있었다. 우산을 건네주면서 덕분에 잘 들어갔다는 말도 전하고 싶었다. 오늘도 조금 이른 등굣길이었다. 반에 갔더니 문이 잠겨 있어 열쇠 보관실로 향했다. 이번에도 열린 문 하나를 사이에 두고 너를 만났다.

"안녕……?"

이번에는 내가 너에게 인사를 건넸다. 너도 잠깐 놀란 표정을 짓더니 밝게 인사를 받아 줬다. 응. 안녕. 열쇠 네가 챙겼어? 응. 내가 챙겼어. 올라가자. 반에 올라가 가방을 내려놓자 그제야 우산이 눈에 보였다.

"아, 어제 네가 빌려준 우산 여기 있어. 빌려줘서 고마워."

"뭘 별거 아냐, 감기는 안 걸렸지?"

"응. 덕분에."

우산을 받아든 너는 우산을 책상 서랍에 넣으려다 편지지 하나를 꺼내 들었다. 겉면에는 아무것도 적혀 있지 않았지만 예쁜 스티커로 밀봉되어 있는 점, 이렇게 몰래 서랍에 넣어놓은 편지라는 점. 고백 편지 같았다. 생각지도 못한 편지에 그거 고백 편지야? 라고 물어볼 생각도 못 하고 멍하니 바라만 보고 있던 나는 너의 한마디에 입술을 깨물며 울음을 참았다.

"이거 고백 편지인가 보다."

나는 네가 받은 고백 편지를 보고도, 너의 설렌 듯한 웃음을 보고도 아무렇지 않은 척할 수가 없었다. 아무것도 할 수 없어 억지로 입꼬리를 올려 웃어 줄 뿐이었다. 차마 그 편지를 더 보고 있을 수가 없어서 그냥 자리에 앉았다. 아무런 반응이 없자 머쓱해진 건지 너도 금방 자리에 앉았다. 그러나 그 편지를 향한 애정 어린 너의 시선은 변하지 않았다.

여전히 불타오르고 있는 사랑에 목이 멨다.

그 이후로 너와의 대화는 더 없었다. 너와 나 둘 사이엔 미묘한 적막만이 감돌았다. 어색한 침묵이었다. 시간이 지나가도 달라지는 건 없었다. 오히려 더 어색해질 뿐이었다.

오늘도 하늘이 흐리다 싶더니 또 비가 내렸다. 장마철이라 그런지 시도 때도 없이 비가 내렸다. 비가 오는 걸 보고 가방을 뒤져봐도 우산은 나오지 않았다. 친구에게도 물어봤으나 역시 답은 우산이 없다였다. 이걸 어쩌지…. 고민했으나 명쾌한 해답은 나오지 않았고, 답을 찾지 못한 채로 종례 시간을 맞이해야만 했다.

오늘이 청소 당번이라 교실 청소까지 하고 나왔는데도 여전히 하늘은 굵은 빗방울들을 내리는 중이었다. 2층 창문으로 본 비는 걱정스러울 수준이었다. 뚫고 지나갈 수가 없는 수준이었다. 걱정을 품고 1층으로 내려가는데 현관에 서 있는 네가 보였다. 너는 어떤 여자애 옆에 서 있었다. 너는 오늘도 우산이 두 개였는지 그 여자애에게 우산을 하나 건넸다. 그 여자애는 웃고 있었고 너도 그 웃음에 웃음으로 화답해 주고 있었다.

특별한 의미가 있지 않다. 너는 나라서 우산을 빌려줬던 게 아니라 그냥 우산이 없는 모든 사람에게 다 우산을 빌려주는 거였다. 나에게 건네

주던 그 우산은 그냥 평범한 우산이었던 거였다. 별거는 아니더라도 그 우산을 의미 있게 생각하고 있던 터라 힘이 쭉 빠졌다. 평범한 우산 하나에 의미 부여를 했던 내가 싫었다. 너와 그 여자애가 떠나고 난 뒤에도 나는 쉬이 빗속으로 뛰어 들어가지 못했다. 눈에서 눈물이 흐르고 나서야 눈물을 닦아내기 싫어 가방을 머리 위로 올리고 빗속으로 뛰어갔다.

그날 이후론 너와 어떻게 지냈는지 잘 모르겠다. 그날은 7월 말이었고 너와의 자리는 금방 바뀌었다. 그리고 나는 여름이 가고, 가을이 오고, 다시 겨울이 올 때까지도 너의 옆자리에 다시 한번 더 앉지 못했다.

그때 그 고백 편지는 실패했는지 너는 여전히 솔로였다. 다만 그 이후로 너와 대화는 하지 못했다. 접점이 없으니까. 짝꿍이라는 접점도 없어서 대화를 할 수 있는 짧은 시간도 없었다. 이른 시간에 하는 등교는 이제 하지 않았다. 시간이 있어도 일부러 집에서 더 머물다가 나왔다. 만나봤자 적막일 테니까. 이게 내가 조금이라도 덜 상처받는 방법이었다.

＊ ＊ ＊

너를 처음 만났던 겨울이라는 계절이 다시 찾아왔을 때 너는 종례 시간에 갑작스럽게 전학을 간다고 했다. 아무도 알지 못했는지 반에는 웅성거림이 가득했다. 너는 앞에 서서 머쓱하게 웃고 있었다. 너무 놀라 친구와 말할 생각도 못 하고 너만 쳐다봤다. 시선을 느꼈는지 너와 시선이 맞닿았다. 3초. 3초 동안 맞닿은 시선에 너는 먼저 내 눈을 피한 뒤 자리로 돌아갔다. 역시 너에게 나는 아무것도 아니었구나. 그래도 아무것도 해 보지 않고 마지막 기회마저 포기할 수는 없어서 너를 마주 보려 했다. 하지만 이미 너는 친구들에게, 너를 짝사랑하는 사람들에게 둘러싸여 있었다. 이번에도 너의 옆에 내 자리는 없었다. 너에게 다가가는 것을 멈추고 뒤돌아가려는 걸음을 억지로 떼어내 너에게로 걸어갔다.

한 발자국 다가가다 입술을 짓이겼고. 두 발자국 다가가다 울 것 같아서, 빨개진 눈가를 들키지 않으려 고개를 숙였다. 세 발자국 다가가다 너를 보고 싶어 고개를 들었다. 네 발자국 다가가려다 나는 너에게 아무것도 아닌 것 같아 뒤돌았다. 세 발자국 다가갔을 때 너와 눈이 마주쳤지만, 이번에는 내가 먼저 눈을 피했다. 나와 눈을 마주치고 시선을 피하는 너의 모습을 다시 마주할 자신이 없었다. 소설 속에 흔히 등장하는 친구를 짝사랑하는 사람들이 짝사랑하는 상대의 친한 친구밖에 되지 않는 것에 슬퍼하지만. 나는 너의 친한 친구라도 되었으면 좋겠다. 그러면 옆에서 전학에 대한 슬픈 감정이라도 드러낼 수 있지. 너에게 문득 생각될 수 있는 사람이라도 되지. 너에게 아무것도 아닌 나는 너에게 뭘 표현할 수 있을까. 너에게 고백해 볼까, 라는 생각을 해 보지 않은 게 아니었다. 우산을 빌려주고, 인사를 해 주고, 다정히 웃어준 너를 보고 고백을 다짐한 적도 있었다. 하지만 너는 다른 사람에게도 다정히 눈을 맞춰주었고, 고백 편지를 보며 설렌 듯한 웃음을 지었다. 너와 나의 연결고리는 여전히 곧 사라질 같은 반이란 연결고리, 이미 사라진 짝꿍이라는 연결고리뿐이었다. 나는 너에게 고백조차 할 수 없는 사이였다. 같은 반 친구라는 연결고리마저 끊어지면 너와 나 사이에는 뭐가 남을까. 슬픈 웃음이 흘러나왔다. 너를 피해 교실을 벗어나 집으로 향했다.

금방 지나갈 줄 알았던 사랑이, 어느새 내 마음에 자리를 잡았었고, 이제는 아무것도 아닌 사랑이 되었다. 걸음을 걸을 때마다 눈물이 흘러내렸다. 집에 도착했을 때는 이미 온 얼굴이 눈물로 범벅되어 교복 옷깃까지 살짝 젖어 있는 상태였다. 내 짝사랑이 아무것도 아니라는 사실이 너무 아팠다. 주저앉아 울고 싶을 만큼. 너에게 그냥 다 말하고 싶을 만큼. 그런데도 나는 그러지 못했다. 결국 나는 고백 한 번 해보지 못하고 너를 떠나보냈다.

　눈이 내리는 너의 거리를 보자 네가 생각났다. 이미 3년이나 지난 이야기인데도 눈이 오는 이 거리를 보면 아직도 네 생각이 났다. 여전히 눈이 내리는 이 거리는 너의 거리로 깊이 각인되어 있었다. 눈이 내리는 거리를 조용히 걸었다. 조용히 걷다가 앞에 사람이 있다는 걸 코앞에서야 알아챘다. 내가 앞을 막고 있는 줄 알고 황급히 고개를 들어 옆으로 비켜서니 너의 얼굴이 보였다. 그때의 그 가로등 아래에서 이루어진 재회였다.

　이번엔 너도 내 얼굴을 알아본 것인지 눈을 크게 떴다. 너와 나는 아무 말도 하지 못하고 서로를 바라보고만 있었다. 눈이 오는 거리는 여전히 달이 비치어 새하얗게 빛나고 있었다.
　"너 맞지……? 오랜만이다."
　오랜만에 들어보는 너의 목소리였다.
　"응……. 오랜만이다. 너는 어때? 잘 지내고 있어?"
　잘 지내고 있기를 바라지만 잘 지내고 있으면 마음이 조금 쓸쓸할 것 같기는 했다.
　"글쎄……. 너는 어때? 잘 지내고 있어?"
　"나야 뭐……. 별일 없지."
　달빛이 비치는 눈이 소복이 쌓인 너의 거리에서 너와 마주 보고 서 있자, 열일곱의 그때로 돌아간 것만 같았다.
　"…… 있잖아, 할 말이 있어."

나와 눈을 맞추며 네가 입을 열었다.

"응? 뭔데?"

"…… 많이 늦었고……. 이렇게 급하게 하는 거 이상하다는 거 아는데……. 꼭 말하고 싶어서."

"좋아해."

순간적으로 내가 잘못 들은 줄 알았다. 강한 바람이 불러일으킨 환상인 줄 알았다. 하지만 너의 눈이 이 상황이 환상이 아니라고 말해 주고 있었다. 흔들림 없는 너의 눈이 내 눈에 비쳤다. 조금 일찍 알았어야 했다. 그 아이에게 나에게 지어주던 웃음에 담겨 있는 마음이 달랐다는 것을. 이제 비로소 나를 바라보던 눈에는 사랑이 담겨 있었다는 걸 알았다.

"3년이나 지났고 그날 말하지 못하고 지금에서야 이렇게 무턱대고 말한다는 게 이기적인 걸 알지만…… 꼭 말하고 싶어서, 꼭 전하고 싶어서. 대답을 바라는 건 아니야, 그저 이제야 용기가 생겨서 말할 수 있게 돼서, 너를 못 보던 시간이 있고 나서야 용기가 생겨서 이제야 전해 보는 거야……."

거절을 예상하는 너의 말에 급하게 고개를 저었다. 아니라고. 나도 너와 같은 마음이라고. 너를 좋아했었고 지금도 그때와 똑같이 너를 좋아하고 있다고. 너를 사랑한다고. 나의 아니라는 의사에 너는 아까 만났을 때보다 더 크게 눈을 떴다. 어안이 벙벙한지 눈만 깜빡이던 너는 나를 끌어안았다.

"좋아해, 진짜로 좋아해. 나랑 사귀어줄래?"

너의 품에 안긴 채로 고개를 끄덕였다. 잠깐 멈췄던 눈이 다시 우리의 위로 떨어지기 시작했다. 3년 만에 이뤄진 내 첫사랑이었다.

에필로그

　'나'와 '너'의 사랑이 시작되었던 건 나에서부터였지만, 다시 찾아온 건 너였습니다. 네가 찾아온 이유라면 3년을 떨어져 있을 때 아마 나에 대한 마음을 깨달아서가 아닐까요? 우산을 빌려줄 때, 단둘이 얘기할 때 나를 바라보던 눈이 다른 애와 달랐기에 그사이에 첫사랑에 빠진 게 아니라 첫사랑을 자각한 것이겠죠. 나는 너에게 자각하지 못한 첫사랑입니다.

　그렇다면 나는 어떻게 3년을 짝사랑하고 있었을까요? 나에게 너는 조금은 운명적으로 다가온 짝사랑이자 첫사랑입니다. 첫사랑이기에 더 설레고 그 마음의 기간이 길어서일 테죠. 너를 잊으려 해도 네가 생각나면 실패할 수밖에 없어서, 3년을 너를 짝사랑했습니다. 3년을 짝사랑하다 눈이 내리던 거리에서 다시 운명적으로 너를 만났고 오랜 짝사랑을 끝내고 연애를 시작했습니다. 너는 나에게 잊을 수 없는 필연적인 첫사랑입니다.

너에게 난 무슨 존재일까? 라는 주제로 시작한 글이며, 주인공인 '나'가 '너'와의 관계에서 전학을 가는 너를 붙잡을 수 없다는 걸 알게 되고 너와의 연결고리가 없다는 걸 깨닫게 되어 제목을 부재(不在)라고 지었습니다. 처음인 것 투성이라 어색한 것도 많고 완벽하다고 할 수는 없지만 그래도 이렇게 완성해 책을 만들어 본 것 자체가 의미 있다고 생각합니다. 학창 시절에 겪어본 첫사랑을 소새로 한 내용이기에 재미있었으면 좋겠습니다.

해피엔딩

이진

첫날. 마지막 여름 방학을 앞두고 있었다. 시험 점수를 확인하는 시간을 제외하면 전부 자유 시간이었다. 시험이 막 끝난 직후라 공부 계획들은 내동댕이치고 무엇을 할지 전혀 생각하지 않은 채로 와서 할 일이 없었다. 휴대폰은 학교에 오자마자 선생님께서 거두었고 반 친구들은 무리 지어 떠들고 있었다. 친한 사이는 없어서 끼어들 자리 따윈 없었다. 굳이 그러고 싶지도 않았고. 나는 그저 가만히 앉아 있을 뿐이었다. 아무것도 하지 않는데 왜 여기에 있어야 할까? 교실의 웅웅거리는 소리 틈으로 아무도 보지 않는 영화의 대사가 흘러나왔다.

그러다 나도 모르게 잤나 보다. 햇빛에 눈이 부셔 미간을 찌푸렸다. 일어서서 주변을 둘러보니 학교가 아니라 웬 낯선 공간이었다. 그곳은 가로가 굉장히 길고 세로가 비교적 짧은 직사각형 모양의 정거장이었다. 천장 너머에는 하늘이 끝도 없이 펼쳐져 여름의 시원함을 그리는 듯하였다. 뒤를 돌아 끝으로 쭉 가면 바닥이 어느 순간 뚝 끊겨 있어서 한 발짝만 잘못 내디뎌도 떨어질 것 같았다. 담장 같은 안전장치도 없었다. 레일과 살짝 떨어진 곳에는 정거장에 무조건 있을 법한 의자가, 그 옆에는 역 안내도가 세워져 있었다. 안내도에는 지나치는 정거장이 몇 개인지, 그 정거장들의 이름은 무엇인지 적혀 있지 않았다. 가장 끝 부분에 '종점'이라는 글자만 있었다.

이곳이 현실이라면, 평범한 역 안내도라면 끝자락에 '종점'만 적혀 있을 리 없다. 주변 풍경의 이상함은 눈치채지 못했지만 이런 어색함은 알아차렸는지, 그제야 나는 꿈을 꾸고 있다는 사실을 깨달았다.

그 순간, 가장 기억에 남은 건 그 오묘하고 낯선 분위기였다. 잠에서 깼을 때는 푸른 하늘이 보였지만 주변을 잠깐 둘러보는 사이, 해는 벌써 조금씩 가라앉고 있었다. 오후와 저녁 시간대 사이의 노을처럼 빛이 바닥에 반사되어 불그스름한 색으로 반짝였다. 처음의 푸른빛도 아직 사라지지 않고 그 풍경의 끝에 맴돌고 있었다. 마치 영화 속 한 장면을 연출하려고 한 것 같았다. 이렇게만 본다면 매우 아름다운 풍경처럼 보일 덴데. 하지만 그때 나는 어딘가 인위적인 연출이라고 느꼈다. 왜 그렇게 생각했는지 모르겠다. 그냥 자연스럽지가 않고 누군가가 그린 그림 같았다.

그런 분위기 속, 할 일을 찾지 못한 나는 의자 끝자리에 앉았다. 더 어두워지기 전에 어떻게 해야 할까, 고민하고 있을 때 저 멀리서 웅웅거리는 소리가 들렸다. 열차가 오고 있었다. 낯선 열차를 타는 건 어딘가 껄끄럽지만 이 정거장에 있고 싶지 않은 마음이 더 컸다. 그래서 어느새 도착해 출입문이 열린 열차에 한 발짝 내디뎠다.

가장 마지막 칸에 탄 듯한 나는 열차 칸과 칸 사이의 문을 열고 앞으로 나아가면서 열차를 둘러보았다. 방금까지 있었던 정거장과 다르게 현실에 있는 평범한 열차 같았다. 기차보다는 지하철과 비슷한 내부였다. 그렇게 열차를 둘러보다가…… 별다른 소득 없이 꿈에서 깼다.

첫날의 나는 이 꿈을 기억하지 못했다. 서늘한 여운만이 내게 맴돌았다. 미묘하면서 찜찜함이 남아 있었지만 평소처럼 지나가는 꿈이구나, 하며 신경 쓰지 않았다.

둘째 날. 전날의 지루함이 싫었던 나는 손바닥 정도의 작은 책을 학교에 들고 갔다. 교실은 첫날처럼 시끄러웠다.

책에서 주인공은 하나의 사건에 대한 엔딩을 보면 고요한 처음으로 돌아가 다시 똑같은 사건을 반복해 겪게 된다. 이 사실은 주인공만 알고 있고 주변 사람들은 아무것도 모른 채 자연스럽게 받아들인다. 책의 내용은 주인공이 정답인 엔딩을 찾아 그 상황에서 벗어나려는 이야기였다.

책을 읽다가 나도 모르게 잠들었는지 두 번째 꿈을 꾸게 되었다. 나는 열차 칸 바닥에 누워 있었다. 꿈속에서 막 정신을 차렸을 때는 첫날과 이어진다는 사실을 눈치채지 못하고 있었다. 잠이 덜 깨 가만히 천장을 바라보다 고개를 돌려 창밖의 하늘을 멍하게 쳐다봤다. 그렇게 넋을 놓고 바라보다가…… 어딘가 익숙한 분위기가 맴돌았고 문득 까먹고 있던 첫날의 꿈이 떠올랐다. 전날의 꿈과 이어진다는 사실을 그제야 알아차린 것이다. 이런 일이 있을 수 있구나, 꿈은 계속 이어지고 있었지만 내가 잊고 있을 뿐이었다. '첫날'이라고 칭했어도 그전의 꿈이 있을지도 모른다.

처음과 달라진 점은 잠들기 전까지 읽고 있었던 책이 내 옆에 있었다는 것이다. 떨어진 책을 줍고 걸었다. 첫날과 같이 똑같은 칸이 반복될 뿐, 아무것도 없었다. 조금 걷다 지친 나는 열차의 좌석에 앉아 책을 펼쳤다. 책을 읽다가, 눈을 단순히 한 번 깜박인 줄 알았는데 열차가 아닌 교실의 풍경이 보였다. 책의 결말을 보지 못한 채, 현실이었다. 다만, 첫날과 다르게 첫 번째, 두 번째 꿈 둘 다 기억하고 있었다.

셋째 날. 나는 또 꿈속에 잠겨 있었다. 전날에 잠든 장소, 자세 그대로 깨어났다. 책은 없었지만. 종점에 도달하기 전까지 이 꿈을 계속 꿀 것 같았다. 처음에는 낯선 이곳에 있고 싶지 않았는데 사흘 연속으로 똑같은 풍경에 어느새 정들어서인지, 혼자라서 다른 사람의 시선을 의식하지 않아도 되어서인지, 이 상황이 점차 마음에 들었다. 나는 어느새 이 열차가 종점이라는 장소에 천천히 도착하기를 바라고 있었다. 이런 생각들은 문이 열리는 소리가 나면서 끝이 났다. 여긴 아무도 없는데? 소리가 난 방향으로 천천히 고개를 돌렸다.

나와 또래로 보이는 학생이 서 있었다. 우리는 눈이 마주쳤고 말없이 서로 쳐다봤다. 네 새까만 눈동자가 정거장에서 흩어지던 빛처럼 반짝거렸다. 그때 네 분위기는 가라앉아 있었지만 너는 내게 다가와 오랜 친구 사이처럼 인사하고 내 옆자리에 앉았다. 그러고 덤덤한 목소리로 우리가 겪은 일들을 공유하자고 했다. 그 순간, 갑자기 등장해 믿어도 될지 모르겠는 네게 나는 거절은 생각도 못하고 고개를 끄덕일 뿐이었다.

꿈이 하나의 이야기라면, 전개가 매끄럽지 않아 내용을 이어붙이기 어색할 때가 있다. 하지만 꿈속에선 그런 점을 눈치채지 못하고 원래 그랬다며 그 상황을 대부분 자연스럽게 받아들인다.

너는 가장 첫 번째 칸에 있었다고 한다. 첫 칸에 조종실과 이어진 문이 그려져 있다는 네 말이 기억에 남는다. 멀리서 보면 진짜 문 같지만 가까이 다가가서 살펴보면 그림이었다고. 하지만 그 문만 그랬고 너는 뒤칸과 이어진 다른 이동문을 열며 계속 나아가다 나와 마주쳤다고 말했다.

그 외에도 서로 알게 된 정보들을 정리해 보자면, 하나. 물건을 몸에 지니고 있으면 같이 꿈속으로 들어올 수 있다. 신체와 접촉을 한 물건이면 무작위의 확률로 들어올 수 있는 것 같았다. 내가 읽었던 책과 네수첩이 그 예시였다.

둘. 꿈속 시간이 현실과 같은지 잘 모르겠다. 시간이 어떻게 흘러가는지 정확히 알 수 없었다. 정거장에선 오후의 푸른 하늘과 저녁의 노을이 보였지만 열차는 그렇지 않았다. 열차에선 해가 지고 뜨는 풍경을 볼 수 없었다. 그 꿈은 언제나 새벽과 아침 사이의 색을 띠고 있었다.

셋. 꿈에서 자면 깨어난다. 그리고 다시 전날의 꿈과 똑같은 자세로 정신을 차린다. 또한, 우리는 거의 동시에 잠들었다. 꿈에서 깰 때 너는 항상 졸린다고 중얼거린 후 잠들었다.

넷. 네가 먼저 종점에 대해 말했다.

"꿈에서 눈을 뜬 순간부터 종점에 대해 알고 있었어. 종점이 어딘지는 모르겠는데, 그곳이 굉장히 좋은 곳이라는 건 알겠어. 너는 사흘째 같은 꿈을 꾸고 있다고 했잖아? 그러면 네 기준에선 일곱 번째 꿈에서 종점에 도착하겠네."

난 종점이 어떤 곳인지 모르겠다. 그곳은 단순히 모두가 다시 돌아가는 곳, 우울에서 벗어나 행복할 수 있는 이상 세계라고 어렴풋이 알고 있었다.

"현실이 좋다는 건 아니야. 하지만 종점이 현실을 의미한다면 꿈이 이루어지는 등 좋은 일이 일어난다는 소리이지 않을까."

네 질문에 대답을 삼켰다. 그런 좋은 일이 일어나도 별로일 것 같은데. 다시 새로운 한계와 마주하지 않을까? 그보다 중요한 점은 종점에는 단 한 명만 도착할 수 있다는 점이다. 그럼 나머지 사람은 어떻게 해야 할까? 대략 한 시간마다 출입문이 열리는데 다른 사람은 그 출입문으로 나가면 된다. 열차 밖에는 당연히 아무것도 없으니 떨어지겠지.

만약 둘 다 내리지 않는다면 종점에 도착하기 직전, 열차가 두 명의 무게를 견디지 못하고 추락한다.

너는 어디선가 등장한 수첩의 마지막 장에 우리가 공유한 정보들을 정리했다.

1. 4일 뒤.
2. 여전히 어딘지는 모름. 누구나 바라고 가고 싶은 곳. 일단은 현실이라고 추측. 종점에 도착한 후에는 이 꿈을 꾸지 않을 수도?
3. 단 한 명만 도달할 수 있다. 도착하기 전, 누군가는 나가야 함.
4. 현실 시간 기준으로 대략 1시간마다 출입문이 열림.

우리는 마지막 날이 오기까지 종점을 언급하지 않기로 약속했다. 출입문으로 나간다는 것은 한 명이 희생해야 한다는 말이니까.

우리는 사흘 동안 같이 있었다. 주로, 네가 이야기를 하고 나는 들어주는 편이었다. 서로 현실에서 어떤 일을 겪어왔는지에 대해 대화한 것 같다. 사실, 네가 얘기했던 수많은 일화가 잘 기억나지 않는다. 처음 듣지만 어딘가 익숙한 느낌이 드는 이야기였다고 기억할 뿐이다. 그렇게 이름은 서로 말하지 않아서 모르지만 어떤 사람인지는 나름 알게 된 상황이었다.

가끔, 너는 하던 말을 멈추고 나를 정말 뚫어져라 쳐다볼 때도 있었다. 난 감정이 눈에서 드러나고, 상대에게 어떤 감정을 느끼는지에 따라 바라보는 눈동자의 온기가 달라진다고 생각한다. 그런데 너는 어떤 감정으로 나를 보고 있는지, 네가 어떤 생각을 하는지 전혀 알 수 없었다. 까만 밤하늘 같은 눈에는 별이 박혀 반짝거리는 것처럼 보일 뿐이었다.

그럴 때마다 나는 종점이 어디든 널 두고 혼자 간다면 죄책감에 시달릴 것 같았다. 왠지 모르게 그랬다. 누군가의 희생은 썩 유쾌한 일이 아니니까. 현실에 돌아가서 이 꿈을 다시 꾸지 않은 채 잊고 산다면. 그러다, 그때의 푸르스름함을 문득 떠올린다면. 마음 한쪽이 씁쓸하지 않을까?

* * *

마지막 날. 사실, 이 지루한 글을 쓰는 이유는 언젠가 우리가 우연히 마주칠 때 너를 알아보기 위해서다. 꿈에선 선명하게 기억하고 있었는데 정작 지금 적으려고 하니 기억이 흐릿하다. 그래도 끝까지 적어 보겠다.

곧 마지막으로 열릴 것 같은 출입문 앞에 섰을 때 너는 그저 상그레 미소만 지을 뿐이었다. 네 눈에는 여전히 어떤 감정도 비치지 않았다. 출구가 열렸고 그 앞에 서서 넓디넓은 풍경을 바라보았다. 여전히 누군가가 그린 것처럼 보이는 풍경이었다. 시간이 천천히 흘러가길 바랐던 전과 다르게 그 순간은 빨리 끝내고 싶었다.

너와 다시 눈이 마주쳤다. 네 눈동자에 비친 나는 무기력하고 공허한 눈으로 너를 바라보고 있었다. 감정이 비치지 않았다. 그런 날 보고 싶지 않았고, 짧은 순간이지만 그런 너와 나를 바라보니 더더욱 종점에는 네가 가야 한다는 생각이 들었다. 참 이상하다. 하지만 나는 굳이 나아가지 않고 이렇게 멈추어도 상관없는 듯했다. 그래서 네가 뭐라고 할 찰나에 떨어졌다. 눈을 감았다. 이제 이 눈을 뜬다면 이 꿈이 어떤 방법으로든 끝나 있기를 바랐다. 만난 지 며칠 되지도 않았고 이름도 모르는 사이니까 날 잊고 잘 살 거라며. 나보다 네가 종점에 갈 자격이 있다며. 너를 떨어뜨리고 싶지 않아서라며.

그렇게 점점 작아지는 내 속마음과 다르게 웅웅거리는 소리는 점점 커졌다. 내 이름을 외치는 듯한 소리가 점점 크게 들렸다. 온기가 느껴졌다. 눈을 동그랗게 떴다. 네가 있었다. 너는 내 이름을 다시 부르며 나를 빤히 쳐다봤다. 눈이 마주쳤다. 우리는 끝없는 하늘 속으로 떨어지고 있었다.

"이건 처음인데…… 네 눈동자에 감정이 차오르고 있네. 이번엔 기대해 봐도 괜찮을까?"

"…… 무슨 소리야? 그리고 지금 내 이름을 말한 거야?"

"그러게. 이번에 네가 네 이름을 알려 주지 않았는데 내가 어떻게 알고 있을까?"

네가 나를 보며, 웃고 있었다.

"다음에 또 만나면 그때는 아는 척해 줘."

졸린 듯 중얼거리는 목소리가 끝이었다. 무언가 깨지는 듯했다.

＊＊＊

오늘은 몇 번째 날인가, 꿈은 다시 꾸지 않았다. 고요한 현실이다.

너도 현실로 돌아갔을까? 그 종점은 뭐였을까? 이곳은 아닌가 보다. 너를 며칠밖에 보지 않아서 그런가, 네게 죄책감은 딱히 들지 않는다. 대신 날 바라보던 네 눈과 체념한 듯 웃고 있던 모습이 영화의 한 장면처럼 계속 재생될 뿐이다. 그래서 나는 너를 기억하기로 했다. 너를 마주치면 아는 척이라도 해볼까 싶다.

넌 그런 날 어떻게 쳐다볼지는 모르겠지만.

에필로그

　꿈을 꾸고 나서 그 꿈에서 받은 느낌만 남아 있고 어떤 꿈이었는지 기억이 전혀 나지 않을 때가 있다. 꿈속에서 꿈을 다시 꾼 적도 있다. 또한, 꿈에서는 원래 그랬던 것처럼 행동하는데 현실에서 꿈을 곱씹어 볼 때는 개연성이 떨어지고 어딘가 어색하다. 이런 꿈으로부터 겪은 경험을 소설에서 표현하고 싶었다. 또한 꿈속에서의 시점이 헷갈리고 어딘가 어색한 '나'를 그려 보고 싶었다.

　소설을 쓰는 것이 처음이라 마무리짓기까지 여러 가지 어려움이 있었다. 고쳐 쓰기를 반복하며 하고 싶은 이야기를 제대로 담아보려 노력했다. 많은 일이 그러하듯 완성하고 보니 미숙한 부분이 많이 보여 아쉽다. 그래도 포기하지 않고 지금까지 달려온 나 자신에게 고생했다고 말하고 싶다.

등하굣길 바람 통로

김보령

등굣길은 한산했다. 보도 위의 인파야 근방 아파트에 사는 학생들이나 서넛 겨우 보이는 수준이었고, 도로 끝 저 멀리에서는 언제나처럼 불편한 엔진 소리를 매단 버스 한 대만이 천천히 다가오고 있었다. 슬쩍 보이는 정류장 역시 서 있는 사람이 영 얼마 없었다. 며칠 전까지만 해도 분명 아침 일찍부터 시험공부를 하겠다는 학생들로 주변이 꽤 북적였었으나…… 기말고사가 끝나자마자 그런 사실은 처음부터 없었던 것만치 버스를 기다리는 사람들이며 부모님의 자가용이며 붐비는 정류장이며 전부 감쪽같이 자취를 감추었던 탓이다. 막힐 것이 없어 버스는 어느새 지척이었다. 아파트 단지를 빠져나와 급하게 정류장으로 달려가는 학생들……. A도 그 사이에 섞여서 재게 발을 놀렸다.

물론 어렵사리 잡아탄 버스 안 역시 한적하기는 별반 다를 게 없었다. 같이 탄 사람들을 제외하면 승객이라고는 항상 출구 옆에서 손잡이를 잡고 서 있거나 이인석 앞자리를 고수하거나 하는 낯익은 얼굴 몇몇과 구석 자리를 차지하고 앉은 C 정도가 전부였는데, A가 남아도는 자리를 둘러보고 있자니 마침 그가 살갑게 손을 휘저어 댔다. 같은 학급에 사이도 그렇게 나쁘지 않고. 굳이 거절할 이유가 없었다. 안쪽으로 자리를 비키는 C의 옆 좌석 시트 위로 A가 엉덩이를 붙이고 나자 버스 천장에 붙은 작은 에어컨에서부터 조금 쿰쿰한 바람이 불어왔다.

"오늘은 버스 안 놓쳤네, A. 저번엔 없었잖아."

C가 원체 무심히 던지는 말조차 유쾌하기를 태어날 적부터 점지 받은 것 같은 사람이었던 탓에 인사말을 대신하는 짓궂은 언사가 그렇게 나쁘게 느껴지지는 않았다. A는 파묻히듯 의자에 기대 숨을 돌리다 말고 머쓱하니 웃으면서 변명 같은 대꾸를 늘어놓았다.

"그건 놓친 게 아니라, …… 지난주까지만 해도 갑자기 타는 사람이 너무 늘어서 끼어 타기 어려웠단 말이야. 네가 타는 정류장은 첫 정류장이라 당연히 자리가 충분했겠지만, 난 딱히 그렇지도 않잖아. 그래서 그냥…… 깔끔하게 포기하고 다음 버스 타고 다녔어. 이 정류장이야 학교 가는 버스가 딱 한 대밖에 안 온대도 한 오 분만 더 걸으면 세 대는 오는 정류장이 있으니까. 배차 간격도 워낙 긴데다 맨날 버스끼리 딱 붙어서 오는 바람에 좀 애를 먹기는 했는데, 뭐……. 오늘은 시험 끝났다고 그새 주변이 싹 빠지길래 냉큼 잡아탄 거고."

"음, 어딘지 알아. 이 정류장보다 잘 되어 있지 않나, 전광판도 있고……. 응, 여긴 아무래도 낡았으니까. 따져 보면 여기서 버스 놓쳐서 그쪽 정류장으로 달려가는 애들도 꽤 될 거야. 종종 봤거든. 그마저 없었으면 다들 밥 먹듯이 지각하겠구나 싶었지. 근데 지금이야 정말 네 말마따나 다들 잔뜩 여유로워져서 그럴 필요도 없겠더라. 시험 치기 전이랑은 완전 딴판이야? 분위기가 아주 다 풀어져서는, …… 아."

"응?"

"그러고 보니까… 누가 오늘 반에 편입생 들어온다고 말했던 것 같은데, 더 어수선해지겠다 싶어서."

"이 시기에?"

"으응, 안 그래도 말 많아. 대체 무슨 생각, 사정으로 1학기 다 끝나가는 즈음에 딱 편입하는지부터 별별 소문이 다 돌고 있다던데."

C가 핸드폰 화면을 연신 들여다보면서 말을 이었다. 아는 애한테서 들은 말로는 성격이 좀 괴짜 같다더라, 이상한 말을 할 때가 잦다더라……. 친구의 친구가, 또 친구의 친구의 친구가, 그런 식으로 입에서 입으로 옮겨졌을 게 분명한 출처 모를 소문들이 먹먹히 물에 번진 글자라도 되는 것처럼 흐리멍덩하게 A의 귓전을 맴돌았다. 사실 A로서는 누군가에 대한 어떤 항설을 듣는 게 그렇게 달가운 일은 아니었다. 그러나 영 되바라지지는 못한 무난한 성격상, 마음에 들지 않는다고 또 이야기하는 사람 면전에다 대고 귀를 틀어막을 수도 없는 노릇인지라, A는 별수 없이 들어오는 정보를 어떻게 하지도 못하고 적당히 영양가 없는 맞장구나 던져 주었다. 슬금슬금 C를 벗어난 시선이 괜히 건너 자리 창밖으로 옮겨 갔다.

그러자 A는 곧 볼 수 있게 되었다. 물 자국이 옅게 말라붙은 유리 창문 바깥에서는 여름철의 따가운 볕이 주변을 온통 부시게 만들고 있었다. 작열하는 아스팔트 도로와 하얗게 빛을 반사하며 지나가는 승용차 여럿, 막 문을 열고 차양을 치는 어느 가게의 주인과 먹이 앞으로 모여드는 개미 떼처럼 한곳으로 걸어가는 학생들. 익숙한 얼굴, 낯선 얼굴, 또 익숙한 얼굴, 또 낯선 얼굴. 다시 익숙한 얼굴, 그리고 A를 마주 바라보는, 다시 낯선, …… 방금 눈이 마주쳤나? A가 느릿하게 눈을 끔벅였다. 눈꺼풀이 댓 번을 움직였지만, 그럼에도 딱히 달라지는 건 없었다.

요컨대…… 그로서는 분명히 알고 있지 않은 얼굴이 그를 똑바로 바라보고 있었다. 또래로 보이는 꽤 앳된 얼굴이, 유리창 너머로, 아주 뚫어져라……. 그리고 그가 생각하기에 그것은 단순히 지나가는 버스를 바라보는 눈은 결코 아니었다.

* * *

덕분에 교실에 도착할 때까지 A는 넋을 완전히 빼 두고 있었다. 단순한 우연이라고 치부하고 말기에는 어쩐지 무언가에 홀린 것과도 같은 기분이어서 더 이상은 C가 뭐라 옆에서 주절거리는 것들도 그렇게 제대로 들리지 않을 지경이었다. C에게는 안타까운 일이겠지만, 그 찰나의 마주침이 뭐라고 사람을 그렇게나 몰아 놓고야 말았던 거다. 적어도 A가 느끼기에 그 애와 눈이 마주치던 감각은, 그래, 명명하자면 딱 먹잇감으로 지정된 느낌이었다.

평범한 고등학생이 처음 보는 애를 그런 눈으로 쳐다볼 수 있는 건가? 어지간해서는, 글쎄, 그렇지 않을 것 같았다. 그렇다면 혹시 모르는 새에 무슨 원수라도 져 버렸나? 아니, 그렇다고 하기에도 그다지 악의를 품은 눈은 아니었다. 그마저도 아니라면 그냥 착각일까? 하지만, 그런 것치고는 서로 마주하고 있던 시간이 너무 길었다.

문답 끝에 문답 끝에 다시 문답, 문답, 문답! 생각이 생각의 꼬리를 물고 끝도 없이 이어졌고, 이제 C는 A를 부르다 못해 찰싹 소리가 나게끔 열심히 그의 팔뚝을 두드리고 있었다.

"A, A."

"…… 어, 어?"

그제야 번뜩 정신이 들었다. A는 얼얼한 팔뚝을 손바닥으로 연신 문

질러 대며 눈알을 데굴데굴 굴렸다. 혼자서는 답도 없는 자문을 반복하는 동안 학교 정문이고 계단이고 모두 거치고 올라 어느새 교실이 목전이었다. 눈을 게슴츠레 뜨고 얼굴을 빤히 쳐다보는 C는 그 태도에서부터 영문을 모르겠다는 의아스러움을 한가득 안고 있었다.

"아까부터 어디에 그렇게 정신을 놓고 있어? 교실에 신발도 안 갈아 신고 들어갈 생각이야?"

"…… 설마, 그럴 리가 없잖아. 무슨 말을 또 그렇게 한담."

가벼운 타박에 A가 입술을 대자로 내밀었다. 슬리퍼를 바닥에 떨구는 손길이 좋게 쳐 줘도 곱지는 못했다. 불퉁하게 신발을 갈아 신는 꼴을 구경하며 낄낄거리던 C는 곧 아랑곳하지 않고 약간 들뜬 목소리로 그를 재촉했다.

"저기, 저기 좀 봐봐. 보여? 쟤가 걔야. 편입생."

이름이 B랬나. 그렇게 작게 속닥이는 목소리가 그래야 할 필요 이상으로 진지하고 비장해서, A는 사람을 향하는 삿대질이 예의범절에 어긋난다는 걸 지적해야 한다는 사실마저 깜빡 잊어 버리고서 저도 모르게 C의 손가락이 삿대질하는 방향을 바라보았다. 손가락에 지목당한 자리는 앞문이나 복도 창문을 통해 훤히 눈에 들어오는 위치에 있었다. 운동장 쪽 창가 앞에서 세 번째 자리. 의자 위에 태연스레 앉아서 아무런 문제도 없다는 듯이 머리카락 한 가닥을 빙빙 꼬고 있는 애. 아침부터 시끌벅적 참 유난스러운 애들 사이에서 홀로 조용한…… 버스에서 눈이 마주쳤던 바로 그 애.

이렇게 봤을 때는 그렇게 남다르게까지 보이지는 않는 것 같은데. 안 그래? 따위의 물음을 던지는 목소리는 안중에도 들어오지 않았다. 아니, 어쩌면 A는 그 의미 없는 질문이 자신의 반고리관을 넘어가기는 했는지조차 알 수 없었을지도 몰랐다. 그는 한창 여유로울 시기의 어느

여름날 아침에 이렇게나 불현듯 찾아온 혼란스러움을 재치 있게 또는 아주 즉각적으로 소거할 능력을 전혀, 정말 전혀 갖추지 못하고 있었기 때문에……

A는 연신 말을 붙여 오는 C를 모르는 척 밀어내고 다소 조급히 자리에 앉았다. 그 스스로도 왜 자신이 B에게 이다지도 꼴사납게 반응하는지 도무지 알아낼 수가 없었다. 아니, 정확하게는 대략적인 짐작조차도 할 수가 없었다. 그러나 적어도, 적어도 그는 이런 상황에서 감각하거나 드러낼 법한 통상적인 감정…… 이를테면 반가움 같은 것을 느낄 수는, 차마 그럴 수는 없으리란 사실만큼은 본능적으로 깨달을 수 있었다. 그리고 그건 꼭 A 그가 아니더라도, 그와 똑같은 상황 아래에 놓인다면 누구든 과연 똑같았으리라고. A는 그렇게 생각했다.

남의 소문을 듣는 게 달갑지 않고 말고의 문제를 떠나서, B는 실로 괴짜였다.

***

혼란이 가라앉자 찾아온 것은 의외로 거부감보다는 흥미나 호기심에 더 가까웠다. 그래서 A는 상당히 조심스럽게, 다시 말해 그렇게 무례하게는 느껴지지 않을 것만 같은 적정선 안에서 B를 관찰하기 시작했다. 그리고 몇 시간, 며칠, 어쩌면 무려 일주일을 거친 그 관찰의 결과, 확실히 B는 C가 말한 대로의 유별남을 가지고 있었다! 여느 평범한 고등학생처럼 얌전히 자리에 앉아 공부하거나 앞, 뒷자리 애와 떠들고 놀면서도, 그는 이따금 생뚱맞고 이해하기 어려운 말을 무심히 내뱉을 때가 있었던 것이다. 예를 들자면,

"A, 너 바람 통로가 어딘지 알아?"

그래, 이렇게. 시선을 저 멀리 두고 공상에 빠져 있던 A는 볼썽사납게 기겁하며 고개를 틀었다. 그가 직전까지 평가 내리고 있었던 바로 그 B가 눈앞까지 다가와 비실비실 웃는 중이었다.

"…… 들어 본 적은 있어. 걸어서 통학하는 애들은 학교 바로 앞에 있는 아파트를 꼭 지나야 하는데, 그때 통과하는 아파트 통로에서 이상하게 바람이 그렇게 분다고."

A는 혼자 지레 찔린 사람의 심정이 되어서는 영 떨떠름한 말투로 대꾸하고 말았고, 당연히 뱉자마자 그것이 불필요한 태도였다는 후회를 직감해야 했다. 그러나 다행히도 딱히 B가 A의 어조나 표정에 개의하는 모습을 보이는 것은 또 아니어서, 마침내 한풀 누그러진 얼굴로 왜? 하고 되물을 수 있었다. B는 가볍게 어깨를 으쓱였다.

"넌 아침에는 특히 버스를 타고 다니니까 솔직히 잘 모를 줄 알았는데. 의외네. 별건 아니고, 아니, 어쩌면 아주 큰일일 수도 있겠지만. 일단은 그냥 궁금한 게 있어서. …… 그럼 A, 너는 그 너머에 뭐가 있는지도 알고 있어?"

"네가 무슨 말을 하려는 건지 잘 모르겠는데. 글쎄. 그쪽에서 넘어오는 애들 있잖아. 우리 반에도 몇 명 있을걸. 나한테 묻는 것보단 걔네한테 가는 게 낫지 않아? 뭐 그렇게 특별한 게 있을지는 모르겠지만. 기껏해야 아파트나 상가나……. 혹시 뭐 백화점이라도 있나?"

B는 이제 의미심장한 얼굴을 하고 있었다.

"역시 모르는구나. 거기 있는 건 그런 게 아닌데 말이지. 있잖아, A. 그 너머에 있는 건 정말… 정말 정말 엄청난 거야. 그러니까, 아마도 네 인생을 송두리째 바꿔 버릴지도 모르는 그런 거. 그럴 가능성이 생기도록 할 만한 거 말이야."

이해하지 못했음을 완연히 드러내려는 양 와락 구겨지는 A의 얼굴을 보면서 B는 한참 동안이나 깔깔거리며 웃었다. 그러고서는 이윽고 돌변하여 A의 손을 단단히 붙잡은 채로 사뭇 진지하게 일러 댔다.

"들어 봐, A. 사람들은 자기가 알지 못하는 것들을 회피하려는 경향이 있어. 물론 아주 당연한 소리지, 익숙한 건 언제나 우리에게 심리적 안정감을 가져다주곤 하니까. 하지만 A, 그래서 더 명심해야 해. 그런 익숙함 속에서는 실질적인 그 어떤 것도 가질 수 없다는 걸 말이야. 우리가 아니 네가 너 나름대로 아주 오랫동안 보아 왔다고 생각하는 것들은 생각보다 더 많이 헛된 것들이고, 때때로는 눈을 가려 너를 속여 넘겨. 그러니 언제 어디서든지 알을 깨는 게 아주 중요하다고……. A, 내 말 알아들어? 너 지금 이해하고 있어?

…… 그래, 좋아. 그 바람 통로라는 것도 결국 그런 건 거야. 거길 넘어서 학교로 통학하는 애들, 글쎄, 정작 걔네도 아무것도 모르기는 매한가지일 테지! 거길 제대로 지나갔을 때 어떤 일이 벌어지는지 여기 있는 사람들은 아무도 모르거든. 그야 당연한걸. 무슨 일이 일어나는지 아는 사람들은 여기서 나가지 않고서는 절대 못 배길 테니까.

그러니까 내가 하고 싶은 말은…… 제대로 보라는 거야. 네가 얼마나, 얼마나 불완전한 세상에서 살아가고 있는지를. 여지껏 그걸 네가 알아채지 못한 이유는 절대 몰라서가 아니거든. 보려고 굴지 않아서지."

C의 말은 A로서는 처음부터 끝까지 참 해괴하고 알 수 없는 말들이었다. 다시금 볼품없이 일그러지는 A의 낯을 가만 바라보면서 묘하게 입꼬리를 끌던 B는 거기서 더 첨언하지 않고 자기 자리로 돌아갔다. 기가 막히게 쉬는 시간의 끝을 알리는 종이 교실 스피커의 좋지 못한 음질을 타고 흘러나왔다. 정말이지 기가 막히게도.

…… 내가 지금 왜 여기에 있지? A는 낡은 아파트 앞에 우뚝 선 채로

헛웃음을 흘렸다. 아무래도, 아니, 역시… 역시 자신은 B에게 홀린 게 분명한 모양이었다. 자명한 사실이었다. 그렇지 않았더라면 정규 수업 바로 직후에 잡혀 있는 오후 자율 학습마저 무단으로 째 버리고서 이렇게 무작정 그 바람 통로란 곳으로 달려오지는 않았을 테니까! 웃음이 점차 헛헛한 한숨으로 바뀌어 길게 늘어져 나왔다. 이제 와서 다시 학교로 돌아가는 건…… 응, 그래, 늦었겠지. 이미 A의 이름 옆에는 빨간색 곱표가 쳐져 있을 것이고…….

일이 이렇게 되자 괜히 어딘가 억울한 마음까지도 살금살금 A의 마음에 들어차길 시작했는데, 그 정도가 일 초 일 분이 지날 때마다 곱절로 불어서는 급기야 그놈의 바람 통로라는 게 무엇인지 낱낱이 살피고 까발려 내야만 하겠노라는 이상한 오기와 다짐까지 들고야 말았다. 그래서 A는 고개를 푹 숙인 채 양손으로 마른세수나 하다 말고, 발로 굴러다니는 돌멩이나 툭툭 차다 말고 곧 제 눈앞에 놓인 이 오래된 아파트를 상세히 살펴보기로 결정하게 된 것이다.

관찰해 본 결과 아파트는 작았다. 빌라보다야 물론 더 높았지만 보통의 아파트들보다는 턱없이 작았고, 또 낡아 있었고, 그리고 아주 평범했다. 이 낮은 건물들은 그 수도 딱 둘밖에 되지 않아 단지라고 하기도 부끄러웠는데, 그마저도 페인트칠이 곳곳 떨어져 있어 미관상으로 그렇게 좋아 보이질 못했다. 그리고 가장 중요한, 일명 바람 통로라고 하는 것은 수직으로 놓인 두 건물 중에서도 마침 A가 마주 보는 쪽의 오른쪽 끝에 뚫려 있었는데, 마찬가지로 근처의 담쟁이덩굴이 건물을 휘감아 올라와 조금 을씨년스러워 보일 뿐 안쪽으로 자전거를 세워 둘 수 있는 거치대가 마련된 보통의 무난한 통로였다. 한참 그런 걸 바라보고 있자니 A는 어쩐지 맥이 탁 풀렸다.

그런데 거리를 두고 가만히 보고 있자니 이윽고 상당히 수상쩍은 태도로 통로에 가까이 다가가는 인영이 하나 시야에 들어왔다. B의 거창한 말에 비해 아파트도 통로도 너무나 평범한 와중에 그나마 가장 이상하고 의심이 가는 것은 딱 이 인영 하나인지라, A는 필연적으로 눈을 한껏 가늘게 뜨고 그것을 바라보았다. 그러니까, 저 사람은, …… C?

분명했다. 일주일 전 아침 등교 버스에서 본, 아니, 일주일 내내, 당장 방금 하교하기 직전까지도 그 얼굴을 봤던 사람의 외양을 이렇게 금방 잊을 수 있을 리가! 그것은 의심할 여지없이 C였고, 바로 그 C는 지금 아주 조심스럽게, 주변을 살살 둘러보고 침까지 꿀꺽 삼켜 가면서 그 통로 안으로 들어서려 하고 있었다. 그리고 그런 모습에 의아함을 느낀 A가 저도 모르게 긴장하여 주먹을 꽉 쥐며 그를 지켜보는 그 순간, 입술을 벌려 그를 부를까 고민하던 그 순간, C가 통로를 살금살금 넘어간 그 순간…… A는 자신의 눈을 의심할 수밖에 없게 되었다.

A가 C를 지켜보고 있는 자리에서는 필히 C가 지나간 다음의 모습도 보여야 하는데, 그럼에도 불구하고 더 이상 통로의 앞에도 안에도 너머에도 아무도 남아 있지 않았던 것이다. 마치 처음부터 누구도 존재하지 않았던 것처럼, 그가 어떤 신기루라도 보았다는 듯이…….

그대로 다리에 힘이 풀리는 기분이었다. 그러나 주르륵 미끄러져 바닥에 앉으려는 A를 단단히 붙잡는 손이 있었다. B.

"학교에서는 그렇게 인상을 쓰더니. 결국은 왔잖아, A."

B는 A를 일으켜 주면서 방긋이 웃었다. 그 여상한 얼굴을 보면서 A가 할 수 있는 것이라곤 얼이 완전히 빠져 버린 낯으로 더듬더듬 묻는 것 외에는, 유감스럽지만 아무것도 없었다.

"…… 어떻게 된 거야? 어떻게 하면……. 넌 알지? 아니, 이게, 이게 상식적으로 말이 돼?"

"뭘 그렇게 놀라? 내가 말했잖아. 통로 너머에 있는 건 네 인생을 송

두리째 바꿔 놓는 게 될 거라고. 너도 어느 정도는 그 말을 믿어서 여기까지 온 거 아냐?"

정곡을 찔려 A는 입을 다물었고, 그 얼굴을 빤히 쳐다보던 B는 아주 대수롭지 않게 어깨를 으쓱이며 A를 통로 앞으로 질질 끌었다. A는 이제 아주 지쳐서, 저항할 힘이라고는 남아 있지 않았다.

"나는 암만 일러도 네가 한 나흘은 뒤에야 찾아올 줄 알았는데. 너무 속전속결 아닌가 몰라. 뭐, 이제는 아무렴 상관없지만. 와 버린 이상 너도 한 가지는 선택해야 할 테니까 말이야. 네가 방금 봤던, 그러니까, C가 했던 것처럼."

"…… 그게 무슨 소리야?"

"글쎄, 직접 보지 않았어? 통로 안으로 들어간 C가 아주 온데간데없이 사라진 거. C는 그렇게 되기로 스스로 선택한 거야. 이제는 우리도 선택해야 한다는 거고. 더 이상 아무것도 모르는 상태는 아니게 됐잖아, 너나 나나."

이제 둘은 통로 바로 앞에 있었고, 통로 저 너머에서부터는 원인 모를 바람이 거세게 불며 얼굴을 따갑게 때려 왔다.

"너 몰랐지? 이곳은 사실 네가 제대로 생각하지 않는 장소는 제대로 구현조차 되어 있지 않아. 세상 전체가 고작해야 모조품에 불과하니까. 여기는 너무, 너무너무 작위적이어서 이 연극 무대 같은 세상이 들통날 것 같다 싶으면 그대로 네 기억을 왜곡시켜 묻어 버리는 게 특기인 곳이거든. 들어가고 나가는 문이라고는 이 통로 하나뿐인데, 그마저도 오가는 사람이 정체를 제대로 알고 있지 않으면 아무런 소용이 없어. 열리거나 닫히는 것도 순 제멋대로고, 지금이야 운 좋게 일주일씩이나 열려 있다지만 또 몰라, 이대로 닫혀서 네가 늙어 죽을 때까지 다시는 열리지 않을지.

무슨 말인지 잘 모르겠다면 이렇게 말해 볼까. 이건 마치 동굴의 비유와 같은 일인 거야. 이 세상이 바로 동굴이고, 우리는 그 속에서 묶인 채 살아가는 죄수들인 거지. 플라톤이 말한 것처럼 진리를 자각하는 건 그냥 통로를 지나가는 일인 거야. 이 세상이 가짜라는 걸 깨닫고, 나가겠다는 우리 의지를 가지고서. 그럼…… C처럼 진짜 세상에 도착할 수 있어."

"도대체, ……. 너는 그런 것들을 어떻게 알고 있는 거야?"

"음, 뭐라고 해야 할까, 그래, 난 기회를 주는 사람이거든. 아무것도 잊어버리지 않고 저 건너편에서부터 왔으니까. 여전히 동굴 속에 묶여 있는 자신의 친구들을 구하러 온 죄수처럼. 생각해 봐, 솔직히 좀 안타깝지 않아? 당사자에 속하고 있으면서 아무것도 알지 못하고 살아간다는 게…. 알면 분명히 모든 게 뒤바뀔 수도 있는데도. 그래서 여기 있는 사람들에게 최대한 많은 진실을 알려 주고 있었는데, 하하, 괴짜 취급까지 감수해 가면서 말야. 그런데 그것도 오늘로 마지막이 될 예정이라서."

태연자약한 태도가 정말 그대로 C처럼 넘어가 버릴 것 같아서, 그리고 그렇게 되면 자신이 보았던 그 비현실적인 순간이 너무 급작스럽게 다시 재현될 것만 같아서, A는 무작정 B의 손을 덥석 붙잡았다.

"마지막이라고? 왜?"

B는 놀라지도 않고 어깨를 으쓱였다.

"말마따나 난 기억하고 있는 사람인지라 기약도 없이 여기 영원히 남아 있을 생각은 추호도 없거든. 그렇다면 위험 부담이 적을 때 얼른 돌아가야지 않겠어? 내가 깨닫고 관찰해 온 결과 높은 확률로 이 문은 내일이면 닫힐 테니까. 그러니까 넌… 지금 여기서 골라야 할 거야. ……자, 그럼 한번 물어볼게. A, 여기 남을래, 아니면 넘어갈래?"

그렇게 말하는 B의 등 뒤로 부는 바람이 어째서인지 B와 그렇게 달라 보이지 않았다. 적어도 A의 눈에는, 그렇게 보였다.

"나는……."

***

하늘은 맑았고 등굣길은 한산했다. 보도 위의 인파야 근방 아파트에 사는 학생들이나 서넛 겨우 보이는 수준이었고, 도로 끝 저 멀리에서는 언제나처럼 불편한 엔진 소리를 매단 버스 한 대만이 천천히 다가오고 있었다. 슬쩍 보이는 정류장 역시 서 있는 사람이 영 얼마 없었다. 이 주 전쯤까지만 해도 분명 아침 일찍부터 시험공부를 하겠다는 학생들로 주변이 꽤 북적였으나…… 기말고사가 끝나자마자 그런 사실은 처음 부터 없었던 것만치 버스를 기다리는 사람들이며 부모님의 자가용이며 붐비는 정류장이며 전부 감쪽같이 자취를 감추었던 탓이다. 막힐 것이 없어 버스는 어느새 지척이었다. 아파트 단지를 빠져나와 급하게 정류 장으로 달려가는 학생들……. A도 그 사이에 섞여서 재게 발을 놀렸다.

물론 어렵사리 잡아탄 버스 안 역시 한적하기는 별반 다를 게 없었다. 같이 탄 사람들을 제외하면 승객이라고는 항상 출구 옆에서 손잡이를 잡고 서 있거나 이인석 앞자리를 고수하거나 하는 낯익은 얼굴 몇몇 정 도가 전부여서, A는 남아도는 자리를 가볍게 둘러보다 가까운 일인석 을 골라 앉았다. 좌석 시트 위로 A가 엉덩이를 붙이고 나자 버스 천장에 붙은 작은 에어컨에서부터 조금 쿰쿰한 바람이 불어왔다.

어느새 여름도 한창 농익어 가고 있었다. 달리 할 것도 없었으므로 A 는 핸드폰이나 잠시 만지작거리다 멍하니 창밖으로 시선을 돌렸다. 물 자국이 옅게 말라붙은 유리 창문 바깥에서는 여름철의 따가운 볕이 주 변을 온통 부시게 만들고 있었다. 작열하는 아스팔트 도로와 하얗게 빛 을 반사하며 지나가는 승용차 여럿, 막 문을 열고 차양을 치는 어느 가게의 주인과 먹이 앞으로 모여드는 개미 떼처럼 한곳으로 걸어가는 학생들. 익숙한 얼굴, 낯선 얼굴, 또 익숙한 얼굴……. 그러나 그를 똑바로 마주 보는 시선은 이제 없었다. 존재하는 것은 오로지, 오로지…… 심심한 문자 한 통이 고작이었다.

대신 익숙한 알림음과 함께 핸드폰 화면이 하얗게 번쩍였다. 잠금화면에 뜬 짧은 미리 보기로 발신인 불명의 짧은 연락이 도착해 있었다. A는 다시 화면으로 눈을 돌렸다가, 내용을 읽지 않고 그대로 전원 버튼을 눌렀다. 그게 A가 내린 결정이었다.

'그곳은 어때? 진상을 알고 나서도 여전히 마음에 드는 세상이야? 아직 네 선택을 후회하지 ……'

후회하지 않고 있어? …… 나는 여태까지 진실을 알면 불가결하게 그것을 따를 수밖에 없다고 생각했는데 말이야, 덕분에 돌아와서도 머리가 아주 복잡해. 털어놓자니 좀 부끄럽지만, 어쩌면 그때 내가 한 말과는 다르게 정해진 정답이란 건 없었을지도 몰라. 어쩌면 진짜든 가짜든 행복하기만 하면 그만일 뿐인걸. 우리가 무슨 철학자도 아니고, 그 행복에서까지 진짜 가짜를 굳이 따질 필요는 없겠지. 그러니 네가 여전히 후회하지 않고 있다면, 그냥 순수하게 행복하길 바라. 안녕.

초등학교 때에는 학교 바로 앞에 작은 아파트가 있었다. 다른 큰 아파트 단지와 학교 사이를 가로막고 있어 이 아파트를 지나 등교해야 하는 학생들이 많았는데, 하나같이 아파트의 작은 통로를 지날 때면 정면이나 등 뒤로 바람이 불어온다고들 했다. 우리끼리는 그곳을 '바람 통로'라고 부르는 게 암묵적인 약속이 될 정도였다. 사실 막상 통로를 지날 때에는 불어오는 바람이 고역이었는데, 시간이 지나고 나자 그것도 참 독특한 추억이었고, 그래서 이렇게 글로 한번 그 이야기를 꼭 남겨 보고 싶었다.

 막상 이야기를 지으려고 보니 제대로 된 원인을 모르는 바람이란 게 판타지적 요소를 사용해서 글을 쓰면 꽤 잘 어울릴 것 같았는데, 그렇다고 아무런 예시 없이 통로 이야기만 하기에는 상당히 설명이 부족하고 난해해 보여 플라톤의 '동굴의 비유' 이야기를 가져왔다. 플라톤의 저서 '국가론'에서 참된 진리의 세상을 설명하기 위해 사용하는 비유인데, 생각해 보면 동굴의 비유를 처음 알았던 시기도 한창 바람 통로를 지나 등교하던 초등학생 때였어서 그것도 참 묘하지 않나 싶다.

　여러모로 미숙한 부분이 많은 글이지만, 아무래도 어릴 적 실제로 겪은 일을 소재로 가져온 글이어서 잘 썼든 못 썼든 마음 한편이 괜히 뭉근한 느낌이 든다. 읽는 여러분에게도 조금이나마 비슷한 감정을 불러일으킬 수 있다면 기쁠 것 같다.

오
뉴
월

전서린

하늘은 이미 한참 전에 새까맣게 물들었다. 달은 어디론가 숨어 버려서 보이지 않고 환하게 빛나는 무언가가 규칙적으로 깜빡거리고 있었다. 아마도 별이겠지.

나는 잠깐 응시하던 창문 밖에서 시선을 떼고 다시 하얀 문제집에 검은 흑연을 서로 맞대어 편안하기 짝이 없는 노랫소리를 만들어서 조용한 방안을 채워 나갔다. 그 노랫소리가 자장가처럼 잔잔해서일까. 그 소리를 버티지 못하고 나는 눈을 꾹 감았다가 다시 떴다가를 반복했다. 그 꼴이 태어난 지 얼마 되지 않은 아기처럼 보이기도 했다. 결국 어디 이 잠을 깨워줄 만한 것이 없는지 이내 주위를 둘러보았고 책상 저 구석에 언제 샀는지도 알 수 없는 작고 네모난 안약을 발견하였다.

토 독. 눈 표면 위로 안약을 떨어트렸다. 곧이어 박하를 한가득 품은 듯 상쾌한 듯하면서도 조금은 아픈 느낌이 눈 안을 구석구석 채워 나갔다. 이 정도면 잠이 깨어도 충분할 텐데 어지간히 피곤했는지 시원해진 눈 안과 다르게 눈꺼풀은 물먹은 솜처럼 감겨 나갔다. 결국 이리저리 펼쳐진 문제집을 다 풀지도 못한 채 전등을 끄고 침대에 풀썩 누워 잠을 청했다.

＊ ＊ ＊

검고 어둡기만 하던 공간은 한순간에 뜨거운 햇볕으로 밝아졌다. 무성한 넝쿨이 담벼락을 타며 올라가고 있었고 그 아래로 민들레와 이름 모를 식물들이 덥고 습한 바람을 타며 살랑거리고 있었다.

나는 풀 내음을 느끼며 어디론가 열심히 달리고 있었다.
왜 달리는지는 알 수 없었다. 그저 바람을 느끼며 정처 없이 달리고 싶었을지도 모른다. 뜨거운 태양 빛은 정수리를 따끈따끈하게 데웠으며 몸에서는 땀방울이 송골송골 피어올라 흘러내렸다.

그렇게 넝쿨이 무성하던 담벼락은 주택으로 바뀌었으며 곧이어 놀이터, 분식집으로 차례차례 바뀌었다. 하염없이 달리던 다리에 힘이 풀려 버렸는지 나는 뛰어가고 있던 길 위로 힘껏 넘어지고 말았다.
심하게 넘어진 탓에 무릎에는 새빨간 피가 맺혀 올라왔다. 손바닥은 살껍데기가 까져 빨갛게 달아올라 있었다. 눈에서는 눈물이 후두둑 떨어져 내렸다. 그러고선 으앙, 하고 울어 버렸다. 울음을 멈추고 싶었지만 멈추지 않았다. 그렇게 다시 일어날 생각도 못 하고 그 자리에서 그대로 울기만 했다. 어느새 앉아 있던 벽돌 바닥은 골목길 아스팔트 도로로 바뀌어 있었고 주위에는 이상한 간판이 붙은 상가와 주택, 그리고 새하얀 간판에 초록색의 십자가가 그려진 건물 하나가 있는 어딘가 익숙한 곳으로 변해 있었다. 여기가 어딜까, 그만 울고 일어나야 하는데…….

내 울음소리가 너무 시끄러워서일까 아니면 서글픈 내 마음이 느껴져서일까 어디선가 나타난 하얀 옷을 입은 여성이 내 곁으로 다가왔다. 그러곤 괜찮아, 괜찮아, 라며 나를 일으켜 세워 토닥여 줬다. 어깨 너머로 질끈 묶은 갈색 머리는 햇빛을 받아 더 밝아 보였으며 얼굴을 파묻은 새하얀 옷에서는 포근한 향기가 났다. 그녀는 나를 품에 안고 자기가 나온 그 건물로 들어갔다.

건물 안에는 따스한 햇볕이 비쳐 들어왔으며 그와 반대로 시원한 에어컨의 바람이 열이 오른 몸을 식혀 주었다. 그녀는 나를 의자에 앉히고 잠깐만, 하면서 일어나려 했다.

나는 그것이 내 상처를 치료하기 위함임을 알았음에도 그녀를 보내고 싶지 않아서, 그녀의 따스함을 놓치고 싶지 않았기에 그녀의 옷깃을 붙잡고 놓지 않았다. 그런 나를 이해하듯 그녀는 포근한 손으로 팅팅 부어 버린 눈에서 흐르는 눈물을 어루만져 주었다. 이내 곧 울음은 진정되었다. 그녀는 구급상자를 들고 와 내 피가 맺힌 무릎과 벌겋게 살이 까진 손바닥을 치료해 주었다. 그녀의 손이 닿을 때마다 아픔은 따뜻한 감각으로 변해갔다.

옳지, 씩씩하다.

치료가 다 끝난 내게 노란색 포장지의 사탕을 까서 입에 넣어 주었다. 입 안에서는 레몬 향이 넘치고 있었다.

＊＊＊

맴맴맴.

매미가 우는 소리가 교실 안을 채워 나갔다. 에어컨 대신 선풍기가 덜덜덜 거리며 돌아가고 있었다. 선풍기를 통해 후덥지근한 공기는 몸에 착 달라붙어 떨어질 생각을 하지 않았다. 풀고 있던 문제집을 그대로 덮고 그 위에 엎드려 두 눈을 꼭 감았다.

"으악. 더워."

"에어컨 언제 틀어 주냐."

"몰라."

"교무실은 시원하던데."

주위에서는 에어컨을 틀지 못해 짜증내는 한탄 소리가 들려왔다. 하긴 이 날씨에 에어컨도 안 틀어주다니. 너무하긴 했다. 그러고 보니 어제 꿈에서도 이런 날씨였는데 너무 더워서 땀방울이 송골송골 올라오는. 평소 꿈을 꾸지 않는 나는 오랜만에 꿈을 꿔서인지 일어나서부터 그 꿈이 잊히지 않았다. 따가운 태양 빛. 더운 공기 바람. 풀 내음. 그렇게 인상 깊은 꿈이 아님에도 그 꿈은 머릿속 한구석에 자리를 잡고 나를 방해했다. 아주 끈질기게 들러붙었다. 늪처럼 발을 잡고 놓아주지 않았으며 거머리같이 붙어서는 떨어질 생각을 하지 않았다. 그 담벼락 본 적 있는데. 조금만 더 생각해 내면 어딘지 알 것 같았다. 그때.

톡톡.

누군가 등 뒤를 두드렸다. 눈이 번쩍 떠졌다. 생각에 빠져 무방비했던 몸은 놀라서 벌떡 일어났고 입에서는 힉. 하고 부끄러운 삑사리가 튀어나왔다. 놀란 가슴을 부여잡고 뒤를 돌아보니 흰 반팔 티의 팔 부분을 스시집 아저씨처럼 올리고 앞머리는 곱게 넘겨 핀으로 고정한 남자가 양손을 항복하듯이 들고 있었다. 아마 내가 이렇게 놀랄 줄 몰랐던 거겠지. 그런데 저 꼬락서니는 대체 뭐야. 특히 저 빨간색 대왕 리본 핀. 백설 공주가 되고 싶은 건가…….

"그렇게 깜짝 놀랄 줄은 몰랐어. 미안."

눈을 찌푸리고 노려보고 있으니까 그 녀석은 실실 웃으며 내게 사과를 했다. 그러면서 내 어깨를 잡고 들러붙었다. 무더운 날씨로 끈적해진 피부는 서로를 반기듯 착 달라붙었다. 안 그래도 더워서 짜증나는데.

"뭔데?"

그 녀석의 머리를 뒤로 밀며 물어보았다. 좀만 더 생각하면 기억 날 수 있었는데. 이 자식 때문이다. 나에게서 떨어진 그 녀석의 얼굴은 붉게 달아올라 토마토 같았다. 이마에는 땀방울이 맺혀 있었다.

"아, 맞다. 선생님이 부르셨어."

맺힌 땀방울이 떨어져 나갔다. 선생님이 나를 왜 부르시지. 사고 친 건 없는 것 같은데. 더워서 머리가 돌아가지 않았다. 조금만 더 생각하면 어딘지 알 것 같던 담벼락도 저 녀석 때문에 생각나지 않았다. 덥고 짜증이 났다. 교실을 채우는 매미 소리는 머릿속을 어지럽게 만들었다. 그렇게 끙, 하고 생각하는 나의 모습을 지켜보던 그 녀석은 내 볼을 쭉 당기며 말했다.

"상담. 너 더위 먹은 거 같다. 얼굴이 새빨개."

아, 그래 상담. 번호순대로 했었지. 벌써 내 차례구나. 그 녀석은 내 볼에서 손을 놓고 내 등을 밀었다. 한탄 소리가 가득한 교실을 나오니 매미 소리가 한층 더 크게 울려 퍼졌다. 그렇게 나는 그 녀석의 손을 따라 매미 소리를 느끼며 교무실 앞으로 걸어 나갔다. 교무실 앞에 다다르자 그 녀석은 교무실 문을 열며 내게 속삭였다.

"교무실은 시원하니까. 더위 좀 식히고 상담 잘하고 와라."

그리곤 나를 교무실 안으로 밀어 넣어 버렸다. 그 녀석의 말대로 교무실 내부는 교실과 다르게 시원했다. 하지만 커튼을 치지 않아 햇빛이 들어오고 있었다. 꼭 꿈속 그곳처럼.

상담은 순조롭게 이어졌다. 학교생활이나 교우 관계, 더 나아가 성적과 대학 진학 등 형식적인 상담이 이루어지는 동안 더위를 먹어 열이 오른 몸은 시원한 에어컨 바람으로 점차 진정되어가고 있었다. 그런데도 머릿속 한 구석에서 그 꿈은 없어질 기미가 보이지 않았다. 그래서일까, 평소라면 하지 않았을 생각이 자꾸 머릿속을 잠식해 나갔다.

* * *

집에 돌아왔을 땐 이미 해가 어둠을 피해 없어진 상태였고. 달은 창문 너머로 구름 뒤에 몸을 반쯤 숨겨 나를 훔쳐보고 있었다. 집 안 전체는 불이 꺼져 있어 서늘한 느낌이 나를 찔러대는 것 같았다.

언제나 그렇듯 개의치 않고 어두컴컴한 거실을 지나 내 방으로 발을 들였다. 방에 불을 켜니 책상 위에는 어제 펼쳐놓은 문제집이 그대로 있었다. 나는 가방을 의자 옆에 두고 의자에 앉아 언제나처럼 문제집을 풀기 시작했다.

몇 시간쯤 지났을까. 문제집 위로 움직이던 손은 점점 느려졌고 눈꺼풀은 잠의 무게를 견디지 못하고 감겼고 시야가 흐릿해졌다. 입에서는 하품이 계속 튀어나왔다. 졸려. 어쩔 수 없이 문제집을 덮고 따뜻하고 포근한 이불 대신 후덥지근한 여름 날씨에 알맞게 바꾼 까슬까슬한 이불에 파묻혀 잠을 청했다.

＊＊＊

검은 공간은 금세 햇볕이 들이쳐 밝아졌고 주위에는 무성한 넝쿨이 담벼락을 타고 올라가고 있었고 그 아래 민들레가 바람을 타고 살랑거리며 나를 반겼다. 저번 꿈과 같은 곳이었다.

이번에도 나는 풀 내음을 느끼며 어디론가 향하고 있었다. 다만 저번과 다르게 주위 풍경을 감상하며 천천히 발걸음을 내디디고 있었다. 푸른 하늘에는 커다란 구름이 몽글몽글 피어나고 있었으며 매미 소리가 골목길을 채웠다.

담벼락은 아이들의 웃음소리가 들리는 주황색과 파란색 페인트칠이 된 학교로. 학교는 태권도 도복을 입은 아이들과 피아노 학원 책가방을 손에 쥔 아이들이 가득한 학원으로. 학원은 곧이어 푸른 십자가가 그려진 새하얀 약국으로.

여기는…….

여름 햇빛을 받아 더 눈부셔 보이는 새하얀 약국을 홀린 듯 쳐다 보았다. 약국 안이 보이는 투명한 유리문 앞에 선 나는 그대로 그 문에 손을 뻗어 밀었다. 무겁지만 가벼운 문이었다. 문틈 사이로 밖과 다르게 차가운 에어컨 공기가 나를 끌어당기고 있었다.

문을 열고 들어가니 한 여성이 물품을 정리하고 있었다. 건물 안으로 들어오는 따스한 햇볕을 받아 밝게 빛나는 갈색 머리카락. 포근한 향기가 가득한 새하얀 옷. 그녀였다. 온종일 잊을 래야 잊을 수 없던. 그녀는 딸랑거리는 소리에 문 쪽으로 돌아보았으며 나를 발견하고선 웃음을 피워 냈다.

"어서 와."

등 뒤로 느껴지는 햇볕처럼 따스하고 민들레처럼 부드러운 울림이 귓가에 울려 퍼졌다. 아아. 왜 잊고 있었을까. 어째서 잊고 있었을까. 그녀의 목소리에 나는 잊었던 기억이 생각났다.

이곳이 내 유년 시절이 깃든 곳이었음을. 그리고 잊어버린 꿈을.

세
시
작

김여빈

"진짜 마지막. 딱 한 번만 더해 봐."

3층 게시판에 붙은 공모전 공고 앞에 서서, 은유가 말했다. 솔직히 너 재능 있다니까, 아깝잖아. 은유는 의주를 설득했다. 의주는 입을 꾹 다문 채 고개를 저었다.

1년 전, 나름 본인의 글쓰기 실력에 자부심이 있었던 의주는 여러 공모전에 패기 있게 도전장을 내밀었지만, 결과는 싹 다 탈락이었다. 덕분에 학업도 잃고, 상도 잃은 의주였다. 첫 탈락은 그러려니 했다. 처음 참가한 공모전에서 수상하는 것이 더 이상한 거라며 자신을 위안했지만, 그 후로 한 번도 입상을 하지 못하자 의주도 슬슬 불안해지기 시작했다. 내가 재능이 없나? 의주는 그런 생각이 들면서도 한편으로는 계속 도전하고 싶었다. 결국 그런 의주의 마음을 잘 아는 은유가 의주의 손을 붙잡고 신청서를 작성하러 갔다.

"야, 은유야. 내가 왜 상을 못 받았을까?"

운동장 벤치에 앉아 공모전 참가 기념이라며 은유가 쏜 바나나 우유를 쪽쪽 빨아 먹던 의주가 물었다.

"돌려서 말해 아니면 그냥 말해."

…… 돌려서. 직설적인 은유의 성격을 누구보다 잘 아는 의주가 괜히 후자를 선택했다가는 맥도 못 추릴 게 분명했다. 인상을 쓰며 곰곰이 생각하던 은유가 말했다.

"일단, 소재가 문제야. 너도 잘 모르는 판타지를 어떻게 쓰겠다는 거냐?"

참나, 판타지가 뭐 어때서. 은유의 말에 금세 시무룩해진 의주를 본 은유가 덧붙였다.

"내 말은 좀 주변에서 쉽게 볼 수 있는 거로 소재를 정하란 말이지."

의주는 골똘히 생각하며 발로 모래를 툭툭 쳤다. 주변에 있는 거라…. 신발만 바라보고 있던 의주는 곧 사람들이 뛰어오는 소리에 고개를 들었다. 때마침 수영부 애들이 점심 훈련을 위해 수영장으로 향하던 참이었다. 수영부를 보자마자 은유와 의주의 눈이 마주쳤다. 이미 의주의 머리에서는 수영하는 주인공의 모습이 그려지고 있었다.

자료 조사야 학교 수영장에서 하면 되는 거고, 무엇보다 학생으로서 학교에 제일 많이 붙어 있으니 이것보다 가까운 소재가 없었다. 둘은 당장 수영장으로 달려가 감독 선생님을 찾았다. 수영부 감독에게 거의 생떼를 부리다시피 해 수영장 출입 허락을 맡았다.

훈련에 방해되면 바로 쫓아내겠다는 감독의 말씀에 의주와 은유는 수영장 안 매점 창가 자리에 앉아 있을 수밖에 없었다. 이것만 해도 어디냐며 삼각김밥을 먹는 은유를 뒤로하고, 의주는 작은 공책과 볼펜을 꺼내어 무언가를 열심히 적기 시작하였다.

몇 분 후, 코치가 호루라기를 불자 훈련하던 사람들이 모두 샤워장으로 들어갔다. 아쉬운 듯이 수영장을 바라보던 의주에게 은유가 말했다.

"근데 인터뷰 같은 건 안 해? 수영부 애들한테 한번 물어봐."

그러고는 은유는 5교시가 이동 수업이라며 급히 반으로 올라갔다. 은유를 따라 매점에서 나온 의주는 한 명만 걸리라는 마음으로 수영장 입구에 서 있었고, 마침 머리카락의 물기를 털며 나오던 재연과 마주쳤다. 교복이 아닌 반소매 티를 입고 있어서 이름을 확인할 순 없었지만, 얼굴을 보니 복도를 왔다 갔다 하며 꽤 본 적이 있었던 것 같아 의주는 지나가던 재연을 잡았다. 핫바로 재연과의 협상에 성공한 의주는 재연이 아침 훈련이 없는 다음 날 아침 7시에 인터뷰를 하기로 하였다.

새벽 6시, 평소라면 의주가 한창 꿈속에 있을 시간이지만 오늘은 달랐다.

여태까지 사람들로 가득 찬 수영장에서는 많이 있어 봤지만, 사람들이 한 명도 없는 수영장에서는 있어 본 적이 없었기에 의주는 재연과 만나기 한 시간 전에 미리 가 있을 계획이었다. 글을 쓰려면 이 정도 조사는 필요하지, 라고 생각하며 호기롭게 수영장에 도착한 의주는 수영장에 들어서자마자 들리는 첨벙거리는 물소리에 힘이 쭉 빠졌다.

누가 이 새벽부터 연습을 한 대냐. 조용한 수영장의 모습을 기록하려 했던 의주의 계획은 물거품이 되고 말았다. 레인 앞에 서 있던 의주 앞으로 의주의 반대편에서 헤엄치기 시작한 사람이 금세 도착하였다. 그 사람이 물 밖으로 고개를 내밀어 수경을 벗자 의주의 눈이 커졌다. 익숙한 얼굴이 수모를 벗고 숨을 몰아쉬고 있었다. 한재연? 놀라기는 재연도 마찬가지였다.

"지금 7시야?"

묻는 재연의 말에 의주는 고개를 저었다.

"그냥 내가 한 시간 일찍 온 거야, 아직 6시."

의주의 대답을 들은 재연은 아무 말 없이 다시 물속으로 들어가 그 후로 몇 바퀴를 더 돌고 물 밖으로 나왔다. 어느새 코치 의자를 끌고 와 앉아서 무언가 적고 있는 의주를 보고 겉옷을 걸친 재연도 감독 의자를 가지고 그쪽으로 걸어갔다.

그래서 물어볼 게 뭔데? 재연의 물음에 의주가 자초지종 설명을 했고, 별 반응이 없이 묵묵히 들으리라고 예상했던 것과 달리 재연은 의주의 말에 일일이 반응을 해줬다. 사정을 설명하고, 드디어 인터뷰가 시작되었다. 녹음기 하나 없이, 그것도 수영장에서 인터뷰한다는 것은 둘 모두에게 새로운 경험이었다. 길지 않았던 한 시간가량의 인터뷰를 통해 둘은 꽤 친해졌다.

＊＊＊

1학기 기말고사가 끝나고 방학 전, 본격적으로 담임 선생님과의 상담이 시작되었다. 아까부터 은유는 의주의 옆에서 불평을 늘어놓고 있었다.

"와, 진짜 싫다. 또 들어가서 뭔 말을 해야 하나…."

신세 한탄을 하던 은유는 공책에 무어라 열심히 적고 있는 의주를 빤히 보다가 얘기했다.

"야, 그래도 너는 좋겠다. 적어도 진로 가지고 뭐라 하진 않겠네."

"뭐래. 나도 똑같지, 뭐."

의주가 공책에 시선을 고정한 채 어이없다는 듯이 웃으며 말했다.

"아, 작가라고 하면 좀 그럴 수도."

은유가 의주의 공책의 앞면을 보려고 들었다가 탁 소리 나게 놓으며 말을 했고, 아까부터 묘하게 시비조인 은유의 말투에 안 그래도 심기가 불편했던 의주가 결국 은유에게 한마디 하였다.

"그럴 거면 진작 공부 좀 해 놓지 그랬어."

온전히 은유 때문은 아니었다. 글을 쓰다 막힌 상태였고 기분이 예민했었다. 아무 말 없던 은유는 뭔 말을 그렇게 하느냐며 얘기했고,

"그래, 너는 아무 걱정 없고 좋겠네."

그러고는 교실을 나가 버렸다.

* * *

의주를 볼 때면 은유는 왠지 모를 씁쓸함을 느꼈다. 정확히 말하자면, 글을 쓰고 있는 의주를 볼 때면.

처음에는 그런 의주가 신기하였다. 무슨 어린애처럼 자기 꿈에 대한 희망이 그리도 가득한지. 물론 은유도 그런 적이 있었다. 아주 어릴 때 말이다. 여느 아이들이 그런 것처럼 은유도 하룻밤 자고 일어나면 꿈이 바뀌어 있었고, 무엇이 되면 좋을지 고르지 못해 고민이었다.

하지만 은유의 키가 한 뼘씩 클수록 은유가 바라볼 수 있는 세상은 한 뼘씩 줄어들었다. 조금씩 줄어든 세상은 곧 은유의 현실이 되었다. 고등학교에 올라오고 나서는 가장 취직이 잘 되는 과를 희망하였고, 연봉이 두둑한 직업을 희망 진로 칸에 적어 제출했다.

자신과는 달리 열심히 꿈을 좇아가는 의주를 보며 '작가로 성공하기

가 쉽나, 어디.'라고 생각하며 스스로 자각하지 못한 채 본인을 위로한 것이, 시간이 지나자 은유와 의주 사이를 갈라놓았다.

***

은유와 싸우고 난 후 의주는 재연을 찾아갔다. 한동안 의주가 조사랍 시고 제 방처럼 수영장을 드나드는 통에 둘은 부쩍 친해졌지만, 요즘은 얼굴을 잘 볼 수가 없었다.

지금쯤이면 수영장에서 연습하고 있을 텐데 눈을 씻고 찾아봐도 재 연은 보이지 않았다. 재연이 올 때까지 죽치고 앉아 있으려던 의주는 수영부 코치에 의해 쫓겨났다.

"재연이 부상이다. 아마 반에 있을 거야."

바짓가랑이도 잡을 기세로 재연의 행방을 묻는 의주에게 말하기를 주 저하던 코치가 털어놓았다.

고민 상담이라도 하려고 찾아갔는데 오히려 걱정만 안고 왔다. 재연 의 반으로 가면서도 의주는 은유와 어떻게 화해하면 좋을지 고민하였 다. 친구와 싸워 본 적이 없는 건 아니지만, 은유와 싸운 건 처음이었다. 골똘히 생각하다 재연의 반에 다다랐을 때에는 마침 재연이 교실 문을 열고 나오고 있었다.

은유와 싸운 후 정신이 없어 며칠 동안 수영장에 가지 못했던 터라 재연의 얼굴이 새삼 반가웠다. 둘은 이야기를 나누기 위해 운동장 벤치 로 향하였다. 적막 속에서 아까부터 안절부절못하며 눈치만 살피던 의 주가 슬쩍 물었다.

"근데 너 발이 왜 그래?"

심해 보이진 않지만, 재연의 발목에 붕대가 감겨 있었다.

"…… 계단에서 굴렀어."

그 말을 듣자 의주의 입꼬리는 눈치도 없이 슬금슬금 올라갔다. 의주의 표정을 살피던 재연이 본인도 어이가 없는지 웃기 시작했다. 누구를 보나 웃음이 나올 상황은 아니었지만 둘은 그렇게 한참을 웃어 댔다. 둘의 웃음이 멈출 때쯤, 재연이 말문을 열었다.

"실수는 아니고, 일부러 굴렀어."

그 말을 듣고 의주는 당장 말하라며 협박이라도 하고 싶었지만, 그 말을 끝으로 입을 꾹 다문 재연 때문에 포기할 수밖에 없었다. 새끼손가락까지 걸고 나중에 자세히 이야기해 주겠다는 약속을 받아내고 나서야 의주는 본인의 반으로 돌아갔다. 근 한 달 동안 정신이 없어도 너무 없었다. 은유는 싸우고 나서 아무런 말도 하지 않고, 재연이는 자기 혼자 다치고, 쓰고 있는 글도 진전 없이 며칠째이다.

＊＊＊

수영장에 들어서면 이미 연습 중인 사람들의 첨벙거리는 물소리가 들린다. 수영장의 소독약 냄새가 몸에 배기도록 수영장을 들락날락한 재연은 그 냄새를 싫어했다. 그 냄새가 난다는 것은 훈련이 시작된다는 것을 알려주는 첫 번째 신호기도 했으니까.

재연은 피곤한 얼굴로 준비 운동을 끝내고는 곧바로 물에 뛰어들었다. 숨이 막히는 것이 물속에 있어서인지 아니면 다른 이유 때문인지 요새 재연은 훈련에 통 집중하지 못했다. 자꾸만 고개를 물 밖으로 빼내다 결국은 코치에게 한마디 듣고야 말았다.

가드 라인에 서서 숨을 헐떡이던 경호는 재연에게 턱짓하며 말했다.

"야, 쟤네는 여기서 뭐 한대냐?"

시선을 돌린 재연은 수영장 안 매점 창문으로 보이는 여자애들을 쳐다보았다. 뚫어져라 보던 재연이 건성으로 대답하였다.

"글쎄요."

재연이 수영을 배우게 된 계기는 순전히 형 때문이었다. 어릴 때부터 형을 졸졸 따라다니던 재연은 여느 때처럼 형의 수영 대회에도 꽁무니를 쫓아 따라갔고 그곳에서 처음으로 형이 수영하는 모습을 보게 되었다.

그리고 그다음 날, 재연은 수영 초급반의 회원이 되었다. 해가 몇 번 바뀌었을까, 재연은 결국 본인의 형을 제쳐 버렸다. 재연이 형을 제칠 만큼 성장한 것은 그저 형과 같은 반에서 수영하고 싶다는 마음 때문이었을 뿐 재연이 수영을 재밌다고 생각한 적은 한 번도 없었다.

재연이 청소년 수영 유망주로 쑥쑥 성장하고 있을 무렵 재연의 형은 수영을 그만두었고, 그 후부터 재연은 물을 먹어 축 처진 솜처럼 무거운 몸을 이끌고 수영장으로 나섰다. 수영에 애정이 없다는 걸 본인도 알았지만 그렇다고 이제 와서 수영을 포기할 순 없었다. 몇 년 동안 수영밖에 모르는 놈처럼 굴었으니 할 줄 아는 것도 수영. 잘하는 것도 수영밖에 없었다. 게다가 대놓고 말을 하진 않았지만, 어렴풋이 느껴지는 가족들의 기대도 재연에겐 은근한 부담감으로 다가왔다. 그렇게 이도 저도 아닌 마음으로 지내기를 어느덧 1년, 이제는 슬럼프까지 와 버렸다.

* * *

재연의 이야기를 들은 의주는 한동안 말이 없었다. 그래도 훈련하는 모습을 지켜봤던 입장으로서 힘들겠구나, 정도로만 생각했지, 이런 사정이 있는 줄은 몰랐다. 나름 친한 사이라고 생각했었는데 힘든 티를 본인에게 조금이라도 내지 않은 재연에게 살짝 서운함이 들었다.

그렇지만 지금 투정 부릴 사람은 본인이 아니라 재연임을 잘 알았기에 금방 서운함을 털어 냈다. 의주가 위로해 주면서도 누가 누구한테, 라는 생각이 들어 관두고 싶기도 했지만 마음을 다해 재연에 말해 주었다.

"그러면 수영 말고 하고 싶은 일은 아직 없고?"

"응, 아직까진. 천천히 생각해 보려고."

재연이의 대답에 의주가 고개를 끄덕였다. 이번엔 재연이가 물었다.

"그래서 너는 뭔 일인데."

하고 싶은 말 있는 거 아니었어? 눈물겨운 위로와 조언이 끝나고 타이밍만 살피고 있던 의주에게 재연이 물었다. 이때다 싶어 재연에게 은유와의 이야기를 털어놓은 의주는 이야기를 끝내고 크게 한숨을 내쉬었다.

"은유는 나한테 아무 걱정 없겠다고 했지만 사실 꿈이 있다고 해서 그게 다는 아니잖아. 나도 계속 공모전 떨어지면서 내가 작가를 꿈꿔도 되는 건가 싶기도 하고."

의주의 말에 재연이 덧붙였다.

"그러게. 나도 남들이 보면 확실한 꿈이 있는 애라고 생각하겠지만 이게 내가 원하는 꿈은 아니잖아. 사람들 다 각자의 사연이 있는 거지. 너도 내가 어땠는지 잘 몰랐던 것처럼 은유도 너에 대해서 잘 모를 수도 있어. 암만 둘이 친하다 할지라도."

재연의 말을 듣고 바로 은유를 찾아간 의주는 은유의 얼굴을 보자마자 눈물을 왈칵 쏟아 냈고, 은유도 별반 다르지 않아 보였다. 둘은 못 봤던 며칠 사이에 쌓인 이야기들을 주고받으며 그렇게 밤은 저물어 갔다.

✳ ✳ ✳

어느덧 두 달이 지난 지금,

나는 드디어 몇 달 동안 몰두하여 썼던 글을 제출하였다. 누군가에게 빼앗기듯, 찝찝함이 묻은 손으로 마지못해 제출을 클릭했던 예전과는 달리 이번에는 일주일 전부터 손이 근질근질하였다. 온 힘을 다하면 후회가 남지 않는다는 말이 진짜였나 보다. 누구보다 후련한 마음이기에 결과가 어떻든 상관이 없고, 앞으로도 없을 것이다. 이제 실패하는 매 순간 좌절하기보다는 하나만을 바라보며 걸어가기로 했다.

은유는 전과 다를 게 없다, 딱 하나 빼고. 전에는 모든 것을 아무런 의욕 없이 했다면 이제는 일단 다 열심히 하고 봐야 한다며 많은 것들을 의욕 넘치게 해내고 있다. 덕분에 은유 옆에서 나도 덩달아 의욕 과다 상태가 되어 버렸다.

이제 더는 재연이를 수영장에서 볼 수 없다. 지난주에 열린 대회를 끝으로 재연이는 수영을 완전히 그만두었다. 재연의 선택에 응원해 주는 많은 사람이 있었기에 재연이도 용기를 낼 수 있었다.

이제 고등학교 3학년을 향해 달려가는 우리지만, 각자의 자리에서 각자가 해야 할 것들을 하며 우리는 여전히 서로 응원하고 있다. 앞으로 우리들의 인생에 많은 장애물이 있어도 아마 우리는 잘 헤쳐 나갈 것이다. 혼자서, 때로는 셋이서.

에필로그

　이 글은 각자의 꿈을 좇으며 성장하는 청소년들에 관한 이야기입니다. 이 소설의 주인공 의주는 꿈이 있지만, 자신의 재능을 믿지 못하고 불확실한 미래를 걱정하는 청소년을, 은유는 꿈이 없어 불안한 청소년을, 재연은 꿈에 대한 열정이 없지만 쉽게 포기하지 못하는 청소년을 대변합니다.

　세 명의 주인공이 겪는 갈등과 고민을 통해 글을 읽으시는 분들도 위로를 받고 공감할 수 있었으면 좋겠습니다.

　처음 소설을 쓰는 것이라 걱정되는 마음이 가득하였는데 '쓰담쓰담' 동아리 친구들과 선배님들에게 도움을 받은 덕분에 글을 완성할 수 있었습니다. 글을 쓰면서 저 자신에게 질문도 많이 하고 답을 얻어 가며 스스로를 알아가는 뜻깊은 경험을 할 수 있어 좋았습니다.

동행(冬行)

이수진

하얀 김이 올라왔다. 모처럼 보기 힘든 눈이었다. 무구한 눈발이 흩날렸고, 모처럼 깨어 있을 명분이 생겼다.

대학이 도대체 무엇이라고 이토록 괴롭혔다. 명문대라 입을 모으는 대학교에서 불합격 통지를 받은 지 어느새 꼬박 3년째였다.

각종 시험 디데이 위젯으로 가득 찬 화면을 껐다. 메시지를 읽지 않고 쌓아 두는 괴벽이 있던 나는 메신저에 들어갈 생각은 하지도 않았다. 죄다 광고 문자일 게 뻔했기 때문이었다.

오늘은 다른가. 화면 상단에 뜨는 채팅 내용을 어렴풋이 보았다. 들뜬 아이들처럼 동창회 약속을 잡는 이들을 보고 부럽다고 생각했다. 그래, 하늘은 한계 없이 높았지. 잊고 있었다, 그곳에서 날고 있는 이들이 많다는 것을. 내리는 눈을 가만히 보고 있던 것이 언제였었는지 기억조차 나지 않았다.

그런데도 아직 그리운 얼굴들이 많았다. 동창회는 난제였다. 가야 할지 말아야 할지 고민을 거치다, 이렇게 하다가는 밤을 새우겠다 싶어 충동적으로 '참석'이라는 메시지를 전송했다. 고민한 것이 무색하게 매일 밤 내 몸 하나 눕힐 정도의 좁은 침대에 누워 친구들의 얼굴을 즐겁게 상상했다. 그런 날은 꼭 기분 좋은 꿈을 꿨다.

　동창회 당일, 기분이 좋았다. 매일 다를 거 없는 나에게는 과분할 정도의 일탈이었다. 거울 앞에서 머리카락을 쓸어 넘기며 어색한 웃음을 지어 보기도 했다. 떨어진 면접에서 입었던 정장을 꺼내 볼까 고민했지만, 친구들일 뿐인데 격식을 차릴 필요는 없다고 생각했다. 괜히 언짢은 냉소와 함께 수고했다며 나가 보라고 말하던 면접관 얼굴처럼 쓸모도 없는 기억이 떠오를까 봐 그런 것도 있었다.
　항상 입던 초록빛 추리닝 세트를 챙겨 입고 나선 길은 꽤 설렜다.
　시끄럽지만 불쾌하지 않은 음성들이었다. 들어선 곳에는 이미 한바탕 축제가 벌어지고 있었고 다들 기분이 좋아 보였다.
　"여기, 근철아! 하나도 안 변했네."
　"어, 그래그래. 잘 지냈지?"
　하나도 안 변했다니? 좋은 의미로 한 말이겠거니 생각하고 싶어도 말이 올곧게 들리지 않았다. 잔뜩 꼬인 심사는 되돌릴 수 없었다. 행여나 내 마음이 표정에 드러날까 봐 신경 쓰였다. 며칠째 들떠 있는 기분이 단숨에 추락했다.
　왜 너는 아직도 신분이 모호하냐는 뜻으로 받아들이는 내가 싫었다. 유니폼이라고 해도 과언이 아닌 매일같이 입는 초록색 추리닝 세트는 고시원에서 봤을 때보다 더욱더 변변치 못했다. 친구들의 멋들어지는 차림새는 나를 더 초라하게 만들었다.

"건배하자, 건배!"

반장은 여전히 당찼다. 분위기를 휘어잡는 전형적이고 멋진 사람이었다. 과탑을 도맡은 그는 차후 대학원 석사 취득을 노릴 것이라고 했다. 당당히 자신의 미래를 단언할 수 있는 사람이 몇이나 될까. 동경의 눈빛이 여러 곳에서 꽂혔다.

그래, 사람은 누구나 다른 거니까. 그렇게 생각하고서 나는 곧 누군가를 찾으려 두리번거렸다. 그럴 줄 알았다는 듯이 누군가 말했다.

"얘는 지금도 얼굴에 다 티가 나냐. 정애 저기 있네."

정애는 3년 전과 많이 달라 보였다. 젖살이 빠진 건지 한껏 성숙해진 얼굴은 적당량의 알코올이 들어가서인지 발그레했다. 소리를 빽빽 질러 대며 내 뒤통수를 노리고 쫓아오던 애는 어디로 갔는지 이제는 확연히 어른티가 났다.

감회가 새로웠지만 긍정적인 감정만이 있을 수는 없었다. 미처 목구멍으로 삼키지 못한 것들이 자아가 있는지 날 괴롭혔다. 다른 공간에서 살아가고 있는 것 같은 내 옆의 형체들은 죄다 잘난 선각자 같았다. 언제 이렇게 엇갈렸는지 도통 알 수 없었다. 함께 걷고 있다고 생각했는데 정신을 차려 보니 누구보다 멀어진 상대였다. 자의식이 강하다 생각했던 난 일개 카메오와 다를 바 없었다. 부끄러움이 몰려왔다. 얼굴로 피가 쏠리는 기분이었다. 나만 유기를 벗지 못한 것 같아서.

자극이라도 받자는 마음에 먼저 나오지 않고 계속 있었더니 진이 쭉 빠졌다. 결국 다음에 또 보자는 말을 남기고 나온 길거리는 동창회에 참석한 것을 많이 후회할 정도로 쓸쓸했다. 얼마 전까지만 해도 그리웠던 음성들이라 여겼는데 그새 변해 있었다. 비틀거리는 하나의 그림자가 제법 우스워 눈물이 고였다. 빌어먹을 고시원은 왜 이리 멀게만 느껴지는지 빙글빙글 돌아가고 있는 기분이었다.

얼마나 걸었을까, 술기운 때문인지 주위엔 열기로 가득했다. 어쩐지 코를 찌르는 매캐한 냄새가 찜찜했다. 화재였다. 순식간에 눈동자를 가득 채운 시뻘건 불꽃이 나를 공격해 왔다. 발을 움직일 수가 없었다. 식상한 공포 영화에 나오는 연출이라 생각했건만…. 건물 안인가? 웅절대듯이 잔뜩 일그러진 음성으로 살려 달라 외치는 앳된 목소리에 출처 모를 자신감이 튀어나왔다. 어딘가 익숙한 목소리였다. 변성기가 막 온 듯한 그 목소리가 날 불러댔다. 홀린 듯이 들어간 건물에서는 아무도 찾을 수가 없었다.

다만 보이는 것은 바닥에 떨어져 있는 명찰 하나 빼고는 온통 불타 알아보지 못하는 물건들이었다. 빨리 구해야 하는데 인간의 호기심이라는 게 이럴 때 발동하다니. 그 명찰이 누구 것인지 알고 싶어졌다. 그 짧은 순간에 목소리의 주인이 명찰의 주인과 동일인일지도 모른다는 자기 합리화까지 마쳤다. 집어 든 명찰에는 누가 봐도 망한 자수 위에 하트를 꾸역꾸역 덮은 자수가 박혀 있었다. 이상하게도 이름은 찾을 수가 없었다. 보통 명찰에는 당연히 이름이 있지 않나? 하트라니, 취향 하곤. 무언가 찜찜한 기분은 술이 확 깨도록 하였다.

그러나 곧 말짱해진 정신이 무색할 만큼 연기로 인해 흐릿해졌다. 이시커먼 연기는 죄다 내가 삼켜 내고 있었다. 어디서 시작됐는지도 모르는 불꽃은 점점 영역을 넓혀서 2층을 지나 3층으로 올라오자 배로 심해졌다. 어지러움이 몰려왔다. 3층에서 시작한 건가? 되지도 않는 영웅 심리에 취해 주인공 노릇이라도 해보고 싶었나 보다. 한심하다. 중심을 잃어 땅으로 곤두박질쳤다. 목이 뜨끔거렸고 숨이 막혔다. 딱히 일어나고 싶지 않았다. 그런데도 그 소년을 꼭 구하고 싶었는데. 차라리 나오지 않았더라면… 하는 의미 없는 회고를 하며 기억이 끊겼다. 명찰을 손에 꼭 쥔 채로.

***

"여긴 안방이 아닐 텐데."

아직도 저런 내 학창 시절보다 10년도 전에 쓰였을 법한 멘트를 쓰는 구나. 웃긴 꿈이라며 고개를 내저었다. 그래, 이번엔 선생님께 혼나는 꿈인가. 몸이 찌뿌둥한 것이 잔뜩 취해 알람도 못 들은 것이 뻔했다. 뭐 그것도 끄고 다시 자 버리기 일쑤였지만 말이다. 누가 내 알람에 손을 댔던가? 귀를 찌르는 일정하고 정갈한 기계음은 온데간데없었으며, 오히려 어딘가 익숙한 종소리가 들렸다. 선생님의 주먹에 쥐어박힌 머리는 순간 움푹 패이는 착각까지 들 정도로 아팠다. 번뜩 떠지는 눈에 내리쬐는 창가 자리 햇살은 분명히 그때와 다를 것이 없었다.

언짢은 얼굴로 둘러본 주위는 교실이었다. 동그랗게 자란 머리카락에 널찍한 어깨, 저 소라껍데기 같은 남색 가방을 베개 대용으로 쓰며 자는 내 앞의 이 사람은, 상우. 그 녀석이 맞았다.

넋이 나가 급히 깨운 상우는 느끼한 얼굴로 쳐다보지 말라며 내 등을 내려쳤다. 꿈인가? 꿈이라고 하기에는 이렇게 생동감 넘치는 꿈은 처음이다. 게다가 고통마저 전해지는 꿈이라니…… 분간이 안 되기 시작했다. 뭐야? 알 길이 없었다.

"야, 이거 꿈이지?"

힘겹게 떼어 낸 입에서는 이런 말밖에 나오지 않았다. 아, 얼마나 잔 거야. 목이 잔뜩 잠긴 것을 넘어 무언가 걸린 것처럼 목 안의 통증이 극심했다. 생수를 집어 통째로 들이켰다. 그도 잠이 덜 깼는지 얼빠진 표정으로 나를 쳐다보고는 체육관으로 가자며 자리에서 일어섰다. 꿈이냐고 재차 물었다. 눈으로 욕한다는 것이 이런 의미였던가. 상우의 그 눈빛을 견뎌낼 재간이 없었다.

하교하는 길에도 계속 똑같은 말을 이어 갔다. 글쎄, 꿈을 꾼 건지 잘 모르겠어. 분명히 지금 너랑 같이 있는 게 내가 맞는 것 같긴 한데, 하… 그러니까 이게 뭔 소리냐면…… 내가 다른 인생 하나를 더 살다가 온 기분이야. 정적이었다. 서늘한 느낌이 들었고, 곧 상우의 큰 손에 머리를 한 대 맞았다.

집에 가니 어머니가 부엌에 계셨다. 저녁을 안 먹겠다는 짧은 말을 남긴 채 방으로 곧장 들어왔다. 가방을 냅다 던지고 컴퓨터 전원을 켰다. 본체 돌아가는 소리가 방을 울렸다.

검색창을 무턱대고 두들겼다. 혹여나 나와 비슷한 사례가 있는지. 검색창을 뭐로 채워야 할지도 모를 지경이었다.

'생생한 꿈……_'

'예지몽을 꾼 건가요?……_'

그래 봤자 심심해 보이는 어린 친구들이 남긴 답변들 같았다. 장장 2시간에 걸쳐 미친 듯이 검색한 결과 얻은 거라곤, 고작 시간을 돌리려면 빛보다 빠른 속도로 지구 자전 반대 방향으로 달려야 한다는 허무맹랑한 말밖에 없었다. 꿈인 건 맞는데…… 내가 지금까지 꿨던 꿈과 같다고 치부하기에는 분명히 달랐다. 완벽히 기억나진 않지만, 마지막이 그다지 좋지 않았던 것 같은데.

누군가 이런 일을 겪었다며 도움을 요청한다면 그 사람을 멀리했을 것이 당연할 정도로 이건 꿈일 뿐이었다. 꿈과 현실의 경계에 갇힌 것만 같았다. 내가 본 그는 안쓰러웠다. 믿고 싶지 않지만 이미 성큼 다가와 버린 현실의 벽에 무너져 버린 그는 금방이라도 쓰러질 것 같았으며 안아줘야 할 것만 같았다.

하지만 소년을 구하러 뛰어든 것은 한심했다. 구하지도 못할 거면서 왜 들어간 거야? 유념해야 할 사실은, 삶은 영화가 아니라는 것이다. 특히나 주인공이 아니라는 것. 누군지도 모르면서, 구할 자신도 없었으면서 불길 속으로 뛰어드는 행동 같은 건 도무지 이해할 수가 없었다.

혼란스러운 마당에도 잠은 잘도 왔다. 눈을 뜨면 그 꿈을 말끔히 잊었으면 좋겠다고 생각했다.

이건 헛된 꿈을 소망하는 미련한 사람의 망상밖에 되지 않았다. 고등학생 시절로 너무 돌아가고 싶었던 나머지 꿈과 현실의 경계를 지워 버린 사람. 아무도 믿어 주지 않겠지.

그쪽보단 내가 잠시 정신이 나갔다거나 정신이 나갔다거나… 정신이 나갔나 보다. 그래, 정신이 나갔네. 이쪽이 훨씬 믿음직스러운 가설이었다. 난 원래 이상하니까 충분히 그럴싸했다.

며칠을 끙끙 앓고서야 도달한 결론은 당연하게도 내가 겪은 게 모두 꿈이었다는 것이다. 이 사실을 새로이 알게 됐다기보다는 인정하고 마음을 추스르는 시간이 필요했던 것 같다. 어찌 됐든 잠에서 깨어나 하루를 시작하면 이 몸은 오롯이 나였다. 내가 제일 자신 있는 것이자 잘하는 것. 현실적으로 생각하자. 나는 이것이 평범한 꿈이 아니고서야 불가능한 일이라는 걸 누구보다 잘 알고 있었다.

그래! 꿈이다.

꿈에 대한 후유증인지 기억이 왔다 갔다 했다. 기억이 날 듯 말 듯한 상황이 꽤 자주 있었다. 그래서 나는 내가 또 잃어버린 기억이 있을까 하며 청소를 빙자한 심심풀이를 시작했다. 서랍 속에서 발견한 포스트잇 무더기는 내가 중학생일 때 대충 휘갈겨 쓴 글이었다.

일기라 하기에도 초라한 대략 두 문장 정도씩의 글. 이게 발로 쓴 거야, 뭐야? 내가 날 때부터 악필었다는 안타까운 사실과 함께, 드문드문 지워진 글씨들에 대한 당혹스러움을 감추고 한 장 한 장 읽었다. 외람되지만 꽤 재주가 있어 보였다. 아무 생각 없이 눌러 담은 그 글에서 나는 살짝은 쿰쿰한 곰팡내마저 기분 나쁘지 않다는 착각까지 일었다. 잘됐다지. 할 것도 없었는데 글이나 써 봐야겠다고 생각했다. 초등학생 때도 하지 않은 것을 나는 이날에서야 제대로 해보기 시작했다.

그 이상한 꿈을 꾸고 난 후 무더운 여름이 계속되었다.

내 옆에선 방금 먹은 급식을 벌써 소화하고 있는 정애가 있었다. 트림하는 정애에게 눈치를 줬지만, 꿈쩍도 하지 않았다.

"왜. 하루 이틀 보냐?"

"……."

"아, 다 소화했는데. 출출하네."

"……."

"왜. 뭐."

찜기에 제 발로 들어간 감자 두 개가 복도를 거닐었다.

교실에 들어가니 기분 좋은 선선한 에어컨 바람이 흐르고 있었다. 상우는 골키퍼로 캐리하는 모습을 보여 준다며 운동장에서 난리를 치고 있었다. 4층에서 바라보는 교내 한여름은 싱그러웠다.

친구들과 함께 사물함 위에 철퍼덕 누워 버린 정애를 보고 웃음이 흘렀다. 정애가 잠이 든 지금밖에 기회가 없었다. 먹을 것을 항상 축내는 정애가 옆에 없어서 그런지 가벼운 발걸음으로 매점에 들어서 아이스크림을 집어 왔다. 들어온 교실을 보고 난 직감했다. 사물함 위에는 아무도 없었다.

"아, 뜨거워!!"

"넘겨."

팔에서 느껴지는 찐득하고 뜨거운 열기는 안 봐도 정애였다. 앤 여름만 되면 뜨거운 본인 손을 무기 삼아 협박을 가했다. 지금처럼 말이다. 내가 손에 들고 있는 하나 남은 매점 아이스크림을 주지 않으면 저 뜨겁고 끈적이는 손으로 무차별적으로 공격할 것을 알고 있었다.

분명 정애는 먹자마자 잠든다는 게 정설인데 도대체 언제 일어난 건지 무서워지기 시작했다.

"잘 먹을게!!"

"…… 돼지."

저, 저. 또다. 금방이라도 건장한 사람을 때려눕힐 저 눈빛. 목 뒤에서 쭈뼛대는 솜털을 벅벅 쓸어내렸다. 그래도 좋았다. 사실은 이 노릇을 자처한 지도 꽤 되었다. 내가 당하고 살아야지.

* * *

시간이 흘러 체육대회 전날이 왔다. 꼭 인기 있는 축구복, 태권도복 같은 건 절대 안 된다는 선생님의 당부에 우린 결국 태극기가 새겨진 국가대표 티를 입을 수밖에 없었다. 체육 선생님 반이라면 국가대표라며 큰소리 뻥뻥 치시던 선생님이 떠올랐다. 그런데도 옆 반 축구복 등에 넣은 문구들이 내심 부러웠는지, 우리에게는 여분의 명찰을 꼭 국가대표 티셔츠에 달아오라고 했다. 도대체 그 두 개가 무슨 인과관계가 있지?

정애는 손재주가 좋았다. 실을 두세 번만 넣었다 뺐다 하면 된다며 정애는 나와 상우를 회유했다. 그렇게 상우와 나의 명찰은 정애에게 맡겨졌다.

"야, 이리 줘 봐."

아, 또 무슨 이상한 짓을 하려고. 정애가 한창 내 명찰을 만지작거리고 있을 때 상우는 손을 내밀었다. 나는 쉬워 보인다며 자신이 해보겠다는 그에게 외쳤다.

"아! 왜 하필 내 걸로 하는데?"

자기 명찰할 때는 가만히 있었으면서. 보나 마나 이상하게 해 놓을 것이 뻔했다. 명찰과 실, 바늘을 들고 도망친 상우는 10분 정도가 지났을까. 교실로 돌아왔다. 멋쩍은 웃음과 함께 정애에게 도움의 손길을 뻗으며.

정애는 명찰을 내가 보지 못하도록 필사적으로 막았다. 무슨 짓을 해 놓았는지, 정애가 다급히 수습하려고 했다.

"여, 여기!"

드디어 받아든 명찰은 처참했다. 이게 뭐지. 원래 새기려던 자수가 뭔지도 모를 흔적 위로 분홍색 하트가 박혀 있었다. 지저분해진 명찰을 보고 있자니 한숨이 나왔다. 이걸 어떻게 달고 다녀. 차마 정애가 새긴 하트를 없애 버릴 수는 없었기에 나는 차라리 내 이름을 없애고자 했다. 어이없지만 검은색 실로 '김근철' 석 자를 덮어 버렸다. 왜 이렇게 안 돼. 한바탕 거사를 치르고 숨을 돌리며 생각했다. 상우 명찰이 어딨더라? 명작을 새겨 주기로 마음먹었다.

그렇게 우리의 방식으로 무더운 여름을 즐기고 있었다. 수업과는 별개로 말이다. 후덥지근한 여름에 수업을 듣기는 쉽지 않았다. 땀을 찔찔 흘리며 겨우 지각을 면해 등교하면 1교시와 2교시는 기운이 쭉 빠져 꾸벅꾸벅 졸았다. 3교시와 4교시는 배가 고파서 기운이 없었다. 밥을 먹고 나면 5교시는 식곤증 탓에 거의 머리를 박듯이 잠들었다. 6교시가 되면 학교에 너무 오래 있었기 때문에 기운이 없었다. 7교시는 그게 더욱 가중되어 기운이 없었다. 나만 그런 게 아니라는 것을 이 교실에 대다수가 몸소 증명해 보이고 있었다.

제법 선선해졌다. 입추가 지난 지는 꽤 되었고 벌써 처서를 향하고 있었다. 진로 희망에 대해 작성하여 제출하라는 안내를 받았다. 입술을 잘근 물어뜯었다. 내 좌우명과도 같은 '현실적으로 생각하자.'를 되뇌었다.

생각해 보면 난 유독 내 꿈에만 현실적이지 못했다. 고등학교 2학년 초, 가난이라는 벽을 끝내 넘지 못한 나는 입시 곡을 끝까지 배우지도 못한 채 도망쳤다. 날짜를 애매하게 남겨 두고 끝난 이번 달 레슨비에 대해 상의하자는 선생님의 말씀에 쉽사리 대답할 수 없었다. 돈이 없다고. 우스꽝스러웠을 것이다. 눈물을 잔뜩 흘리며 펜으로 몇 번이고 더 그어진 여러 악상 기호들이 가득한 쭈글거리는 악보집을 들고 뛰어나갔던 내가 말이다. 꼴에 그거라도 챙기고 싶었다. 귀에는 내가 끝내 내세울 수 없게 된 쇼팽 에튀드 겨울바람이 들려왔다.

한동안은 그 곡이 항상 귀에서 맴돌았다. 잔인한 것은, 딱 내가 배운 그 부분까지만 들린다는 것이었다. 내가 치지 못한 그 부분부터는 거짓말처럼 들리지 않았다. 그 후 절망스럽게도 음률 착오증이 생긴 듯했다. 더는 정상적인 연주를 할 수 없어진 것이다.

덮어 둔 피아노 뚜껑은 날이 갈수록 무거워졌고 쌓여 가는 먼지는 점차 두꺼워졌다. 조율하지 않아 기괴한 음을 내는 낡은 건반들, 그 위에는 어릴 적 나간 콩쿠르에서 받은 상패들이 나란히 서 있었다. 볼수록 기분이 상했다. 중고로 저렴하게 구매한다고 최소 세 가정의 손은 거쳤을 법한 낡은 피아노는 그렇게 소리를 잃었다.

그리고 언젠가 예전처럼 건반 위의 내 손을 볼 수 있는 날이 오기를 바랐다. 이제는 놓아주어야 할 때였다. 언제까지나 미련하게 있을 수만은 없는 법이라고 했다. 모든 것은 나를 기다려주지 않는다. 지금 나에게 주어진 것들을 꼭 붙잡자. 그러고서는 떨리는 마음으로 작가라는 글자를 써 내렸다.

　많은 시간이 흘렀다. 12월, 우리는 벌써 2학년 끝자락에 서 있었다. 이렇게나 추운데 지금까지도 눈이 안 온다니. 이번 겨울엔 눈이 올까? 내리는 눈을 가만히 바라보고 싶다고 생각했다. 아마 춥겠지. 침대에 몸을 내던졌다. 눈이 무거웠고 오늘따라 피곤했다.

　학교에 가야 했다. 가기 위해서는 해야 할 것이 산더미였다. 어서 이 침대에서 일어나 지겨운 교복을 입어야 하고, 난 잘 빠뜨리는 성격이니 교통카드를 챙겼는지 재차 확인하는 것은 필수지. 아, 정애 줄 빵도 챙겨야 하지. 까먹었으면 어쩔 뻔했냐. 내가 이길 수가 있어야지……. 빨리 일어나야 하는데….

　어? 깨고 싶었으나 깰 수 없었다. 가위에 눌린 건가? 몸을 움직이려 해 봐도 누가 꾹 누르고 있는 것처럼 도저히 벗어날 용기가 나지 않았다. 얼마나 움직이려고 노력했던가.

　쫓기는 사람처럼 눈을 급히 떴다. 생전 이런 가위는 처음 눌려 보았다. 몇 시지? 설마 지각인가? 이상했다. 분명 밤에 침대에 누워 잠자리에 들었는데 아직도 밤이었다.

　항상 무언가 익숙한 부분이 있었는데……. 이곳은 너무 낯설었다. 두려웠다. 먹구름이 꼈다. 심장이 먹먹했고 원뢰는 잔뜩 내리쳤다. 귀를 파고들어 오는 소리에 심장이 쿵쿵댔다. 또 이상했다, 그날처럼. 무서워. 그제야 알게 되었다. 자그마한 소리를 내며 돌아가는 가습기 옆 작은 거울 속에 있는 건 틀림없는 나였다. 홀로 병실에 누워 있는 내 모습만이 눈동자를 달랬다. 몸은 성한 곳이 없었고 어딜 봐도 붕대가 감겨 있었다.

　정신 나간 사람처럼 주머니를 뒤졌다. 아픔도 잊고 찾은 것은 명찰이었다. 손이 말을 듣지 않았다. 하트가 덕지덕지 새겨진 지저분한 그 명찰. 여러 번의 실이 덧대어져 두께감이 있는 그 명찰이었다. 여전히 이름은 없었다. 그런데 이제는 알 수 있었다. 저 두꺼운 실 안에 무엇이 있었는지를. 누가 있었는지를. 구할 자신이 없었더라도, 확신이 없었더라도 나는 그 어린 나와 함께 해야겠다고 느꼈던 거겠지. 많이 기다렸겠다 싶었다. 이제는 꺼내 주고 싶었다. 내 손으로 덮었던 그 석 자를 간절하게 뜯어내기 시작했다. 무엇에서 오는 건지 모를 허탈함만이 존재했다. 바느질한 실을 뜯어내는 것이 맨손으로는 쉽지 않았다. 손톱 거스러미가 뜯기는 것을 무시한 채 눈물을 터뜨리며 계속했다. 마침내 다 뜯어낸 검은색 실 안에는 옅은 피가 군데군데 묻은 '김근철'이 있었다. 나는 안도의 숨을 내쉬며 엉망이 된 내 몸을 다시 눕혔다.

긴 꿈이었다.

교실에서 깬 그날부터 지금까지 모두 꿈이었다. 그 꿈이 나에게 주어진 기회였을까. 지금은 현실이 되어 버린 이 미래를 바꿀 수 있을 줄 알았는데…. 타개할 방법이 더는 없었다. 또, 나는 혼자 남겨졌다.

이제 보니 비록 모르는 사람일지라도 구해야 한다는 사명을 가진 것도 나고, 그것을 어리석다는 눈으로 본 것도 모두 나였다. 정애와 친구에게서 허망과 분노를 느낀 것도 나였으며, 그들을 끝없이 사랑한 것도 나였다. 무기력하게 의미 없는 시간을 보내던 것도 나였고, 놓는 법을 배워 새로운 꿈을 찾아 나아가려 애썼던 것도 나였다. 이 둘은 눈을 참 좋아했나 보다. 닮은 구석이 있긴 했구나.

날 애타게 불렀던 그 날 건물 안의 목소리는 나였구나. 지금의 난 18살의 나를 구하려고 했지만, 그는 지금의 나를 구하려고 했다. 힘들어

하지 말라고 외쳤던 것 같기도 했다.

　병실 문이 열리는 소리가 들렸지만, 눈을 뜨고 싶지 않았다. 아직 간직하고 싶은 기억이 너무 많은데 더 무언가를 담으면 그 기억들이 새어 나갈 것 같아서 뜰 수가 없었다. 잃게 될까 봐 두려웠다.

　"김근철……."

　이 목소리는 분명 상우였다. 또 거짓일까 봐 눈을 뜰 수가 없었다. 왜 너희는 여전히 나를 보고 있는 거냐. 눈물이 벌써 베개로 흘러내렸다. 그 뒤로는 멍청이라며 작게 떨리는 목소리가 있었다.

　정애?

　상우는 얼굴이 시뻘게져선 왜 혼자 이렇게 힘들었느냐며 소리쳤다. 나에게 화가 많이 난 것처럼 보였다. 그 뒤엔 정애가 있었다. 꾹 쥔 상우의 손에는 꿈이라는 것을 알게 된 시간 속에서 쓴 글이 담긴 공책이 있었다. 어떻게 된 건지 어렵기만 했다. 그러나 내 앞으로 다가온 그들의 얼굴은 있는 힘껏 보여 주고 있었다. 우리는 변하지 않았다고. 꿈인지 현실인지는 이제 중요하지 않았다.

　6개의 눈이 엉켰다.

　어느새 창밖에서는 비에서 바뀐 눈이 온 곳을 새하얗게 칠하고 있었다. 창문을 열었다. 겨울에만 마주할 수 있는 시리고도 깔끔한 공기를 무리해서 들이켰다. 방충망을 뚫고 깨알같이 들어오는 눈발을 가만히 바라보며 눈을 감았다. 무언가 이상함을 느꼈는지 나를 부르는 그들의 목소리에 대답하지 못했다. 팔에 닿는 뜨겁고 작은 손은 보지 않아도 알 수 있었다. 정애의 손이겠지. 이제서야 신께 묻고 싶어졌다. 왜 당신은 나에게만 이런 특별한 기회를 준 거야? 왜 나에게 이런 과분한 사람들을 보내 준 거야? 왜 내가 이곳에 후회를 남기고 가게 만든 거야? 벌써 너희가 보고 싶어지는 나는 어떡해야 하는 거냐. 나 곧 다시 올게. 잊지 못하고 다시 올 거야. 너희에게 사과하러. 눈멀어 너희를 보지 못했던 거. 다 사과할게. 내가 잘못했으니까 정말 나중에, 나 다시 만나줄 거지? 너무 눈부셔서, 너무 그리워서 그래. 우리 다시 볼 수 있는 거잖아. 그런 거지? 두려워하지 말자, 우리.

* * *

시간이 흘렀지만 정애와 나는, 이곳에 멈춰 있었다. 어쩌면 지금보다 훨씬 전인 18살에 살고 있을지도 몰라. 공책을 열어 봤다. 하필 열어 본 쪽은 내 마음을 아프게 하기에 충분한 내용이었다.

놓아주는 건 언제나 너무 어렵기만 해.
미련하게 아직도 꿈을 꾼다. 떠나려는 그 소망을 끝내 놓지 못해 넘어져 꼴사납게 질질 끌려다니고 있다고. 그 때문에 생긴 짓무른 상처들을 보고도 포기할 수가 없던 꿈이 있었다고.
그럼에도 난 오늘도 조금씩 놓아주는 연습을 하고 있다.
언젠가 앞서가는 꿈의 뒷모습만을 봐도 너무 슬프지 않을 날이 왔으면.

언제였을까, 떠올랐다. 눈물을 흘리며 꿈은 꾸기 위해, 이루기 위해 있는 것이 아니냐고 말하던 근철에게 그가 원하던 답을 큰소리치며 해줄 수 없어서 미안하기만 했던 날. 우리의 대화에서 꿈은 금기시됐다. 괜히 아픈 곳을 건드리는 건 아닐까 하는 마음에 그런 것이었다. 그날

이후 근철은 깔끔히 포기한 듯 보였다. 아니었다. 여전히 그는 바라보고 있는 곳이 있었다. 이럴 줄 알았으면 시원하게 말하고 위로라도 해 줄걸. 내 서투른 말이 그를 공격할까 봐 무서웠다.

그 녀석의 환히 웃던 얼굴이 떠올라 화가 났다. 이내 눈물이 떨어져 공책을 눅눅하게 만들었다. 놀라며 옷에 벅벅 문대어서 눈물을 없애 공책을 보호하는 내가 비참했다. 남은 게 이거뿐이라 소중했다. 내 모습을 의식하자 어김없이 네가 나타나 내 앞에 서 있었다. 너무 작아 품에 넣기도 애매한 그 공책을 가슴에 안고 해야 했던 말을 끝없이 되뇌었다.

네가 그 음률들을 깊게 사랑하지 않았더라면.

* * *

봄이다. 이렇듯 문득 정신을 차리고 나면 항상 네 생각이 피어오른 직후였다.

없어져도 참을 만한 그런 추억이길 바랐다. 정말 못됐지. 하지만 역시 그럴 리 없다는 듯 여전히 넌 잊히지 않았다. 그 덕분에 외로운 것을 싫어했던 너에게 걱정하지 말라고 말할 수 있었다. 우리는 모두 기억해. 언제나 함께일 거니까. 그렇지? 봄, 여름, 가을을 지나 겨울을 향해. 너의 이상을 향해.

눈이 잔뜩 내리는 어느 오후, 우린 다시.

이제 너에게 묻고 싶다. 네가 그토록 바라던 꿈에 다다랐냐고.

에필로그

　내가 원하는 대로 현실과는 또 다른 세계를 만들 수 있다는 것은 글 한 편을 쓸 충분한 이유가 된다. 더 마음에 들기 위해 몇 번의 수정을 거쳤다. 완성됐다고 생각했던 글은 다시 보면 자꾸만 부족한 점이 어디선가 튀어나왔다. 아마 지금도 난 내 글을 읽고서는 고칠 점을 찾을 것이다.

　구태여 완벽할 필요는 없다. 미숙하기에 더 오래 남을 글이지 않겠는가. 오직 내 손으로 의해 움직이는 책 속의 그들을 볼 때마다 뿌듯했고 부담스러운 마음이 환기됐다. 그 때문에 이렇게나마 하나의 세계를 마무리지을 수 있었다.

　지금쯤이면 그들은 각자의 원하는 바를 모두 이루었겠지.

문득 네가 떠올라

우유진

구청배는 여름을 싫어한다.

끈적끈적한 느낌과 미친 듯한 더위, 더하여 비까지 오는 날은 특히나 더 싫어한다. 지금은 그 끔찍한 계절의 시작인 입하. 이런 날에 청배는 체육 선생님의 부탁으로 체육 창고에서 의자들을 옮기고 있다. 온갖 불평불만과 함께.

"아악! 내가 괜히 한다고 해서……. 오늘따라 의자는 또 왜 이렇게 무거워!"

덜컹-

청배가 같은 소리를 세 번째 반복했을 때였다. 청배의 뒤, 그러니까 체육 창고의 입구에서 큰 소리가 났다. 청배는 무슨 일인가 싶어 뒤돌아봤고, 그곳에는 왠지 모르게 익숙한 느낌이 드는, 한 손에 의자를 들고 있는 사람이 있었다. 멍하니 서 있는 청배의 앞으로 그가 다가오더니 입을 열었다.

"3반 반장, 구청배 맞지? 혼자 힘들어 보이는데 도와줄게."

"와, 진짜 잘생겼다."

자기도 모르게 초면부터 외모 칭찬을 한 청배는 정신을 차리더니 두 손으로 입을 황급히 틀어막았다. 하지만 그의 말은 사실이었다.

청배보다 한 뼘 큰 키와 하얀 피부, 짙은 눈썹과 길게 빠진 속눈썹까지만 봐도 한눈에 알 수 있는 미인이다. 청배는 항상 자신의 외모가 어딜 가든 꿀리지 않을 것이라고 장담했지만, 그의 앞에서는 뭔가 자신이 작아지는 느낌이었다. 그런 청배 앞에 서 있던 미인은 당황하며 되물었다. 어째서인지 귀 끝이 활활 타오르고 있었다.

"어……. 어?"

"헉 진짜 미안! 속으로 한다는 게……. 이것도 실례구나! 미안. 정말 미안해…. 너는 나 도와주는데, 아 너 2학년 맞지? 아니시라면 죄송합니다. 혹시 이름이 뭔지 알 수 있을까요? 사례해 드리고 싶어서."

횡설수설하며 사과를 하던 청배는 그제야 이 미인이 궁금해졌다. 자기 딴에는 얼른 이름을 알고 싶었을 뿐인데 사과를 하다 존대를 하고, 갑자기 이름을 묻는 청배가 재밌는지 미인은 웃음을 터뜨렸다.

"아……. 미안, 너무 귀여워서. 난 곽정하라고 해. 그리고 나 2학년 맞으니까 반말해도 돼."

"그, 그래 정하야! 정하라고 불러도 되지? 고마우니까 이거 다 옮기고 내가 아이스크림 사 줄게! 아, 그럼 이번에 1반으로 전학 왔다는 애가 너인가? 나 1반에 친구 있어서 자주 가는데 못 보던 얼굴인 것 같아서. 아, 또……."

정하는 같이 의자를 옮기며 한참이나 재잘재잘 얘기를 하는 청배를 그 긴 시간 동안 쳐다봤다. 정하의 얼굴엔 미소가 퍼져 있었는데, 그 사실을 청배는 의자를 다 옮길 때까지 알지 못했다.

그 후 둘은 체육 창고 옆 벤치에 앉았다. 청배는 답례로 아이스크림을 사 오겠다고 일어났지만 정하는 그런 청배를 기어이 말리더니 자신이 아이스크림을 사러 갔다.

"도움 받은 건 난데 왜 저렇게 고집을 부리는지……. 오면 아이스크림 값 줘야겠다. 근데 정하는 언제 오는 거야! 혼자 심심한데…… 아, 깜짝아!"

"청배야, 나 왔어. 많이 기다렸지? 아이스크림 고르느라고 늦어졌어. 고민하다가 그냥 내가 좋아하는 거 사서 왔는데 괜찮을지 모르겠네."

혼잣말을 하는 청배의 뺨에 아이스크림을 갖다 대고는 정하가 말했다. 청배는 놀란 듯하더니 금방 웃고는 아이스크림을 집어 들었다.

"헐, 야. 너 비빅바 좋아해? 나도 그런데. 나 원래 안 좋아했는데 초등학교 이후로 갑자기 좋아졌다? 이거 좋아하는 애 못 봤는데 반갑다."

"…… 응."

왜인지 갑자기 훅 어색해진 분위기 때문에 청배는 볼을 붉히더니 다시 아이스크림에 집중했다. 다 먹어 갈 즈음, 이대로 헤어지긴 아쉬웠는지 청배가 입을 떼었다.

"그 우리 오늘 이렇게 만난 것도 인연인데 친하게 지내자! 학교에서 마주치면 인사하는 거다."

"…… 나는 학교에서 혼자 있는 게 좋아. 청배, 너 안 그래도 반장이라 바쁠 텐데 그냥 이렇게 깔끔하게 헤어지자."

친구가 되자고 하는 청배에게 거절의 의사를 표하고는 정하는 먼저 자리를 떴다. 청배의 입장에서는 이해가 되지 않았다. 하지만 정하처럼 마음이 맞는 또래는 오랜만이었기에 청배는 포기하지 않았다. 꼭 정하와 친해지고 말겠다는 청배의 의지는 다음 날 학교에서 더 불타올랐다.

　학교에 도착해서 가방도 내려놓지 않은 채 청배가 급히 향한 곳은 다름 아닌 1반이었다. 1반의 친구에게 정하가 있는지 물어보려고 앞문으로 머리를 내민 청배는 그 순간 정하와 눈이 마주쳤다. 당황한 듯 눈을 크게 뜬 정하는 자리에서 일어나 앞문으로 걸어갔다.
　"청배? 여긴 웬일이야? 설마 나…… 보러 온 건…….""
　"응, 정하 너 보러 왔지. 어제 그렇게 가 버려서 조금 서운했다고."
　"미안, 갑자기 일이 생각나서. 근데 이제 너 가 봐야 하는 거 아니야? 지금 48분인데."
　"앗, 벌써? 난 이만 가 볼게. 내일도 여기 올 거니까 기대해라!"
　어제 그렇게 말을 했는데도 포기하지 않고 찾아온 청배를 돌려보낸 정하는 3반으로 뛰어가는 청배를 끝까지 눈에 담고 자리로 돌아갔다.

　다음 날 아침.
　"곽정하…… 나 왔다. 헉…… 헉……."
　"…… 혹시 어제 시간이 부족해서 오늘 이렇게 뛰어온 거야?"
　7시 13분. 평소의 청배라면 집에서 출발도 안 했을 시간이지만 일찍 가서 정하를 기다리겠다는 청배의 의지는 생각보다 강했다. 정하가 먼저 와 있었지만, 이 변수는 청배에게 오히려 좋았다. 거칠게 호흡을 하면서도 뭐가 그렇게 좋은지 웃으며 인사를 하는 청배의 등을 토닥여 주며 정하는 그 인사를 받았다. 두 사람은 30분간 잡담을 하다 서로의 자리로 돌아갔다.

또 다음 날 아침, 전날보다 더 이른 시간에 자신을 보러 온 청배를 보며, 못 이기겠다는 듯 웃고는 청배의 세 번째 친구 신청을 받아 준 정하였다.

그날 이후 둘은 다른 반임에도 거의 내내 붙어 있었다. 서로의 반을 찾아갔고, 하교도 같이 했다. 마치 예전부터 아는 사이였던 것처럼 마음이 잘 통한 정하와 청배는 시시콜콜한 얘기부터 각자의 이야기들까지 서로에게 털어놨다. 친구가 된 지 일주일 만에 평생 이렇게 잘 맞는 사람을 만날 일이 있나 싶을 정도로 정하의 존재는 청배에게 특별해졌다.

특별한 사람과의 만남, 완벽한 여름의 시작이었다.

* * *

두 사람의 사이가 가까워진 후로 온종일 함께 있는 정하와 청배의 모습에 그들의 주변인들은 죽을 맛이었다. 그런 고통을 견디고 견디다 참다못해 폭발한 한 친구가 살짝 피곤한 목소리로 말을 했다.

"야, 너희 이제 좀 징그러울 정도임. 뭐 사귀냐? 안 붙어 있으면 죽냐?"

"…… 하하, 뭔 소리인지."

"……."

"뭐야 왜 그래. …… 진짜?"

"아니거든!"

꼴 보기 싫어서 그만 좀 붙어 다니라는 의도로 사귀냐고 한 말에 마치 짜 온 듯 얼굴을 붉힌 채 어색하게 행동하는 둘의 모습에 옆에 있던 친구들은 질색했다. 하지만 이들이 이렇게 행동하는 것은 당연했다. 최근 정하와 청배, 두 사람 사이에는 묘한 기류가 흘렀기 때문이다. 어쩌다가 손이 닿기라도 하면 둘 다 눈에 띄게 당황하며 사과하는 경우가 빈번했다. 또 여름을 끔찍이도 싫어해 누가 조금 다가오기만 해도 짜증을 내던 청배가 정하와는 떨어지기 싫어했다.

이런 오묘한 관계를 유지하던 둘은 여느 때와 다름없이 학교에서 충동적으로 약속을 잡았고, 수험생이라는 현실에서 잠깐의 일탈을 즐기기 위해 학원을 쨌다는! 엄청난 계획까지 세워 버렸다. 우연의 일치로 그날은 연중 낮이 제일 긴 시기인 하지였다. 이런 좋은 날에 놀 계획을 한 둘은 신이 나서 학교가 마치자마자 버스정류장으로 향했다. 그들의 일탈 아닌 일탈의 루트는 이러하였다. 영화를 보고, 카페에 가고. 전형적인 데이트 코스라는 걸 알고 있었지만 둘 중 그 누구도 얘기를 꺼내지 않았다.

저녁, 7시가 넘었는데도 어두워지지 않은 하늘을 신기해하며 둘은 근처 공원에서 좀 더 있다가 가기로 했다. 비빅바를 한 손에 쥐고 서쪽 하늘이 잘 보이는 벤치에 앉아 도란도란 얘기하다 서서히 해가 지기 시작하니 얘기를 멈추고 붉어지기 시작해 점점 분홍빛이 되어 가는 하늘을 보다 정하는 고개를 옆으로 돌려 청배를 바라보았다. 일몰을 구경하는 청배의 눈에 담긴 하늘은 직접 바라보는 하늘보다 더 아름다웠고, 그 하늘보다 은은한 미소가 어려 있는 청배의 얼굴이 배는 아름다워 보였다. 그 순간, 청배가 정하 쪽으로 고개를 돌렸다.

"뭐야. 나 좀 그만 봐."

활짝 웃으며 말을 하는 청배를 본 정하는 심장이 멎는 줄 알았다. 그 어떤 때보다도 가슴이 빠르게 뛰었고, 그대로…….

하늘에 반쯤 걸쳐진 해가 가장 붉게 타오를 때, 둘은 입을 맞추고 있

195

었다. 저 해처럼 붉게 물든 정하는 당황하여 입술을 떼고는 연신 사과를 하며 집으로 뛰어갔다. 갑자기 입맞춤을 당하고 노을이 지는 공원에 홀로 남겨진 청배는 벤치에 멍하니 앉아 알 수 없는 기분에 사로잡혀 있었다. 낭만적인 시간, 낭만적인 분위기에 한 좋아하는 사람과의 입맞춤은 딱 그런 느낌이었다.

간질간질.

정하와 청배. 그 두 사람의 과거에 무슨 일이 있었는지는 모르지만 곽정하는 그 과거를 알고 있었고, 처음 만났을 때부터 청배를 마음에 담아 두고 있었던 것이다.

반면에, 구청배는 과거를 잊어 버리고 있었다. 하지만 그 여름에 체육 창고 앞에서 정하를 처음 보았을 때부터 본능에 따라 그가 자신을 당기고 있다는 느낌을 받았다.

과거를 기억해서 지금까지 한 사람만을 바라봐 온 정하. 그리고 과거를 기억하지는 못하지만 그들의 첫 만남부터 정하에게서 익숙함을 느꼈던 청배.

우리는 곽정하와 구청배의 자세한 사정은 알 수 없지만, 이것만큼은 확실하게 알 수 있다. 정하를 만나고 청배가 여름을 좋아하게 되었다는 것.

　두 사람의 재회가 마침 여름이어서 그런 것일까? 그렇게도 싫어
했던 뜨거운 열기마저 사랑스러워 보였다. 끓어오르는 감정과 두 청
춘이 만나 최고의 연인이 탄생하였고, 이제 남은 것은 둘의 행복한
미래밖에 없다. 앞으로 무슨 일이 일어날지는 모르겠지만 두 여름은
확실히, 사랑한다.

찾아가는 길

유지예

평소와 똑같이 오전 7시 30분, 학교에 가기 위해 집을 나선다.

고등학교에 진학 후 치르는 첫 시험인 중간고사가 막 끝난 지금은 거리 곳곳 꽃이 보이기도 하고 하늘은 넓고 푸르렀으며 내리쬐는 햇살이 따뜻하면서도 따갑게 느껴진다.

매일 반복되는 일상을 지루하게 느끼며 명령을 받은 로봇처럼 정해진 버스를 타고 학교로 향한다. 등교하는 학생들, 출근하는 직장인 등 많은 사람으로 가득 찬 아침의 버스는 목적지를 향해 달리며 덜컹거렸으며 나는 아무 생각 없이 넘어지지 않기 위해 손잡이를 꽉 잡고 있을 뿐이다.

버스에서 내려 등굣길을 멍하니 걷다 보니 저 멀리 익숙한 뒷모습이 보인다. 가까이서 보기 위해 조심히 다가가 보니 같은 반 친구인 민규가 조금은 느린 발걸음으로 힘없이 등교하고 있었다.

"야! 이민규 같이 가자!"

"그래……."

평소 같았으면 편의점도 들렀다 가자며 밝은 목소리로 방방 뛰어야 할 민규가 오늘은 알게 모르게 힘이 없어 보인다. 시끄러운 등굣길 속 둘만의 공간이 생긴 듯 어색한 침묵만이 우리를 둘러싸고 있었다. 이 침묵을 먼저 깬 건 민규였다.

"예지야, 너 시험 결과 어때? 잘 나왔어?"

나는 예상치 못한 질문에 당황스러웠지만 어색한 침묵을 깨 보고자 열심히 대답하였다.

"아니, 난 다 망했어. 사실 이번에 공부 하나도 안 했거든. 난 내가 아직 중학생이라고 생각하는 바람에 공부도 안 하고 놀기만 하다가…. 하하." 멋쩍게 웃어도 보았다.

민규는 한층 우울해진 목소리로 대답하였다.

"나도. 벌써 고등학생인데 아직 하고 싶은 일, 또 내가 좋아하는 건 뭔지, 어느 대학에 진학하고 싶은지 등 하나도 모르겠어. 이러다가 고등학교 3년 생활이 흐지부지 끝나는 건 아닌가 싶어서 요즘엔 좀 걱정이 되더라."

이 말을 듣고 나로서는 더 해줄 말이 없었다. 어색한 상황은 계속되었고 우리는 교실에 도착하였다. 평소와 다름없이 창가 맨 뒤 내 자리에 앉아 가방을 내려놓기가 무섭게 바로 엎드렸고, 나도 모르게 스르륵 잠이 들었다.

잠에 깊게 빠지면 빠질수록 무언가에 눌리는 듯한 무거운 느낌을 받았다. 하지만 크게 신경 쓰지 않았고 나는 그렇게 깊은 꿈에 빠져들었다.

늘 밝고 친구들과 어울리며 노는 것을 좋아하는 지금의 모습과는 다르게 꿈속에서의 나는 매우 우울해 보였다. 희망도 재미도 없이 매일 반복되는 하루에 너무나도 지쳐 모든 것을 포기한 것만 같은 표정이었다.

그 우울한 모습은 내가 고등학교를 졸업한 후의 모습인 것 같았다. 고등학교를 졸업한 후 나와 긴 시간을 함께 보내던 친구들은 일찍이 꿈을 찾아 원하는 학과와 학교를 찾아 대학교를 진학하였고 자신의 꿈을 이루기 위해 누구보다 바쁘고 행복한 각자만의 삶을 살고 있었다.

하지만 그와는 반대로 나는 꿈, 심지어는 관심 분야조차도 찾지 못하여 낮은 성적에 맞춰 갈 수 있는 대학교를 겨우 골라 나와 맞지 않는 과에 들어가게 되어 고생하고 있는 것 같았다.

고등학교 때와 별다를 것 없이 여전히 방황하며 하루하루를 버리고 있는 모습이었다. 그 모습에서 희망이라고는 찾아볼 수 없었다. 자신이 원하는 일을 하며 하루를 보내는 친구들을 부러운 눈으로 쳐다보는 것밖엔 할 수 있는 일이 없는 것 같았다.

얼마 지나지 않아 화들짝 놀라며 잠에서 깼다. 가위에 눌린 기분이었다. 마치 머리를 세게 맞은 것처럼 정신이 멍해졌다. 한참을 가만히 앉아 있다가 문득 깊은 생각에 잠겼다.

그러고선 작게 중얼거렸다.

"이제껏 나는 무엇을 한 거지? 나는 고등학교에 올라와서 어떤 생각으로 학교에 다녔을까? 내가 커서 하고 싶은 일이 있었나?"

많은 의문이 한참 동안 나의 머릿속을 맴돌며 나갈 생각을 하지 않았다. 나에 대해 스스로 가진 첫 의문은 머릿속에서 얽히고 얽혀 나를 복잡하게 만들고 있었다. 나는 그 많은 의문에 하나도 대답을 하지 못한다는 사실에 이제껏 생각 없이 살아온 것에 대한 후회와 불안감, 불만 등 다양한 감정을 한꺼번에 느끼게 되었다.

너무나도 후회스러웠다.

'이 생각을 조금이라도 더 빨리 했더라면….'

더 후회할 시간에 나는 이 의문들의 답을 찾아 나가기로 다짐을 하였고 비록 남들보단 늦었을지라도 나만의 속도에 맞추기로 하였다.

* * *

나는 공부를 시작해 보기로 하였다. 그것이 가장 기본이라고 생각을 했기 때문이다. 하지만 공부를 해본 적도, 하는 방법도 알지 못하였던 나에겐 너무나도 버거울 뿐이었다. 기초도 잘 잡혀 있지 않은 상태였다. 힘든 시간의 연속이라 하여도 과언이 아닐 정도로 하루하루가 괴로웠고 공부를 하려고 마음을 먹으면 주변의 시간이 멈춘 듯 아무것도 할 수 없었다.

하지만 포기하지 않았고 기말고사를 칠 때까지 적어도 하루에 1시간은 공부하자는 목표를 가지고 나름 성실히 지켜나가고자 노력했다.

그렇게 다가오지 않을 것만 같았던 기말고사가 다가왔다.

며칠이 지난 후 나오기를 기다리진 않았지만 내심 기대하고 있던 성적표가 나왔다. 두근거리는 마음을 붙잡고 실눈을 뜬 채 성적표를 확인해 보았다.

"이번엔 열심히 노력했으니 성적이 잘 나왔겠지? 제발……. 아."

짧은 탄식이 입 밖으로 흘러나왔다. 결과가 기대만큼 나오지 않아 실망감이 들었다. 열심히 했는데도 이런 결과라면 더는 무언가를 해야겠다는 의욕이 들지 않았다.

하지만 여기서 끝내면 모든 것이 끝난다는 생각을 하고 새로운 시작을 해 보기로 다짐하였다. 이번에는 어떤 일을 해야 나에 대해 더 잘 알아 갈 수 있을까에 대해 생각을 해 보다 나는 꿈을 찾아 여행을 떠나기로 하였다.

꿈을 찾는 여행이라고 하면 이상할 수도 있겠지만, 자신에 대해 확신조차 없는 나에겐 이것이 지금의 최선이며 최고의 선택이라 생각하였다.

"어떤 것부터 시작해야 할까. 계획을 먼저 세우는 것도 나쁘지 않을 것 같긴 한데."

한참 생각을 하다 첫 번째로 하기로 한 일은 도서관에 가는 것이었다. 도서관에서는 직업과 대학교 전공에 관한 책을 자유롭고 다양하게 읽을 수 있다고 생각하였기 때문이다. 그래서 가장 가깝고 가기도 쉬운 학교 도서관으로 향했다.

"대학교 관련 서재가 어디 있지?"

그렇게 꿈 찾기 여행의 첫걸음을 내디뎠다.

여러 책을 읽어 보며 세상에 존재하는 다양한 직업들에 대해 알아보았다. 인체 디자이너, 퍼스널 콘텐츠 큐레이터 등 기술의 발전에 따라 새로 생겨난 다양한 직업들에 대해서 알게 되었다. 하지만 나의 관심을 끌만한 직업은 찾지 못하였다.

도서관에 가기만 하면 나를 확 끌어 당길 만한 무언가를 찾을 수 있을 거라 생각했다. 하지만 모든 것이 뜻대로 되지 않자 내가 너무 늦게 무언가를 깨닫고 늦게 시작한 탓은 아닌지 후회하게 되었다.

하지만 이런 사소한 일로 꿈 찾는 것을 그만둔다면 앞으로의 고난은 어떻게 버티겠느냐는 생각을 하고 나에 대한 원망은 훌훌 털어 버린 후 다시 꿈 찾기에 돌입하게 되었다.

"모든 것을 긍정적으로 생각하자!"

도서관의 책들을 통해 나의 꿈을 찾지 못한 것에 대해 절망하지 않고 다시 생각해 보았다.

"맞아. 처음부터 잘하는 사람은 없으니깐. 도서관은 나의 시각을 좀 넓힐 수 있는 기회였던 것 같아. 세상에는 내가 알지 못하였던 직업들도 많이 있었어. 아직 나는 많이 부족한 것 같은데 무엇을 어떻게 더 해야 하지? 선생님이나 친구에게 조언을 청해 볼까? 나에게 정말로 필요한 조언을 받을 수 있지 않을까?"

두 번째로 하기로 한 일은 자신의 꿈 찾기에 대해 큰 관심을 보였던 민규에게 도움을 청하는 것이었다. 그렇게 다시 교실로 향하여 종종 함께 등교하곤 했던 민규에게 도움을 청하기로 하였다.

"민규야, 내가 고민이 생겼어. 저번에 같이 등교할 때 네가 말했던 진로에 관해 나도 다시 나를 한 번 되돌아봤는데 나도 이제껏 마땅히 생각해 놓은 게 없더라고. 그래서 늦었지만, 공부도 시작해 보고 도서관에도 가서 여러 책도 찾아봤는데 잘 모르겠더라……. 그래서 말인데 네가 좀 도와줄 수 있을까?"

"당연하지! 너도 나랑 같은 고민을 하고 있었구나. 내가 뭘 어떤 것을 도와주면 될까?"

"평소 네가 봤을 때 나는 무엇을 할 때 신나 보이고 밝아 보였어? 열정적으로 참여했던 활동 같은 거 말이야."

"나는 네가 친구들의 이야기를 들어주고, 그에 공감해 주며 해결책을 제시하거나 위로를 건넬 때 가장 열정적인 모습을 보였다고 생각해."

"아, 그렇구나. 고마워. 진작에 물어볼 걸 그랬네."

민규의 대답을 들으니 나는 나의 관심 분야가 무엇인가에 대해 조금 더 생각할 수 있는 기회가 생긴 것 같았다. 불현듯 머릿속에는 심리라는 단어가 떠올랐다.

흔쾌히 나의 물음에 대해 조언을 해준 민규 덕분에 내 눈에는 보이지는 않았지만 '희망'이라는 거대한 바람이 나를 쓱 훑고 가는 것을 느긴 것만 같았다.

　모든 것을 다 할 수 있을 것만 같은 기분이 들며 무엇이든 하고 싶다는 의욕이 들었다.

＊＊＊

　심리 분야에 관한 관심이 생겨 다시 도서관으로 향하여 책을 찾아보고 여러 정보를 수집하며 그와 관련된 직업들에도 관심을 두기 시작하였다. 선생님과의 진로 상담 그리고 인터넷 검색 중 심리학과를 나오면 전망이 밝다는 정보를 접한 후에는 심리 분야에 더 큰 관심과 흥미가 생겨나기 시작하였다.

　심리학과는 특유의 과학적 통찰력에 기반을 두어, 우리 사회의 많은 문제를 해결하는 동시에 개개인의 삶의 질을 높이는 데 이바지하는 인재를 키운다는 것을 알게 되었다. 또한 미술치료사, 심리치료사, 임상심리사 등 다양한 관련 직업이 있다는 것도 알게 되었다.

　심리학과에 대해 찾아볼수록 꿈에 대해 좀 더 가까이 다가가는 기분이 들었고, 잘 해낼 수 있을 것만 같은 생각이 들었다.

　나는 머지않아 '심리 상담사'라는 큰 꿈이 생기게 되었다. 처음으로 갖게 된 꿈이라는 사실에 너무나도 떨렸다.

　"내가 잘 해낼 수 있을까?"

　꿈이 생겨난 만큼 그것을 이룰 수 있는 자세하고 현실적인 방법을 찾기 위해 노력하였다.

　기말고사가 끝난 후에도 공부를 하루도 거른 적이 없었다. 남들보다 조금 늦었을 뿐 불가능이란 없다는 것을 보여 주고 싶었다. 남들과 시작한 시간이 달랐을 뿐 절대로 뒤처진 것이 아니었으며 해낼 수 있다는 것을 보여 주고 싶었다.

이 노력은 그 어느 때보다 반짝반짝 빛을 내며 나를 감싸 주고 있었다.

이제 놀기만 하며 시간을 보내던 고등학교의 생활은 끝이 났다. 정말 내가 하고 싶은 일을 찾았으니 더 노력할 것이고 열심히 할 것이라며 다시 한번 다짐을 하였다. 다짐을 지키기 위해 공부하던 중 또 책상에 앉아 스르륵 잠이 들었다.

지난번과 비슷한 꿈을 꾸게 되었다.

혼자만 꿈을 찾지 못하여 방황하고 우울해하던 모습 대신 꿈을 찾아 밝은 모습으로 친구들과 함께 캠퍼스를 누리고 있는 내가 있었다.

내 인생에서 두 번째 책을 쓰게 되었다. 단지 도서부원에 불과했던 작년과는 다르게 이번엔 동아리의 부부장으로서 참여하게 되었다. 그만큼 책임감이 뒤따랐던 것 같다. 다른 도서부원 친구들을 도와주고 싶은 마음은 굴뚝같았지만, 마음처럼 되지 않아 아쉽기도 하였다. 한 권의 책을 만들어 내는 것이 이렇게 여러 과정이 필요하며, 시간이 오래 걸린다는 것을 또 한 번 느끼게 되었다.

포토에세이를 썼던 작년과는 다르게 올해는 소설을 쓰는 새로운 경험을 하였다. 글 속에 내 생각을 담아내기가 쉽지는 않았다. 글을 쓰며 무슨 내용을 담아야 할지, 가독성이 떨어지지는 않을지 많은 걱정을 하였다. 하지만 끝내 마음에 드는 결과물을 얻게 되었고 스스로 성장한 것 같은 기분이 들어 뿌듯하였다.

글을 쓰는 과정에서 큰 틀을 잡은 후 내 생각을 하나하나 더해가며 글의 내용이 풍성해지는 모습이 좋았다. 초고를 쓰고 수정하는 과정을 반복하며 힘들고 하기 싫다며 투덜거리기도 하고 미루기도 하였지만, 꾹 참고하다 보니 벌써 에필로그를 쓰고 있다. 정말 값진 경험이었다.

힘든 것을 잘 참아낸 나에게도 칭찬을 해주고 싶고 바쁜 와중에도 계획을 세워 동아리를 이끌어 준 부장과 도서부원 '쓰담쓰담' 친구들에게도 감사의 말을 전하고 싶다.

미
술
실

─────

윤안나

이듬해 5월, 내가 중간고사를 망친 이후였다. 종례를 하고 학원으로 가려고 했으나 필통을 미술실에 두고 왔다는 걸 깨달았다. 나는 곧장 미술실로 향했다. 미술실은 4층, 우리 학교 꼭대기 층에 있다. 안은 눌 어붙은 물감으로 더러울 뿐만 아니라 어지러이 놓인 도구들로 혼잡했 다. 별로 오래 머물고 싶은 장소는 아니다.

나는 미술실 문 앞까지 가서야 열쇠를 까먹었다는 걸 알아차렸다. 하 지만 다시 1층으로 갈 필요는 없었다. 문은 이미 열려 있었다.

미술실 창문으로 먼저 도착한 여자애의 뒷모습이 보였다. 등을 덮은 긴 머리카락이 인상적이었다. 그 애의 앞에는 파란 캔버스가 언뜻 보 였다. 나는 문 앞에서 주저하다가 머리칼을 정리했다. 그리고 긴 숨을 내쉬고는, 문을 열었다. 갑자기 들어왔음에도 그 애는 당황은커녕 항상 많이 가진 사람들이 그렇듯 여유가 가득했다. 단정한 옷매무새를 한 그 애의 명찰에는 이하늘이라고 적혀 있었다. 그 색을 보니 나와 같은 1학년이었다. 나는 그 애에게 다가가서 필통을 본 적이 있는지 물었다.

"여기."

이하늘은 자기 몸에 가려졌던 필통을 건네주었다. 그 애는 숨길 수 없는 우아함을 풍기고 있었다. 하지만 도도하기보단 다정한 인상이다. 짧은 감상을 끝내고 곧장 나가려는데 그 애가 그린 그림이 문득 눈에 들어왔다. 바다인지 하늘인지 구별하기 어려운 그림이었다. 나는 아주 잠시 지켜보다가 몸을 돌려 미술실을 빠져나왔다. 지금 이 시간에 미술실을 쓰면 선생님께 안 혼나나? 이상하네.

그런데 정말로 이상한 건 그게 아니었다. 정말로 이상했던 건, 분명 학원에 도착할 때까진 신경 쓰지 않는데, 수업을 시작하자 그 그림이 머릿속에서 점점 선명히 그려졌다는 사실이었다. 처음에는 기분 탓으로 치부했다. 하지만 하루 이틀이 지나고, 침대에 눕는 그 순간까지도 그 애가 그린 맑고 깨끗한 색이 생각났다. 전부 잊으려 눈을 감으면 눈꺼풀 아래에서 그림은 더욱 선명해질 뿐이었다.

안 돼. 나는 할 일이 많단 말이야.

애써 멈추려 해도 그림에 대한 생각은 날이 갈수록 심해져, 일주일이 지났을 땐 그 깊은 파란색 그림이 하늘인지 바다인지 알 수만 있다면 돈이라도 낼 수 있을 지경이었다.

며칠 후, 결국 나는 미술실에 찾아가기로 했다. 고작 그림 하나에 정신이 팔려 있는 게 웃긴 일이라고 생각했지만, 미술실에 수업을 갔을 때 막상 그 그림이 코빼기도 보이지 않자 큰 상실감을 느꼈기 때문이었다. 미술실 열쇠를 찾으러 교무실에 갔지만, 열쇠는 걸려 있지 않았다. 그 애,

이하늘이 미술실에서 또 그림을 그리고 있는 걸까? 나는 조금 빠르게 계단을 올라갔다. 미술실 문을 열기 전 또 창을 엿보았다. 아무도 없었다.

그러나 그 파란 그림은 창가의 빛을 받으며 그곳에 있었다. 한동안 나를 괴롭혀 오던 뭔지 모를 파란색 그림이 그곳에 있었다. 상상만큼 선명한 파란색이었다. 나는 언제든지 떠올릴 수 있도록 그 그림 구석구석을 눈에 담았다.

"뭐해?"

화들짝 놀라 뒤를 돌아보았다. 이하늘이다. 나는 황급히 그림에서 손을 뗐다. 하지만 이하늘은 딱히 기분 나빠 보이지 않았다. 그 애가 내게 다가왔다.

"그 그림 마음에 들어?"

이하늘은 장난스레 눈을 접어 웃었다. 얘가 왜 이러나 싶으면서도 먼저 그렇게 나와 주니 긴장이 풀렸다. 나답지 않게 사람 좋아 보이는 말투를 고수하며 이 그림이 바다인지 하늘인지 물었다.

"바다에 비친 밤하늘."

허를 찔린 기분이었다. 나의 턱없이 부족한 상상력으로 이 그림을 알아채는 건 애초에 불가능했다. 역시 예술가라는 건가. 하지만 한편으로는 그림의 정체를 알게 되어 매우 만족스러웠다. 입꼬리가 올라가려는 걸 간신히 막았다.

"혹시 시간 괜찮으면 그림 그리는 거 볼래? 혼자서 그리기엔 심심해서 말이야."

내가 얼이 빠져 있자 이하늘은 키득키득 웃으며 자기 옆에 있는 의자를 꺼내 톡톡 쳤다. 나는 그 의자에 앉았다. 그 애는 새로운 캔버스에 거침없이 물감을 칠했다. 그 능숙한 손짓에는 자신감이 있었다. 파란 그림도 저런 식으로 거침없이 덧칠해 그렸으리라. 나는 힐끗 파란 그림을 보았다. 이하늘이 그리고 있는 그림도 좋았지만, 저 파란 그림이 더 마음에 들었다.

"저거 가지고 싶으면 가져도 돼."

이번에는 올라가는 입꼬리를 막을 수 없었다. 나는 재차 확인했다. 이하늘은 뭐가 그렇게 재밌는지 계속 웃었다.

그 이후 나는 몇 번이고 미술실을 방문했다. 이하늘은 거의 매일 미술실에 있었다. 종례를 마치면 몇 시간이고 그 안에서 그림을 지켜보며 이하늘과 대화를 나눴다. 말과 말이 오가는 시간. 그건 꽤 좋았다.

이하늘은 확실히 뭔가가 있었다. 자석처럼 사람을 끌어당기는 뭔가가. 예를 들어 우아하지만 다가가기 어렵지 않은 친근함. 사람을 편안하게 하는 은근한 장난기 같은 것. 게다가 그 애와 함께 있을 때면 만성적인 불안이 사라지는 거 같았다. 그래서 이하늘과 그 애의 그림이 있는, 좁고 지저분한 미술실이 좋았다. 정신을 차려 보면 어디서 나온 건지도 모를 친화력으로 나는 그 애와 빠르게 가까워지고 있었다. 미술실에 가는 이유가 그림에서 이하늘로 조금씩 기울었다.

"너처럼 내 그림 좋아하는 애 처음 봐."

멍하니 그림을 보던 나는 고개를 이하늘에게 돌렸다. 왠지 의아했다. 이하늘의 그림을 안 좋아하는 사람이 있기나 하나?

"내가 그림 그리는 사람치고 잘 그리는 편은 아니니까."

헛웃음이 났다. 이하늘의 그림은 미술 시간에 봤던 반 고흐나 레오나르도 다빈치의 작품보다도 백배는 더 빛났다.

"과장하지 말고. 그냥…… 내가 내 그림을 좋아하는 만큼 다른 사람들은 내 그림을 좋아하지 않는 것 같아."

그 애는 그렇게 말하면서도, 전혀 슬픈 표정이 아니었다. 자기 그림에 자신 있는 표정. 오랜만에 나는 격하게 반응하며 그런 다른 사람들이 이해되지 않는다고 말했다.

"말만으로도 고맙네."

그러면서 살짝 웃었다. 나는 그 애의 손이 가는 대로 눈을 움직였다. 빨간색 물감이 캔버스 위에서 점점 제자리를 찾아갔다. 이하늘은 잘 그리다가 갑자기 손을 멈칫했다. 그 애의 시선이 캔버스 위에서 떠돌았다.

"역시 빨간색은 어렵구나. 더 공부해서 그려야겠다."

문득 이하늘의 손에 묻은 빨간 물감이 그 애와 어울리지 않다고 생각했다. 파란 그림을 그렸을 때부터 지금까지 이하늘은 내게 파란색 그 자체였다.

그날 하루를 끝마치고 침대에 누웠는데 좀처럼 잠이 오질 않았다. 손가락이 간질거렸다. 나는 견딜 수 없어 침대에서 벌떡 일어났다. 내가 왜 그랬는지 모르겠지만 그림을 그렸다. 초등학교 이후로 써 본 적 없는 싸구려 물감을 서랍에서 꺼내고 가족이 깨지 않도록 조금씩 물을 틀어 푸석푸석해진 붓을 적셨다. 준비를 마치고 나는 A4용지에 파란색을 직직 그었다.

결과는 참담했다. 내 그림 실력은 초등학생 때로부터 전혀 성장하지 않았다. 당연했다. 이하늘만큼의 실력에 아무런 노력 없이 도달하는 건 불가능했다. 그런데도 실망감에 젖었다.

종이를 책상에서 떼어 내자 파란 물감이 책상에 가득 묻어 있었다. 나는 바보가 분명하다. 미술도구라고 부르기도 부끄러운 것들을 책상 한쪽에 밀어 놓은 뒤 다시 침대에 누웠다. 이불을 머리끝까지 올리고 잠이 들었다.

나는 이하늘에게 물었다. 요즘 왜 파란색을 쓰지 않느냐고.

"파란색을 좋아하지만, 요즘은 빨간색이 더 좋아서. 파란색만 너무 자주 쓰기도 했고."

이하늘은 빨간 그림들을 완성하지 못하고 있었다. 지켜보는 처지에 선 조금 답답했다.

"빨간색은 써 본 적이 거의 없어서 어려워."

그럼 파란 그림을 그리면 될 텐데.

"잘하는 거랑 좋아하는 건 다르잖아. 난 이왕이면 좋아하는 걸 하고 싶어. 그러다 보면 빨간 그림도 언젠가 완성할 수 있겠지."

그런가. 그래도 나는 역시 파란 그림이 좋았다. 빨간 그림을 완성하더라도 파란 그림만큼 예쁠 거 같진 않았다. 나는 버릇처럼 창문 너머를 바라봤다. 저 청아한 파란 하늘을 보면 빨간색이 머물 자리 같은 건 없어 보인다.

"네가 좋아하는 건 뭔데?"

파란색. 더 생각하려고 했지만, 딱히 떠오르는 게 없었다.

＊＊＊

미술실에서 있는 날들이 늘수록 엄마의 학업에 대한 압박도 늘어 갔다. 중간고사를 망친 전적 때문이었다. 기말고사가 다가올수록 압박은 더욱 심해졌다.

"요새 학교에서 뭘 하길래 늦게 들어오는 거야?"

엄마는 설거지하며 날카롭게 말했다. 아빠는 늘 그렇듯 세상만사 다

포기한 표정으로 텔레비전을 보고 있었다. 나는 아빠를 뚫어져라 바라봤지만, 아빠가 시선을 나에게 옮기는 일은 일어나지 않았다.

"노는 건 대학 가서도 놀 수 있어! 선생은 무슨. 빌어먹고 살게 생겼네."

엄마는 시동이 걸렸는지 입에서 불쾌한 말을 미끄러지듯 내뱉었다. 나는 얼굴을 찌푸리며 방 안으로 도망갔다. 엄마의 높아진 목청을 무시한 채 평소처럼 이불을 머리끝까지 올렸다. 엄마의 궁시렁거리는 소리와 밥그릇이 부딪히는 소리. 텔레비전 속 아나운서의 목소리가 머릿속에서 빙글빙글 돌았다.

너무 피곤했다. 시끄러운 집안 소리는 점차 멀어져 갔다.

*＊＊

정신을 차리니 시야는 낮아져 있고 손에는 크레파스가 쥐어져 있었다. 나는 커다란 도화지에 이하늘만큼이나 거침없이 그림을 그려 내고 있었다.

"우와. 이건 누구예요?"

고개를 올리자 인상이 흐릿한 선생님이 보였다. 그는 무릎을 구부리고 그림을 가리키며 내게 물었다. 그의 손끝이 행복해 보이는 표정과 함께 빵 모자를 쓴 사람에게 닿았다.

"저예요!"

누가 말한 거지? 나는 어리둥절하다가 그게 내 입에서 나왔다는 걸 깨달았다.

"미술 같은 건 돈이 안 돼. 선생님 같은 걸 해야지."

나는 뒤를 돌아보았다. 지금보다 약간 젊어진 엄마가 서 있었다. 그리고 내 손에는 크레파스 대신 엄마의 손이 쥐어져 있었다. 나는 엄마와 함께 어디론가 걸어가고 있는 듯했다.

"나도 선생님이 될 뻔했는데 하필 중요한 시기에 그 남자를 만나서…. 그때 네 아빠만 안 만났어도 지금쯤 애들을 가르치고 있었을 텐데."

엄마는 대학생 때 나를 임신하고 선생님이 되는 걸 포기했다고 들었다. 손 뻗으면 잡힐 듯한 오랜 꿈에 등을 돌리고 가정을 선택한 것이다. 엄마는 전업주부가 되었다. 그리고 지금, 엄마는 그것을 지독히 후회한다.

"넌 꼭 선생님이 돼야 해. 알았지?"

나는 화가가 되고 싶었다. 하지만 엄마는 버릇처럼 선생님이 되라고 말했다. 그래서 엄마의 말이 싫었다. 내가 훌륭한 화가가 될 거라 믿어 의심치 않았기 때문이었다.

그러나 대개의 아이들이 그렇듯 크면 클수록 원하는 미래를 가질 수 있다는 확신이 줄어 갔다. 머리가 크면서 더 확실하게 체감할 수 있게 됐다. 그리고 마침내 깨달은 것이다. 나의 눈곱만큼도 안 되는 재능을.

"엄마랑 약속해. 선생님이 되겠다고."

엄마는 나의 두 눈을 똑바로 바라봤다. 그동안 내가 화가가 되겠다고 설치던 게 그녀의 눈에는 얼마나 우습게 보였을지. 내 두 어깨가 엄마의 두 손에 붙들어진다. 나는 더는 꿈이 없었다. 꿈이 없는 내가 그녀의 소원을 이뤄주지 못할 것도 없다고 생각했다. 그도 그렇게, 저 두 눈을 보면 그녀의 인생에서 나 이외의 목적은 존재하지 않는다는 것을 쉽게 알 수 있지 않은가. 그래서 너무나도 쉽게 말했다.

"네."

살짝 눈을 떴다. 새벽이었다. 잘 생각은 없었는데…. 침대에서 비척비척 일어나 책상 앞에 앉았다. 점차 해가 뜨고 있었다. 시야가 점점 밝아지자 눈앞에 그 애의 그림이 있었다. 그림을 들어 올렸다. 언제 봐도 아름답다. 이하늘이 말하길, 자기는 그림을 그리는 사람들 사이에서 잘 그리는 편이 아니라고 했다. 하지만 도무지 이보다 아름다운 그림이 있다는 걸 상상할 수 없다. 그리고 난 죽었다 깨어나도 그 애처럼 될 수 없을 것이다.

너무 늦었다. 엄마는 악을 쓰며 말릴 테고 아빠는…… 알 수 있었다. 그는 어제 단 한 번도 나와 눈을 맞추려 하지 않았다. 나는 몇 분 동안 미동도 안 하고 그림을 바라보다 곧 그것을 책상 구석에 안 보이게 쑤셔 넣었다.

＊＊＊

이제 기말고사다. 정신을 차려야 한다. 나는 더 이상 미술실을 가지 않기로 마음먹었다. 이하늘의 얼굴을 볼 자신이 없어 그냥 집에 가려고 했지만 초라한 미술실에서 쓸쓸한 표정으로 문을 힐끗힐끗 쳐다볼 이하늘을 생각하니 도저히 내 마음대로 할 수 없었다. 나는 그 애의 반에 찾아가서 공부 때문에 당분간 미술실에 갈 수 없다는 말을 전했다.

"그래? 조금 아쉽다."

이하늘은 진심으로 아쉬워했다. 우리 사이에는 잠시 정적이 흘렀다. 나는 목덜미를 만지고 머쓱하게 웃으며 그 애의 눈치를 살폈다. 그러자 그 애는 그런 나를 보며 평소처럼 웃었다. 나와는 전혀 다른 순수한 미소가 이렇게 또 양심을 쿡쿡 찌른다.

"기말고사가 끝나면 네가 원하는 걸 그려 줄게. 파란색이든 빨간색이든."

그 말에 마음이 뭉클해졌다. 내가 다시 미술실로 돌아오는 날이 오긴 올까? 게다가 앞으로 그 애의 그림을 순수하게 볼 수 있을지도 의문이다. 나는 손을 흔들며 그 애한테서 멀어져 갔다.

그 뒤로 이하늘과의 만남은 끊겼다. 그 애를 보는 것이 떳떳하지 못했던 나는 그 애와 마주치지 않으려고 반에서 잘 나오지도 않았다. 미술실은 당연히 미술 시간 빼고 일절 가지 않았다. 공부에만 집중하려고 했다. 하지만 이 집중력이란 녀석은 내 머릿속에 있음에도 내가 조종할 수 있는 녀석이 아니라서 틈만 나면 그 애와 관련된 무언가에 주의를 기울였다. 시간이 지날수록 그 애가 무미건조하기만 한 내 하루에 지대한 영향을 끼쳤다는 게 뼈저리게 느껴졌다.

그래. 이게 내 삶이다. 그 애와 그 애의 그림 이외에는 딱히 가슴을 뜨겁게 하는 일은 없다시피 하다. 차갑다. 하지만 파란색에 비유하고 싶진 않다. 굳이 비유하자면 겨울바람에 노출된 손끝의 색, 빨간색 정도다.

시험 디데이를 확인하고 수업 시간에 선생님께서 강조하는 문장 밑에 빨간 줄을 긋는 하루. 그런 하루하루는 너무나도 느려서 가끔은 내 시간만 게으르게 움직이는 게 아닌가 싶었지만, 시계 초침은 이하늘과 함께 있을 때와 똑같이 정직한 속도로 움직였다. 나는 잡념을 떨쳐 버리기 위해 더더욱 공부했다. 종이 위의 짜증나는 글자들을 읽었다. 어쨌든 그런 날들도 지나가긴 지나갔고, 칠판에 적힌 디데이 숫자를 마지막으로 봤을 때, 그곳에는 1이라고 적혀 있었다.

"밥 조금만 먹어. 탈 나."

엄마가 밥이 조금만 든 밥그릇을 식탁에 올렸다. 차가운 눈으로 그것을 바라봤다. 아빠는 시끄러울 정도로 소리를 키워 뉴스를 봤다. 어수선한 아침이었다. 나는 깨작깨작 밥알을 세듯이 젓가락을 휘적셨다. 그러다 결국 엄마에게 한 소리 듣고 밥을 거르기로 했다. 뭐라 뭐라 말하는 엄마의 잔소리를 뒤로 한 채 집을 나왔다. 날씨는 눈치 없게 점점 더워지고 있었다. 나의 시린 속에 부조화가 온다.

주머니 속을 뒤져 에어팟을 꺼냈다. 귀에 꽂으려는 순간 에어팟이 땅에 떨어져 통통 굴렀다. 내가 웃긴 꼴로 에어팟을 잡으려고 했을 땐 이미 맨홀에 빠진 뒤였다. 나는 욕지거리를 뱉으며 남은 에어팟 한쪽마저 거칠게 맨홀로 던졌다. 운수가 안 좋은 게 꼭 나쁜 일이 일어날 것만 같다.

내 예상은 틀리지 않았다. 시험은 망했다. 말 그대로 그냥 다 망했다.

첫 시간에 답을 밀려 쓴 게 시작이었다. 서술형을 쓰는 데 시간을 잡아먹어서 객관식 문제를 볼 여유 따위 없었다. 이상한 점을 눈치챘을 땐 시험이 끝나기 1분 전이었다. 그렇게 1교시부터 멘탈이 위태롭게 흔들렸다. 그렇게 그날 있었던 시험은 전부 망했다. 이 사건이 불씨였는지 그 뒤에 치른 시험도 줄줄이 망했다. 찍은 건 다 틀리고 맞을 거라고 확신한 답도 틀렸다. 가장 최악인 것은 글자가 눈에 안 보였다는 것이다. 몇 번이나 똑같은 문제를 반복해서 읽었다. 집중력이 또 말을 안 들은 게 가장 큰 이유였다. 하필 거기서 뜬금없이 파란 그림이 생각날 건 또 뭐란 말인가. 물론 이렇게 말해 봐도 변하는 건 없었다. 이번 시험으로 나의 쓸모는 잘 드러났다.

엄마에게 채점한 시험지를 보여 줬다. 엄마도 내 생각에 동의하는 듯 평소보다 뼈아픈 말들을 쏟아 냈다. 나는 그 식탁을 엎어 버리고 싶은 충동을 간신히 참아냈다. 그 이후 서리 낀 나의 마음은 조금 변화했다. 무엇을 향하는지 모를 분노가 넘실댔다. 눈에도 핏줄이 터진 게 이제 완전히 빨갰다.

＊ ＊ ＊

시험이 끝났지만 미술실에는 가지 않았다. 내 꼴을 보여 주고 싶지 않았기 때문이다. 이상하게 여긴 이하늘이 반에 올 때면 책상 밑으로 숨는 다소 괴상한 짓까지 했다. 그래도 완벽하게 피하는 것은 불가능했기에 그 애를 만날 때면 바쁜 일이 있는 척 빠르게 자리를 떴다. 계속 도망쳤다. 그런데도 그 애가 포기하지 않고 나에게 다가왔다는 점은 나를 더 부끄럽게 만들었다. 나는 요 며칠 동안 인생에서 가장 최악의 컨디션으로 지냈다. 그때 이하늘을 만나지 않았다면, 그래서 그때 그림을 그려 보지 않았더라면 이렇게까지 되진 않았을 것 같았다. 하지만 그 애를 원망하는 짓 같은 건 결코 할 수 없었다. 그런 내 상태에도 무색하게 엄마는 간간이 나를 질책했다.

＊＊＊

어느 날의 일이었다. 엄마는 평소와 다를 게 없이 짜증을 한껏 내고 지쳐 있었다. 엄마는 수건을 개며 중얼거렸다.

"요새 교사를 안 뽑는다던데…."

나는 울컥했다. 노력하고 있는 사람한테 굳이 저런 말을 입 밖으로 꺼낼 건 뭐란 말인가.

"자꾸 무슨 소리야?"

"그냥 선생을 많이 안 뽑는다잖아."

"아니, 왜 그렇게 확신 없는 말투로 말하냐고. 다 엄마가 시켜 놓고. 내 앞에서 그러면 안 되는 거 아냐?"

나도 모르게 날카로운 말들이 입 밖으로 나왔다. 곤두선 신경 때문에 요즘에는 모든 것에 짜증이 났다.

"조용히 해. 공부도 못하는 게……."

엄마는 화가 난 듯 보였다. 정작 화를 내야 할 사람은 나인데도. 나는 식탁에서 일어났다.

"어차피 내가 무슨 성적표를 들고 오든 만족 못할 거잖아. 나보고 어떻게 하라고. 전교 1등이라도 하라는 거야?"

"시험 망친 게 누군데 큰 소리야? 이게 요즘 가만 놔뒀더니……."

"응. 가만 놔뒀던 적 없어."

나는 비아냥댔다.

"내가 지금까지 엄마를 위해서 열심히 한 건 기억 안 나? 내가 뭐 말만 하면 버릇없다. 싹수없다…. 뭔 말을 못 해. 어떻게 지금까지 칭찬은커녕 맨날 내 욕만 해? 난 그냥 엄마 인형이지? 그렇지?"

더 말하고 싶었는데 숨이 떨려서 말을 할 수가 없었다. 나는 걸음을 가만두질 못하고 주방을 왔다 갔다 했다.

"내가 뭘 하고 싶은지도 모르면서 자기 마음대로 내 미래를 정하곤 항상 그걸 완벽하게 해 주길 바라잖아. 엄마 진짜 양심이 있긴 해? 자기도 못한 걸 왜 나보고 하래?"

목구멍에서 올라오던 불쾌한 감정이 파도처럼 몰아쳤다. 왜 이러는지 몰라도 이제 멈출 수 없었다. 나는 그 와중에 가만히 텔레비전을 보던 아빠가 눈에 들어왔다. 그 모습이 너무 아니꼬웠다.

"아빠. 뭔 말 좀 해 봐. 아빠 집에서 일어난 일이야. 똑똑히 보라고. 맨날 이상한 뉴스나 보지 말고. 아빠가 뉴스를 보든 말든 우리나라는 잘 돌아가거든?"

아빠는 그제야 나와 눈을 맞췄다. 그러나 그것도 잠시, 아빠는 곧 상대할 가치도 없다는 듯 혀를 차더니 다시 텔레비전을 봤다. 나는 고개를 옆으로 기울인 채 그 모습을 가만히 지켜봤다. 아빠는 끝까지 별 반응이 없었다. 나는 거실로 성큼성큼 가서 텔레비전을 있는 힘껏 쾅 소리가 나게 걸어찼다.

"야!!!"

아빠가 고함을 질렀다. 오랜만에 듣는 목소리는 분노로 점철되어 있었다. 아빠는 아랫입술을 깨물고서 나를 죽일 듯이 노려보았고 엄마는 얼떨결에 잔뜩 당황한 눈이었다. 정적이 위태롭게 흔들린다.

나는 그대로 집을 나갔다. 속이 뒤엉킨 기분이었다. 그냥 다 망가진 것만 같았다. 어디로 가야 할지도 모르는데 일단 뛰었다. 갈 곳이 없으면 바람이라도 타고 가면 된다고 생각했다. 어찌 됐든 이 꼴이 난 이상 저 집에 돌아갈 순 없었다. 뺨에 무언가 흘렀지만 바람이 쓸어내려 줬다. 어둠이 빠진 거리에서 길을 잃을 것만 같다.

희미한 가로등 빛을 따라 한참을 달렸을까. 학교가 바로 앞이라는 걸 깨달았다. 이 유혹을 거부할 수 있는 법을 도무지 모르겠다. 나는 학교 대문 앞에서 망설임 없이 문을 쾅쾅 두드렸다.

"아저씨!!"

잠시 후 경비 아저씨가 나타나더니 문을 열었다. 아저씨에게 다음부턴 벨을 누르라는 꾸중을 들었다. 나는 심란한 와중에 조금 가라앉아서 미술실 키를 받았다. 감사합니다. 고개를 꾸벅 숙이고 미술실로 올라갔다. 다리가 후들거렸다. 용케도 집에서 학교까지 전속력으로 뛰어 왔네. 내가 그렇게 잘 달리는 줄은 오늘 처음 알았다. 평소에는 항상 앉아 있었으니까.

어느새 미술실이 눈앞에 있었다. 휴대폰을 두고 온 탓에 주변은 어둠 그 자체였다. 그래서 문을 여는 데 굉장히 난항을 겪었다. 땀을 닦으며 미술실로 들어왔지만 역시 아무것도 보이지 않았다. 불을 켜려고 해도 미술실 스위치가 어디 있는지 몰랐다. 이하늘이 항상 스위치를 관리한 탓이었다. 지금까지 그 애는 항상 미술실에서 불을 켜고 나를 기다리고 있었다. 미술실을 마지막으로 나오는 사람 또한 마지막까지 그림을 그리는 이하늘이었다. 가슴이 따끔했다. 굴러다니는 무언가에 발이 걸려 넘어질 뻔했을 때 나는 비로소 불을 켜는 걸 포기했다.

나는 어둠을 속을 헤쳐 찾은 의자에 힘겹게 앉았다. 땀이 식고 약간 쌀쌀해지는 걸 느꼈다. 한숨을 내쉬었다. 이제 어쩌지? 일단 오늘 집에 못 들어간다는 건 확실했다. 여기서 오래 머무를 수도 없다. 경비 아저씨가 이상함을 눈치채고 올라올 것이다. 애초에 두고 온 것이 있다고 말하고 올라와서 슬슬 나가야 했다. 나는 고민에 빠졌다. 방금의 걱정은 온데간데없이 사라지고 침착해졌다.

그러고 보니 요즘 나는 참 나답지 않았다. 항상 화나 있고 예민했다. 오늘만 해도 부모님 앞에서 성질을 내며 텔레비전을 발로 찼다. 예전의 나라면 상상도 못할 일이었다.

아니, 이제는 어쩌면 그게 진짜 나였는지도 모르겠다. 너무 오랫동안 내 본심을 가족에게까지 드러내지 않았으니. 그 증거로 그들은 지금까지 쭉 화가가 되고 싶었다는 나의 속마음을 모르고 있었다. 나조차도 나를 잘 모르겠다.

새까만 천장을 올려다봤다. 그 순간 전등에 불이 확 들어왔다. 본능적으로 눈꺼풀이 닫혔다.

"어? 뭐해, 여기서?"

화들짝 놀라 고개를 문으로 돌렸다. 이하늘, 너는 또 여기 왜 있는데? 그 애는 놀란 만큼 기뻐 보였다. 나는 넋을 놓다가 방금 운 것을 깨닫고 얼굴을 숨기려 들었다. 그러나 보지 못했을 리가 없었다. 이하늘은 고맙게도 그것에 대해 언급하지 않았다.

"난 이거 가지러 왔는데."

이하늘은 내 몸에 가려진 필통을 가리켰다. 이 시간에?

"사실 네가 학교에 들어오는 거 봤어."

나는 여전히 놀란 가슴으로 미소를 지었다. 지난 걱정이 쓸모없게 느껴질 만큼 이하늘의 얼굴을 보는 것이 행복했던 것이다. 그 애는 내게 무슨 일이 있었냐고 묻지 않았다. 그저 잘 됐다며 미술실 구석에 감춰진 무언가를 끙끙대며 꺼내더니 그것들을 내 앞으로 들고 왔다.

"지금까지 그린 그림들이야."

나는 눈이 휘둥그레졌다. 그 그림들은 빨간 그림이 대부분이었다. 그런데도 파란 그림만큼 아름다웠다. 나는 이하늘을 올려다보았다.

"빨간색은 내가 잘 모르는 색이긴 하지만 계속 생각했거든. 더 잘 그리려고. 그리고 계속 연습했지. 그러니까 좀 알 거 같더라고. 어때? 예뻐?"

나는 그림들을 마구 칭찬했다. 그동안 말해 주지 못한 만큼 그림 하나하나 정성을 들여서. 그러나 그 애는 별로 기뻐 보이지 않았다. 나는 왜 그러냐고 물었다.

"솔직하게 말해도 돼?"

불안한 마음을 감추고 고개를 끄덕였다.

"난 그림 얘기도 좋아하지만 네 얘기도 듣고 싶어. 항상 그림 아니면 내 얘기잖아."

나는 할 말을 잃었다. 확실히 이하늘은 섭섭해 보였다. 나는 인정하고 빠르게 머리를 굴렸다. 하지만 무엇을 말해야 할지 알 수 없었다. 누군가에게 내 마음을 말해 본 게 대체 얼마나 된 건지 기억도 나지 않았다. 식은땀이 났다.

"생일은 언제야?"

나는 살짝 갸웃거렸다. 이 분위기에? 9월 12일이라고 말했다.

"키는 몇 센티야?"

아마 마지막으로 쟀을 때가 이미 167이었을 것이다.

"더 컸겠네. 좋아하는 색은?"

"…… 너무 당연하잖아. 파란색."

"그냥 물어봤어. 외동이야?"

"응."

"이상형!"

"밝은 사람."

"완전 나인 듯."

나는 피식 웃었다. 이하늘은 작정한 듯 보였다. 후에도 계속되는 그 애의 질문에 빠짐없이 대답해 줬다. 바보 같게도 그제야 내가 뭘 말해야 하는지 감을 잡을 수 있었다. 그 애는 진지하게 내 말에 귀를 기울였다.

한 번 내뱉기 시작한 말은 멈출 줄 모르고 술술 나왔다. 엄마가 선생님이 되라고 했던 것. 그러나 화가가 되고 싶었던 것. 그림을 그리고 실망했던 것. 한동안 감정이 격해졌던 것. 그 때문에 오늘 일어난 사건까지. 빠짐없이 다 털어놓았다. 부끄러운 이야기들도 말했다. 시간이 너무 많이 지나서 경비 아저씨가 올라올까 봐 걱정했지만, 이하늘은 신경 쓰지 말라고 했다. 계속 털어놓았다. 그리고 내가 어떤 사람이고 앞으로 무엇을 해야 할지 모르겠다는 고민까지 토해내듯 말하고 나서야 나는 목을 쉬게 할 수 있었다.

그런데도 그 애는 지루하다거나 지친 기색을 전혀 보이지 않았다. 어색하지 않은 정적이 일었다. 지나가는 차 하나 없는 이곳에, 이하늘의 차분한 목소리가 작게 울렸다.

"넌 네가 어떤 사람인지 모르겠다고 말했지만 난 조금 알 거 같아."

나는 동그랗게 뜬 눈을 껌뻑였다.

"너는 색으로 치면…… 빨간색 같아."

"내가 성질이 더러워서?"

"아니. 그게 아니라 처음 나를 봤을 땐 되게 차가운 인상이라고 생각했거든. 되게 공부만 하고 살 거 같은 인상. 인제 보니 어느 정도 적중하긴 했네. 어쨌든, 그날 네가 내 그림을 보는데 눈에 막 생기가 도는 거야."

묵묵히 이하늘의 말을 들었다.

"그 뒤로 그냥 널 잊고 지냈는데 네가 내 그림을 뚫어져라 쳐다봤을 때 있지? 그때부터 네 눈에서 막 불꽃이 튀는 널 봤거든. 겉은 차가워 보여도 속으론 남모르게 열정을 불태우는……. 좀 오글거리네. 넌 내 그림을 좋아하는 걸 넘어서 무언가를 하고 싶어 하는 거 같은, 어, 아닌가?"

이하늘은 조심스러워 보였다. 나는 작게 소리를 내며 웃었다.

"정확해."

"그럼 다행이고. 그래서 난 네가 열정을 지닌 사람이라고 생각했어. 빨간색처럼. 마음속으론 그림에 대해 뜨겁게 느끼고 있어."

나는 고개를 앞으로 돌렸다. 그곳에는 티 없이 아름다운 빨간 그림이 있었다. 이하늘이 물었다.

"넌 빨간색이 싫어?"

"싫어한 적 없어. 그런데 이젠 더 좋아진 거 같기도 해."

나는 빨간 그림 중 유난히 눈에 띄는 그림을 가리켰다.

"그래서 저 그림은 뭔데? 불이야 장미야?"

"불타는 장미."

아, 나의 상상력이 여기서 또 한계를 드러낸다. 우리는 서로 바라보며 다시 한 번 장난스럽게 웃었다. 문득, 머릿속에서 그동안 나를 괴롭히던 고민이 떠올랐다.

"그런데 너도 내가 그림을 그리기엔 늦었다고 생각해?"

"그런 바보 같은 질문이 어딨어? 우리 17살이야."

"난 재능도 없어."

"너 뭔가 오해하는 거 같은데. 그림을 좋아하면 그냥 그리면 돼. 재능이니 뭐니 따질 게 아니라. 직업으로 삼을지는 나중에 결정해도 되잖아."

"그러다 늦으면?"

"방금도 말했지만 우린 17살이야. 벌써부터 늦을 생각을 왜 해?"

뭔가 미묘하게 다 맞는 말인 거 같았다. 나의 시선이 바닥에 닿았다. 이하늘은 고민에 빠진 나를 턱을 괴고 쳐다보더니 갑자기 말을 꺼냈다.

"사실 나 화실을 열 생각이거든?"

"화실?"

"응. 예쁜 그림을 이만큼 그려서 내 이름으로 된 화실을 열고 돈을 벌 거야."

이하늘이 두 팔을 양옆으로 활짝 벌렸다.

"그리고 네가 내 조수가 되는 거지."

"조수?"

"그래, 조수! 청소랑 정리도 해 주고 내 학생으로서 그림도 그리고."

너무 먼 얘기 같아서 감이 안 잡혔다. 미래를 떠올렸다. 아무리 멀고 현실성도 없고 꿈같은 이야기래도 이하늘과 함께 그림을 그리는 나날들을 상상하기만 해도 지금껏 쌓여 있던 모든 근심이 날아가는 기분이었다. 엄마가 게거품을 물고 쓰러질 거란 걸 똑똑히 알고 있었지만, 그 찬란한 미래 아래에선 전부 개미처럼 느껴진다.

그대로 행복에 젖어 있다가 문득 시계를 봤다. 시간이 꽤 지나 있었다. 이제는 현실을 살 시간이다. 나와 이하늘은 슬슬 학교를 나가기로 했다.

"아 참. 갈 데 없지? 오늘은 우리 집에서 자자."

"그래도 돼?"

"당연하지. 그 대신 내일은 집에 들어가 봐. 학교도 가야 하잖아."

"알았어. 엄마, 아빠랑 얘기도 좀 해봐야 하니까…."

우리는 유유히 학교를 빠져나왔다. 나는 이하늘과 함께 환한 가로등 옆에서 묵묵히 걸었다. 내일 엄마, 아빠에게 이하늘에게 말한 것처럼 모든 것을 털어놓을 생각이었다. 결과가 어떻든 그래야 해결이 될 것 같다. 신기하게도 별로 무섭지 않았다. 나는 이하늘 어깨에 머리를 기댔다. 앞으로 무슨 일이 벌어질지 알 수 없지만, 그저 막연히 잘 됐으면 좋겠다고 생각했다.

꿈을 위한 여정

박연우

오늘은 고등학교 1학년 입학 날이다. 중학교 3학년, 겨울 방학이 제일 중요하다는 선생님 말씀에 지난 3개월 동안 나름대로 어느 정도의 수학 선행과 영어, 국어 공부를 했다. 내가 사는 동네에서 조금 먼 동네의 고등학교에 진학하는 거라 고등학교엔 내가 아는 친구가 몇 명 없었지만, 초등학교 때 친한 친구와 같은 반이 되어서 설레고 긴장되는 마음으로 책가방을 챙겼다. 반은 어떤 분위기일지, 반에 내가 아는 얼굴이 있을지, 선생님은 좋은 분이실지 생각하며 잠자리에 들었다.

　다음 날 버스를 타고 등교를 해야 해서 이른 시각인 6시 10분에 잠에서 깨 등교 준비를 했다. 매번 겨울 방학이 끝나고 새 학기가 시작되면 너무 오랫동안 학교에 다니지 않아서 그런지 등교가 낯설게만 느껴진다. 고등학교 교복을 단정히 입고 버스를 타고 등교를 하니 내가 진짜 고등학생이라는 게 실감이 나 괜히 혼자 신나 즐거운 마음으로 등교했다.

버스에서 내리고 학교 정문 앞에 다다르니 내가 보고 있는 학교가 앞으로 내가 다니게 될 고등학교라는 게 느껴졌다. 교실은 2층이라서 계단을 많이 올라가지 않아도 되니 좋다는 생각을 하며 한 계단씩 올라갔다. 배정받은 반 앞에 서서 혹시나 하는 마음으로 한 번 더 반을 확인했다.

1학년 5반. 앞으로 내가 일 년 동안 지내게 될 반이다. 문을 열고 들어가 제일 뒷자리에 앉았다. 처음 보는 얼굴들이 하나둘씩 교실에 들어왔고 나중엔 내 친구도 들어와 내 옆에 앉았다. 반 분위기는 생각보다 조용했다. 중학교 때는 학년이 거듭될수록 새 학기부터 시끄러웠었는데 고등학교는 서로 처음 보는 얼굴들이 많아서 그런 거 같다. 담임 선생님의 일 년 동안 잘 부탁한다는 인사를 듣자 내 고등학교 생활이 시작되었음이 실감났다.

아직 학교에 적응하지도 못했는데 쏟아지는 가정통신문과 자신의 희망 진로와 대학을 써 오라고 한다.

"부모님이랑 의논해서 써 와."

선생님의 말씀이 끝나자 종이 울려 종례가 끝났다.

학교를 마치고 집에 도착해서 희망 진로와 대학을 어떤 것을 쓸지 생각하는데 대학은 수도권 대학이면 좋은 거고 진로는 없어 괜히 짜증만 난다.

'뭐, 이런 걸 벌써 쓰래.'

그래서 요즈음 희망직업 중 높은 순위를 차지하는 공무원을 적어 냈다.

다음 날, 조례가 끝나자 선생님께서는 나와 다른 친구 몇 명을 교무실로 불러내셨다.

"정인아, 공무원이 공무원만 있는 게 아니고 행정직, 사회복지직 다양하게 있잖아. 좀 더 구체적으로 적어서 낼래?"

선생님의 조언에도 더 생각해 보지 않고 선생님께서 제일 먼저 언급하셨던 이유로 '행정직 공무원'이라고 적어 냈다.

반으로 돌아와 자리에 앉아 있는데 문득 나만 하고 싶은 진로가 없나 생각이 들어 옆에 있는 친구에게 물어 보았다.

"유진아, 진로란에 뭐 적었어?"

"나는 제과제빵사 적었어."

이유를 물어보니 유진이는 빵 만드는 게 재미있다고 제과제빵사라고 적었다고 한다. 자기가 좋아하는 것도 있고 되고 싶은 직업도 있다는 게 부러웠다.

다음 날 학교에 도착하자 복도엔 사람이 많아 북적댔다. 마침 유진이도 복도에 나와 있어 이유를 물어 보았다.

"왜 다들 복도에 나와 있어?"

"지금 동아리 신청 기간이잖아. 홍보 포스터 구경하고 있지!"

"아, 잊고 있었어."

어제 종례 시간에 선생님께서 오늘부터 동아리 신청 기간이라고 어떤 동아리에 가입할지 생각해 보라던 말씀이 이제야 생각났다.

나도 유진이와 함께 동아리 포스터를 찬찬히 구경했다. 조회 시간엔 동아리 홍보 영상도 시청했지만, 딱히 가입하고 싶은 동아리는 없었다.

그렇게 고민하던 중 나의 옆자리에 앉은 현애가 동아리 신청서를 작성한 것을 보았다.

"어떤 동아리 신청할 거야?"

내가 현애에게 물었다.

"과학실험탐구동아리."

현애가 대답했다. 이유를 물어 보니 이 학교에서 생활기록부를 잘 써 주기로 유명한 동아리라 한다. 어디서 들은 건 있어서 생활기록부를 잘 써 준다고 하니 그럼 대학 가기도 유리하겠지라는 단순한 생각으로 나도 그 동아리에 신청하기로 했다.

일주일이 지나고 면접 날이 되었다. 기존 동아리 부원인 2학년 선배들 앞에서 면접이 시작되었다. 이 동아리에 가입하고 싶은 이유는 무엇인지, 과학을 왜 좋아하는지, 동아리 활동에서 어떤 모습을 보여 줄 것인지 등 질문을 받았다.

"저는 초등학생 때부터 과학을 제일 좋아했고……."

당연히 과장한 거였다. 과학을 딱히 좋아한 적은 없었다. 그저 동아리에 합격하기 위해 거짓말이 섞인 이야기를 줄줄이 늘어놓았다.

"이 동아리에 합격한다면 조 활동에 적극 참여하고……."

여기까진 어느 정도 예상한 질문이라 말이 술술 나왔다.

"달걀을 3층 건물 정도의 높이에서 떨어뜨릴 때, 어떻게 하면 안 깨뜨릴 수 있을까요?"

"네?"

순간 당황해서 어버버 거리며 열심히 머리를 굴렸다. 방석으로 달걀을 감싸면 된다는 둥 아니면 쿠션 안에 달걀을 넣는다는 둥 말을 더듬으며 겨우 대답했다.

면접이 끝난 후 하루가 지나자 면접 결과가 나왔다. 마지막 대답이 맞았는지는 모르겠지만, 다행히 현애와 나 둘 다 합격이었다.

＊＊＊

오늘은 동아리 활동 첫날이다. 2학년 선배들과 한 교실에서 동아리 활동을 한다고 하니 새롭고 재미있을 거 같아 신이 났다.

"정인아, 실험실로 내려오래."

현애와 나는 실험실이 있는 1층으로 내려가 길을 조금 헤매다가 선생님의 도움으로 실험실에 겨우 도착할 수 있었다. 실험실에는 책상마다 실험 도구가 놓여 있고 2학년 선배들이 앉아 있었다. 우리는 빈자리에 앉아 칠판만 멀뚱멀뚱 쳐다보았다.

"오늘은 피를 뽑아 자신의 혈액형을 판별하는 활동을 할 거야."

수업 종이 치자 동아리 부장 선배가 입을 열었다.

"실험 결과가 나오면 탐구 보고서 작성해서 나한테 제출해."

부장 선배의 말이 끝나자 실험을 시작했다. 우리 조의 2학년 선배인 시원 선배가 주도해 피를 뽑아 화학약품으로 혈액형을 판별하고 실험 탐구보고서를 작성해 냈다. 현애와 같이해서 그런지 재미는 있었지만, 나한테 맞다고 생각하지는 않았다.

'아, 이 동아리 왜 가입했지.'

생활기록부를 잘 써 준다고 하여 가입했지만 이제 와서 내가 과학이랑 거리가 멀다는 것을 깨달은 나는 과학 동아리에 가입한 것을 후회하기 시작했다.

아무 생각 없이 학교에 다니다 보니 벌써 수행평가 기간이 다가왔다. 중학교 때 했던 수행평가와 비슷했지만 다른 점이 하나 있었다. 세부 특기사항에 기재될 내용으로 수행평가 활동내용과 자기 진로를 연관 지으라는 것이다.

"과학을 행정직 공무원이랑 어떻게 연관 짓냐?"

"그러니깐. 내 진로 역사 쪽인데 뭐라고 적어?"

최근에 친해진 같은 반 친구인 승윤이와 나는 승윤이 집에서 수행평가 준비를 하기로 했지만, 막상 집에 도착하자 수행평가 준비는커녕 서로 불평하기 바빴다.

이제 막 입학한 고등학생이니 세부 특기사항에 대해 아무것도 몰라 무엇을 적어야 할지 막막했다. 그렇게 둘이 구시렁거리다 직업과 연관 짓는 것은 포기하고 배달 음식을 시켜 먹고는 헤어졌다. 집에 도착해 더 생각해 봤지만, 도저히 행정직 공무원과 과학을 연관 지을 순 없다고 생각해 과학 세부 특기사항은 버려야겠다고 생각했다.

* * *

수행평가도 하나둘씩 끝나고 4월이 되어 중간고사 치기까지 한 달이 남았다. 평소 활발했던 친구들도 자리에 앉아 공부만 하는 모습을 보니 나도 자극을 받았다. 쉬는 시간에 승윤이와 유진이에게 갔다.

"나는 시험 일주일 전에 공부할 거야."

"나도. 나 아직 공부 시작도 안 했어."

승윤이와 유진이는 서로 누가 더 공부를 안 했나 내기라도 하듯 서로 자기는 공부하지 않는다며 말을 했다.

'이러면서 할 거 다 하지.'

나는 속으로 생각했다. 역시나 학교가 끝나고 친구들의 SNS에는 공부 인증사진이 올라왔다.

어느새 한 달이 훌쩍 지나고, 중간고사가 시작되었다. 중학교에서 시험을 칠 때는 가벼운 분위기였지만 고등학교는 조금 엄중하고 무거운 분위기에서 시작되었다. 시험 결과는 잘 친 편도 못 친 편도 아닌 어중 간한 성적이었다.

***

이제 1학기 끝나기까지 한 달도 남지 않았다. 학교에서 자기 적성검사를 한다고 했다. 매우 좋음부터 매우 나쁨까지 있는 설문지를 받아 답변하면 나중에 자기 적성에 대해 알려준다고 했다.

"오늘은 자기 적성검사를 할 거야. 솔직하게 답변해 주면 돼."

선생님 말씀이 끝난 후, 나는 질문마다 답변을 하고 제출했다. 몇 주 후 검사 결과가 나왔다. 검사지에는 내가 문예 창작에 관심이 높다고 나왔다.

내가 문예 창작에 관심이 있었다니 조금 놀라웠다. 그러고 보면 나는 중학교 때부터 책 읽기와 글 쓰는 것을 좋아했다. 이제 내가 좋아하는 것을 알았으니 앞으론 내가 하고 싶은 일은 무엇인지 고민하고 알아가는 시간을 가져야겠다고 생각했다.

***

적성 결과가 나온 후 일주일이 지났다. 마침 학교에서는 대학교 학과 탐방을 하러 간다고 한다.

몇 주 전 같았으면 놀러 간다는 생각만 가득 차 있었겠지만 이젠 진심으로 내가 궁금하고 관심 있는 학과를 체험할 기회가 생겨 좋았다.

"정인아, 나랑 패션디자인과 신청할래?"

평소 패션에 관심 많은 승윤이가 물었다.

"아니, 나 문예 창작과 신청할 거야."

평소 같았으면 친한 친구와 다니려고 친구의 뜻대로 했겠지만, 이제는 달랐다. 예전에는 드라마나 영화 대본을 쓰는 작가나 시인만 갈 것으로 생각해 나와 멀게만 느껴졌던 문예 창작과에 견학을 가보기로 했다.

문예 창작과에선 무엇을 배울지, 어떤 활동을 할지 잔뜩 궁금증을 가진 채로 대학교에 도착했다. 대학교 강의실에 들어가 넓은 강의실과 있어 보이는 마이크와 대형 스크린을 보니 대학생이 되면 이런 곳에서 공부하겠지 싶었고 괜히 대학생이 된 기분이 들었다.

"안녕하세요. 저는 문예 창작과 교수, 김승민입니다."

교수님이 자기소개를 마친 후 간단히 문예 창작과에서 어떤 것을 배우는지 설명을 해주셨는데 전혀 지루하지 않고 흥미로워 열심히 강의를 들었다.

수업이 끝난 후 조교 선생님께서 직접 쓰신 책을 선물로 주셨다. 예쁜 노란색 표지에 제목과 선생님 이름이 적혀 있었다. 내 앞에 있는 분이 이 책을 썼다는 것이 신기했다. 책을 펼치고 한 페이지씩 읽을 때마다 빠져들어 문득 나도 이런 책을 써 보고 싶다는 생각이 들었다.

***

1학년 겨울 방학 동안 진정으로 하고 싶은 일이 무엇인지에 대한 많은 고민 끝에 나는 작가가 되기로 했다. 진로를 찾고 나서인지 2학년이 되었다는 것이 설레었다. 문예 창작과를 나오지 않아도 누구나 작가가 될 수는 있지만 나는 체계적으로 배우고 싶었기 때문에 문예 창작학과에 진학하기로 하고 필요한 정보를 찾기 위해 많은 시간을 들였다.

2학년이 시작됨과 동시에 학교는 동아리 신청 기간이었다. 나는 과학

탐구실험 동아리를 탈퇴한 후 글쓰기 동아리에 가입했다. 내가 잘 해낼 수 있을까 걱정도 되었지만 설레고 신나는 감정이 더 앞섰다.

1학년 동안 많은 일이 있었고 많은 것이 바뀌었다. 1학년 때 아무거나 적어 놓았던 진로란에는 이제 '작가'라고 쓰여 있고, 시시하게만 느껴졌던 학교도 더는 그렇게 느껴지지 않는다. 꿈을 가졌다는 것 하나만으로 나는 많은 것이 바뀌었다. 앞으로도 나는 나의 꿈을 향해 나아갈 것이다.

에필로그

'꿈을 위한 여정'은 내 주변 친구들이 나에게 털어놓았던 고민과 내가 가졌던 고민, 그리고 우리나라의 고등학생이 가질 만한 고민을 담은 소설이다.

한 학생이 진로에 대해 방황하지만 결국 자신이 원하는 꿈을 가지고 그 꿈을 이루기 위해 노력한다는 이야기로 나의 친구들과 많은 고등학생이 이 글을 읽고 공감하고 주인공 정인이가 꿈을 찾는 과정을 보며 힘을 얻었으면 하는 바람이다.

나도 이 글을 쓰면서 현재 내 나이와 똑같은 정인에게 많이 공감되어 정인이를 응원해 주고 싶었고 꿈을 이루기 위해 노력하는 모습을 보며 힘도 얻었다.

우리의 별자리 찾기

서지예

대부분의 학생이 미래를 걱정할 시기인 고등학교 2학년. 그 걱정을 애써 무시하고 있던 세 친구는 급식을 다 먹고 교실로 돌아가고 있었다.

　"오늘 급식 맛있었다. 그렇지? 매일 분식만 나왔으면 좋겠어."

　"그러니까. 내일 급식 뭐지?"

　"모르겠네. 이따가 교실 가서 확인해 보자."

　셋은 수다를 떨기 위해 4층 중앙 휴식 공간으로 향했다. 그들은 고등학교 1학년 때 같은 반이 되어 지금까지 끈끈한 우정을 이어오고 있었다. 2학년이 된 지금 별은 문과, 자윤과 해리는 이과가 되었다.

　"요즘 애들은 모이면 진로 얘기밖에 안 하더라. 나도 걱정이긴 한데 계속 고민해 봤자 나오는 답은 없으니까 답답하고 고민 자체를 피하게 돼."

　해리가 한숨을 쉬고 말을 이었다.

　"별, 넌 계속 사서 되고 싶어 하는 거지?"

"응, 그렇긴 한데 가고 싶은 대학 찾아보니까 내 성적이 그 대학 등급 평균에 못 미치더라. 1학년 때 공부 좀 열심히 했으면 좋았을 텐데. 자윤이 말 들을걸⋯."

자윤은 이 말을 끝으로 책상에 머리를 박은 별의 어깨를 두드리며 말했다.

"이제 와서 후회해 봤자 무슨 소용이겠어. 지금부터라도 열심히 하면 되지. 이번 중간고사 열심히 준비해 보자!"

"그래⋯."

"난 공부가 적성에 안 맞는 것 같은데⋯⋯. 그냥 대학을 안 가면 안되는 걸까."

"나도 그냥 대학 안 가고 싶다."

"이제 진로 이야기는 그만하고 다른 얘기 하자. 오늘 저녁 안 먹고 다른 거 먹고 싶은데 다들 어때?"

"난 좋아!"

"방금 점심 먹었는데 저녁 얘기하는 우리도 웃기다."

"다 그렇지 뭐⋯⋯."

그렇게 다른 주제로 수다를 떨던 셋은 예비 종이 치자 각자의 반으로 돌아갔다. 별은 자신의 반으로 돌아가서도 진로에 대한 고민을 떨칠 수 없었고, 그건 자윤과 해리도 마찬가지였다.

＊＊＊

"와, 망했다."

"난 일단 끝나서 좋아. 이제 망해도 별 감흥이 없기도 하고⋯⋯."

6월 모의고사가 끝나고, 세 명은 함께 하교하고 있었다.

"자윤아, 넌 잘 쳤어? 대답 안 들어도 결과 대충 알 것 같지만."

별이 물었다.

"3월이랑 비슷하게 친 것 같아. 매겨보기 싫은 건 나도 마찬가지야."

"3월이랑 비슷하면 엄청나게 잘 쳤겠네. 부럽다……. 아, 맞다. 그리고 이제 곧 담임이랑 진로 상담할 것 같던데. 무슨 얘기하려나."

"난 학기 초부터 진로 상담하고 싶었어. 상담하고 자극 받아서 열심히 해야지, 이번 기말."

주먹을 불끈 쥐고 말하는 별을 보고 자윤은 무심하게 내뱉었다.

"상담 그렇게 큰 도움 안 될 것 같은데……. 난 별로 기대 안 된다."

＊＊＊

"그래 별아, 문헌정보학과 가고 싶구나?"

"네."

"어, 그래? 대학교는 어디를 생각하고 있니?"

"어… △△대학교요."

"그러면 성적을 좀 많이 올려야겠는걸. 아니면 아예 다른 학과를 생각해 보는 건 어때? 문과니까 경영 이런 쪽은 생각해 본 적 없니?"

"네, 잘 모르겠어요."

"그래. 일단 이번 기말 열심히 준비해 보는 게 좋겠다. 그럼 상담은 이쯤하고, 반에 가서 다음 번호 친구 좀 오라고 해줄래?"

"네……."

＊＊＊

"자윤이 왔어? 그래, 어디 학과 가고 싶다고 했었지?"

"약학과요."

"너 성적이면 높은 대학 진학할 수 있겠다. 자윤이는 혼자서도 정말 잘하고 있어서 선생님이 따로 할 말이 없네. 고민 생기면 선생님한테 부담없이 상담하러 와. 알겠지?"

"네. 감사해요."

＊＊＊

각자 담임 선생님과의 상담을 마친 별, 자윤, 해리는 점심을 먹으러 급식실로 향했다.

"상담 잘했어, 다들? 난 그냥 진로 없다고 했더니 거의 혼나고 왔다."

"난 상담하고 자존감 다 떨어졌어. 성적을 더 올려야겠다고 하시더라. 나도 그렇게 생각하긴 했었는데 그렇게 들으니까 좀 속상하네."

"뭐야, 선생님 너무하시네. 자윤, 너는?"

"나는 뭐, 그냥….""

"자윤아, 넌 좋겠다. 공부도 잘하고 꿈도 확고하니까 이대로만 가면 미래는 완전 탄탄대로잖아."

별의 말에 자윤은 잠시 뜸을 들이다 두 사람에게 자신의 고민을 털어놓았다.

"…… 근데 얘들아, 만약에 내가 약학과 안 가고 싶다고 하면 어떨 것 같아? 사실 약학이 내 관심 분야가 아니라 다른 길을 찾고 싶거든. 요새 좀 고민이야."

별은 자윤의 고민을 듣고 웃으며 말했다.

"에이, 그게 뭐가 고민이야. 넌 성적이 좋으니까 가고 싶은 데 다 갈 수 있을 거 아냐. 그런 건 나중에 생각해도 되지 않을까?"

"아……."

자윤은 자신의 고민을 흘려듣는 별에게 실망했지만 화내고 싶지 않았기에 이를 티 내지 않았다. 잠시 어색할 뻔했던 분위기는 해리로 인해 환기되었다.

"난 뭐 먹고살지. 아, 정말 내가 하고 싶은 일이 뭔지 모르겠어. 이제 곧 성인인데 난 지금 뭐 하고 있는 걸까."

"아니면 너 취미를 살려서 자격증을 따 보는 건 어때? 여러 방면으로 도전해 보면서 네가 하고 싶은 게 뭔지 찾아봐."

"자격증 괜찮다. 난 항상 내가 공부 쪽은 아니라고 생각했었어."

"자격증이면 제과제빵이나 바리스타? 말하고 보니 다 먹는 거네."

"우리가 지금 배고파서 그래. 얼른 점심 먹자."

"그래!"

＊＊＊

여름 방학의 어느 날, 셋은 독서실에 나란히 앉아 각자 공부를 하고 있었다. 약 30분 동안 하나의 수학 문제만 붙잡고 있던 별은 도저히 안 되겠는지 문제집을 잠시 덮고는 옆자리에서 놀고 있던 해리에게 쪽지를 썼다.

-아, 집에 가고 싶다.

-나도…. 야, 안 돼. 공부해야지! 나는 그렇다 쳐도 너는 가고 싶은 대학교가 있잖아. 1학기 성적 때문에 충격 받은 거 벌써 잊었어?

-그렇긴 한데…. 뭔가 공부를 계속 열심히 해도 실력이 안 느는 것 같

아서 점점 흥미가 떨어져. 30분 동안 이 한 문제를 못 풀었어. 내가 방학 동안 수학을 얼마나 열심히 했는데…….

-쩝, 수학은 내가 도와줄 수 있는 게 없네. 정 모르겠으면 답지 보거나 자윤이한테 물어봐. 자윤이 설명 잘하던데.

옆에서 별과 해리가 쪽지를 주고받는 행동이 살짝 거슬렸던 자윤은 별과 해리에게 쉬었다 하자며 그들을 휴게실로 불렀다. 별과 해리도 마침 편하게 쉬고 싶었던 참이라 자윤을 따라 나갔다.

"난 커피 마셔야겠다. 졸려. 한 것도 없는데."

"나도 커피 마셔야지. 자윤아, 너도 마실래?"

"아냐, 난 괜찮아."

별은 졸지도 않고 열심히 집중하면서 문제를 척척 푸는 자윤이 부러웠고, 동시에 오랫동안 붙잡고 있던 수학 문제 하나를 못 푸는 자신이 한심했다.

"자윤아, 넌 정말 좋겠다. 공부도 잘하고 하고 싶은 진로도 좋은 쪽이고. 난 어떻게 하면 너처럼 공부를 잘할 수 있을까? 공부 잘하는 비법 좀 알려주라. 공부만 잘하면 네가 저번에 말했던 진로 걱정은 뭐 별거 없는 거 아니야?"

"그런 말 좀 하지 마."

별의 말에 짜증이 난 자윤은 말했다.

"어?"

"내가 부러우면 뭐 어쩔 건데? 좋은 성적 받고 싶었으면 네가 더 열심히 공부하지 그랬어."

"뭐? 너 왜 갑자기 짜증을 내? 내가 낮은 성적 받고 싶어서 그런 줄 알아? 난 노력해도 안 되니까 머리가 원체 좋은 네가 그냥 부럽다는 거잖아."

별의 말에 자윤은 한숨을 내쉬었고, 입을 열었다.

"나 진로 없어. 저번에 약학과 말고 다른 거 알아보고 싶다고 했었잖아. 그때 내 말은 잘 안 들어 줬으면서 네 고민은 내가 열심히 들어 줘야 돼?"

해리는 갑자기 살벌해진 분위기에 눈치만 보고 있었다. 그때 휴게실에 다른 사람이 들어왔고, 한숨을 쉬던 자윤은 먼저 휴게실을 나갔다. 별은 휴게실에 남았고 급하게 자윤을 뒤따라간 해리는 가방을 싸는 자윤의 뒷모습을 보았다.

"자윤, 너 지금 갈 거야? 별은 어쩌고……."

"모르겠어. 그냥 집에 갈게. 그리고 네가 괜히 수습하려고 안 해도 돼."

그 말을 남기고 자윤은 독서실을 나갔다. 해리는 이러지도, 저러지도 못하다 나중에 자리로 돌아온 별과 함께 집으로 갔다. 집으로 가는 길에는 해리의 질문과 별의 단답만 두어 번 이어졌다.

다음 날, 자윤은 독서실에 오지 않았다. 해리가 자윤에게 연락을 해보았지만 받지 않았고, 개학까지 일주일 정도 남아 있었기에 세 명이 함께 만날 일은 쉽게 생기지 않았다. 그 기간 동안 별은 계속 자윤을 생각했다.

* * *

세 명에게 유독 길게 느껴졌던 남은 일주일의 방학도 지나고, 2학기가 시작되었다. 같은 반이 아니었던 셋은 오전에는 잘 만나지 못하더라도 점심을 늘 함께 먹었기에 해리는 오랜만에 셋이 만날 기회인 점심시간만을 기다렸다. 그러나 3교시 쉬는 시간, 자윤에게 문자가 왔다.

-해리야, 미안. 나 오늘 도우미 때문에 점심 같이 못 먹을 것 같아.

점심시간에 별과 자윤이 만나기만 하면 화해를 할 수 있을 거라고 생각한 해리는 매우 아쉬워했다. 그러나 해리는 어쩔 수 없는 상황이라고 생각하며 개학 첫날은 별과 둘이서 점심을 먹었다.

그다음 날은 별에게 문자가 왔다.

-해리야, 나 오늘 점심은 반 애들이랑 먹어야 할 것 같은데….

해리는 별의 문자를 받고 답답함을 느꼈다. 일부러 피하는 듯한 느낌을 주는 둘의 행동에 해리는 별과 자윤이 초등학생 같다고 생각했다. 둘이 알아서 해결하라고 손을 놓고 싶었지만, 해리는 의리가 있었기에 둘의 화해를 꼭 이끌어내야겠다고 다짐했다.

별의 사정으로 자윤과 해리 둘이서만 같이 점심을 먹은 다음 날, 해리는 점심시간을 기다리지 않았다.

-내일 아침 7시까지 우리 반으로 잠깐만 와. 안 오면 절대 안 됨.

어젯밤 별과 자윤에게 각각 문자를 보낸 해리는 아침 시간에 꼭 둘을 화해시켜 점심시간에 체하지 않게 밥을 같이 먹겠노라고 다짐했고, 반에서 그 둘을 기다렸다. 먼저 도착한 사람은 별이었고, 뒤이어 자윤도 도착했다.

"자윤아, 네가 나한테 신경 안 써도 된다고 하긴 했지만 내가 불편해서 이렇게는 못 살겠어. 제발 초등학생처럼 굴지 말고 둘이 대화를 좀 해봐. 둘이서만 얘기하고 싶으면 나는 나가 있을 테니까. 아니다, 나 그냥 나가 있을게. 화해하면 불러!"

해리는 뒷문을 열고 교실 밖으로 나가 신발장에 걸터앉았다. 교실에 남은 건 별과 자윤, 둘뿐이었고 두 사람 사이에는 어색한 침묵이 흘렀다.

한동안 조용하던 교실에서 자윤의 목소리가 먼저 울렸다.

"별아, 내가 독서실에서 너한테 그렇게 말한 거 정말 미안해. 그때 사실 그렇게 말한 게 너무 후회되고 네 얼굴 보기가 미안해서 먼저 나온 건데 그 이후로도 계속 사과할 용기가 안 났어. 미안.”

별 또한 자윤의 말이 끝나고 입을 열었다.

“나도 미안해, 내가 네 고민을 아무것도 아닌 것처럼 그냥 넘겨 버려서. 난 성적이 고민이다 보니까 내 입장에서 봤을 때 넌 뭐든 잘할 수 있을 것 같아서 그렇게 말한 거였어. 그런데 네 입장에서 생각을 못해줬네. 다 각자만의 고민이 있고 넌 그게 진로였던 건데. 너도 엄청 고심해서 말한 거였을 텐데 내가 별거 아닌 걸로 치부해 버려서 속상했겠다. 미안해.”

“그렇게 말해 줘서 고마워. 그리고 사실 나, 약학이 원래부터 하고 싶었던 진로가 아니었어. 희망 진로가 없는데 학교에서는 계속 써내라고 하니까 그냥 성적 맞춰서 마음에도 없는 거 하나 정한 거였거든. 처음엔 그냥 나중에 찾으면 되겠지, 했는데 시간이 지나니까 공부를 하는 의미도 없는 것 같고 어떤 학교 활동을 해도 의욕이 안 생겨서 이대로는 안 될 것 같다고 생각하다가 너희한테 말한 거야.”

“그랬구나. 난 그것도 모르고 너의 마음을 아주 후벼 팠네….”

“그리고 너랑 다투고 나서 나 독서실 안 갔잖아. 아, 혹시 너도 안 갔어?”

“난 갔어. 해리랑 둘이 다녔어.”

“잘했네. 어쨌든 내가 독서실 안 가면서 일주일 동안 공부를 그냥 아예 안 해보고 내 미래에 대해서만 계속 생각해 봤거든? 근데 나한테 나도 모르게 공부에 대해 약간 강박감이 있었던 것 같더라……. 아, 그리고 내가 진짜 원하는 진로가 뭔지 깨달았어.”

“진짜? 그게 뭔데?”

“수의사인 것 같아. 내가 좋아하는 게 뭔지 계속 생각해 봤는데 동물을 제일 사랑하는 것 같더라고. 현실적으로 생각해도 내가 지금 선택한 과목이랑 잘 맞기도 하고.”

"멋있네."

"그런 거 같기도."

눈물이 나올 수도 있을 만한 감동적인 상황이었지만 둘은 서로를 보며 웃었다. 일주일하고도 이틀 동안 별과 자윤은 각자 자신의 잘못을 생각해 보며 화해할 상황을 기다렸기 때문에 이젠 후련한 마음만 들었다.

"이제 진짜 고민 잘 들어 줄게, 자윤아. 뭐든 말해!"

"그래, 알겠어. 너도 모르는 문제 있으면 혼자 고민하지 말고 나한테 물어봐. 다 알려 주겠어."

"엄청나게 어려운 거 물어봐야지. 진짜 아무도 못 푸는 문제."

"안 무섭거든. 이제 해리한테 가자."

둘은 예전처럼 웃으며 대화하였고 해리에게 가서 화해했다고 말했다. 해리는 다시 밝아진 셋의 관계에 뿌듯함과 안도감을 느꼈고, 셋은 드디어 함께 점심을 먹었다.

점심을 먹고 나서, 그들은 오랜만에 4층 중앙 휴식 공간으로 향했다. 별과 자윤은 해리에게 아까 교실에서 있었던 일을 말해 주며 자윤이 꿈을 찾았다는 기쁜 소식도 전하였다. 해리는 자윤에게 축하의 말을 해주었고, 곧이어 자신의 이야기도 꺼냈다.

"얘들아, 나도 하고 싶은 걸 찾은 거 같아."

"너도? 뭔데?"

"와, 우리 너무 멋있다."

해리는 자윤의 말에 살짝 웃으며 말을 이었다.

"나 제과제빵 자격증 한번 따 보려고. 대학은 잘 모르겠는데 일단 자격증 따는 걸 내 목표로 정했어."

"저번에 내가 배고파서 제과제빵 자격증 말한 게 도움이 됐나 보네."

"그렇다고 하자."

"우리한테 요리해 줬을 때 너 소질 있는 것 같았어. 목표 잘 정한 것 같다."

"그렇지? 나도 이왕 하는 거 진짜 열심히 해보려고."

"우리 이제 다 목표를 향해 달릴 일만 남았네."

"그래, 한번 해보자! 뭐 어떻게든 되겠지."

"맞아. 어떻게든 돼."

"우리 오늘부터 야자 하지? 나 저녁 말고 다른 거 먹고 싶은데."

"그러자! 다른 거 먹자!"

"방금 점심 먹었는데."

"다 그렇지, 뭐!"

고등학교 2학년 끝자락, 별과 자윤, 그리고 해리는 함께 모여 그들의 이름으로 '별자리'를 완성해 냈고 또한 각자의 '별자리'를 찾았다. 앞으로 그들이 해야 할 일은 그 별자리를 길잡이로 삼아 열심히 달려 나가는 것뿐이다.

에필로그

　처음에 소설을 쓴다는 말을 들었을 땐 설렘보다 두려움이 앞섰다. 작년에 썼던 에세이보다 더 어려울 거라고 생각했기 때문에 잘할 수 없을 것 같았는데, 막상 해보니 이 세상에 못 할 것 없구나 싶었다. 소설의 '허구성'이 나의 상상력과 창의력을 더욱 향상시켰다. 처음엔 등장인물의 이름을 정하는 것까지도 어색했지만 이젠 나의 다른 세계 친구들이라고 느껴진다. 등장인물 한 명 한 명의 성격을 설정하고 대사를 쓰며 각 인물에게 내가 생명을 불어넣은 느낌이다. 개연성 있게 글을 작성하는 것에 어려움을 느꼈지만 그런 과정을 통해 난 더 성장했다. 이제 소설 작가라고 할 수 있는 것이다.

　나의 소설이 세상에 공개되는 상상을 하면 이젠 두려움보다 설렘이 앞선다. 내가 오밀조밀 만들어낸 또 다른 세계를 사람들에게 소개할 때 많은 독자들이 별, 자윤, 해리의 이야기에 공감하고 자신의 삶의 방향을 잡았으면 한다. 이 이야기가 나와 독자들 사이의 매개체가 되어 같은 감정을 공유하면 좋겠다. 그것이 바로 내가 이 글을 쓴 이유다.

한여름 밤의 꿈

장도영

내 인생의 큰 전환점이 된 사건이었다.

지금의 나는 내가 원하는 것을 하고 꿈을 이루며 살고 있지만, 그 사건이 없었다면 지금의 나는 어떻게 되었을까…….

학창 시절, 고등학생인 나는 매일 똑같은 삶을 살아가고 있었다. 내 인생에 관하여 나는 어떠한 생각을 해본 적도 없으며 내 미래의 모습을 그려본 적도 없다. 평소와 똑같이 그날도 학교에서 무료하게 하루를 보내고 집으로 돌아가는 길이었다.

"아이고…. 힘들다. 저기까지 갈 수 있을까?"

어디선가 들려오는 나이 들어 보이는 한 노인의 목소리가 들렸다. 할머니로 추정되는 노인의 거동이 힘들어 보여서 나는 집에 계신 할머니 생각에 그냥 지나칠 수 없었다.

"할머니 어디까지 가세요?"

힘들어 보이는 할머니를 도와드리자 할머니께서 나를 기특하다는 표정으로 쳐다보며 책 한 권을 주시면서 도와줘서 고맙다며 말을 하고 아주 좋은 일이 생길 거라고 말씀하신 후 사라져 버렸다.

책을 받아든 나였지만 굳이 책에 대해서는 어떤 의문도 가지지 않았다. 그저 나에게 고마워서 주신 거로 여겼기에 아무 생각 없이 가방에 넣고는 다시 집으로 갔다. 집에 도착한 나는 휴대전화를 만지며 빈둥거리다가 잠에 빠지게 되었고 아침이 밝았다. 급하게 일어나 학교에 간 나는 공부하는 다른 친구들을 보며 나도 이제 정신을 차리고 열심히 해야지 다짐을 하고 가방을 열어 보던 중 어제 할머니께서 주신 책이 생각났다.

마음먹은 지 몇 분 채 되지 않아 공부에 흥미가 떨어져서 나는 그 책을 열어 보게 되었다.

책에는 어떠한 내용도 적혀 있지 않았다.

"뭐야, 아무것도 안 적혀 있잖아. 그냥 나한테 필요 없는 물건을 버린 건가? 그래도 도와줬는데 뭐야."

그때 마침 종이 치고 수업이 시작되었다. 수업이 시작되자 나는 잠이 오기 시작했다.

"어제 많이 잤는데 왜 이렇게 잠이 오지? 아, 진짜 오늘은 훌륭한 삶을 살아보려 했는데…."

그러다 잠이 들었고 곧이어 잠에서 깨어났다.

"나 5분 정도 잔 것 같은데 왜 이렇게 개운하지? 어? 뭐야. 여기 학교 아니잖아. 뭐지? 나 몽유병 있는 건가…? 근데 여기는 집 같은데 뭐지…?"

내가 잠든 새에 나도 모르는 어딘가에 도착해 있었다는 사실을 깨달은 것은 얼마 지나지 않았을 때였다. 집으로 보이는 어딘가에 도착한 나는 빨리 이곳을 탈출하기 위해 문을 찾았다.

나는 문을 열고 마주한 바깥 광경에 많이 놀랐다.

"여기가 어디야……. 밖이 왜 이렇게 조용하지?

"나는 왜 여기에 있는 거야? 설마 잠든 사이에 납치라도 당한 건가?"

밖에는 온갖 쓰레기로 보이는 물체들이 산처럼 쌓여 있었고 어디서 나는지도 모르는 악취들이 집 밖을 둘러싸며 풍기고 있었고 우편함으로 보이는 곳에는 각종 종이가 쌓여 있었다. 이 종이를 보면 여기에 대한 단서를 찾을 수 있을 것 같은 생각에 종이를 뒤지기 시작했다.

"아, 이거를 보면 여기가 어디고 누가 사는지 알 수 있겠다. 이 집에도 휴대전화는 있겠지. 아니면, 밖에서 사람을 찾고 휴대전화를 빌려 여기가 어딘지 파악한 후 이곳을 탈출하자."

하지만 우편물의 받는 사람 칸에는 내 이름이 적혀 있었다.

우편물의 내용은 대출금이나 집세 같은 각종 돈과 관련된 것들이었고 대부분 비용은 몇 달이나 밀린 채로 쌓여 있었다. 날짜가 적혀 있는 부분을 보니 지금은 2021년이 아닌 2030년도였으며 그제야 내가 18살이 아닌 27살인 미래에 와 있다는 사실을 알 수 있었다.

그렇지만 내가 할 수 있는 일은 아무것도 없었다.

그 누구도 나를 찾아오지 않았고 휴대전화를 비롯하여 집에는 어떤 전자기기도 없는 상태였다.

"내 미래는 왜 이렇게 인생이 재미가 없지?"

"뭐, 하는 것도 없고 아무도 나를 찾지도 않고 돈은 돈대로 빌린 상태고 집은 집대로 빈약해 보이고 차라리 이게 꿈이면 좋겠다."

아무리 이게 꿈이라고 백번 생각을 하고 볼을 꼬집어도 너무 아플뿐더러 꿈치고는 너무 생생하다고 느꼈다.

분명히 할머니께서 주신 책이랑 내가 미래에 온 것과 연관 있다고 생각했다. 평소에는 학교에서 잠을 자지도 않던 나였고, 그 전날 잠을 깊이 잤는데 그 책을 펼쳐 보고 나서 잠이 오던 나였기에 더더욱 그 책에 관해 의구심이 들 뿐이었다.

"분명 그 책이랑 연관이 있어. 책을 처음 펼쳤을 땐 책에는 아무것도 안 적혀 있었고, 내가 책 속으로 빠진 게 아닐까? 그러면 나는 언제까지 책 속에 있어야 하는 거지?"

이런 생각을 몇 분, 몇 시간째 해도 나는 책에서 나오지 못했고 이제는 포기하기 직전이었다.

'내가 쓸모없는 인생을 살지 않았고 내 꿈을 위해서 평소에 성실히 생활했다면 과연 내가 이런 생활을 하고 있었을까?'

점점 우울해지기도 했다.

'그냥 내가 죽으면 여기에서 벗어날 수 있는 건가?'

'그냥 죽을까……?'

'하지만 죽음은 두려운데.'

'누군가 여기서 나를 좀 꺼내 줬으면 좋겠다.'

아무리 이런 생각을 해도 달라지는 것은 없었다. 아무것도 하지 못하는 나는 그저 하늘이 떠나가라 펑펑 울었다.

그 순간 다시 눈앞이 새하얗게 변하면서 원래 세계로 돌아오게 되었다.

"헉……. 여기가 어디지?"

"교실인 건가?"

아직 파악이 안 된 나는 현실로 돌아왔다는 생각에 급히 선생님을 불렀다.

"선생님!!!"

"뭐야, 혜주. 선생님은 왜 부르냐?"

"쟤 갑자기 왜 저래?

"이혜주, 드디어 미쳤다."

친구들의 말이 들리고

"혜주, 왜 그래. 무슨 일이야?"

선생님의 말씀까지 들리자 나는 그제야 안심이 되어 다리에 힘이 풀렸다.

나는 아까 봤던 그 책을 펼쳤다.

책을 보고는 정말 나는 놀랐다.

책에는 원래 아무것도 적혀 있지 않았지만 펼쳐보니 내가 미래에서 겪은 이야기가 빼곡히 적혀 있었다.

그렇다, 책에는 내가 학생 때 성실하게 생활하지 않고 맞이했을 미래의 나의 모습이 그려져 있었다.

그렇게 나는 말도 안 되는 일을 겪게 되고 많은 생각에 빠지게 되었다.

"지금처럼 이렇게 산다면 내가 책에 들어가서 겪었던 그런 인생을 살게 될 거야. 나는 며칠도 아닌 몇 시간 만에 그런 인생이 우울하다고 느꼈고 목숨을 끊어야겠다고 생각했어. 남은 인생을 그렇게 살기는 싫어…!"

내가 살았던 날보다 앞으로 살아갈 시간이 더 많다고 생각했고 남은 내 미래를 위해서라도 변해야겠다고 생각했다.

그렇게 앞으로 내가 해야 할 일을 정리하면서 계획을 짜기 시작했다.

"내일은 이거를 하고 그 다음 날에는 이거를… 일단 차근차근 해보자고!"

계획을 짜고 그 다음 날부터 나는 바로 실천을 했다.

학교에 가서도 평소 같으면 휴대폰을 만지거나 노래를 들었을 텐데 갑자기 바뀐 내 모습에 많은 사람이 놀라기도 했다.

"엥!? 뭐야, 오늘 무슨 날이냐…?"

"뭐야, 애 왜 이럼. 오늘 해가 동쪽에서 떴냐?"

"야, 하……. 원래 해는 동쪽에서 떠. 이런 바보를 봤나. 진짜 멍청하네."

"얘 이러는데 며칠 안 간다는 것에 내 시계를 건다."

"야, 잘 생각했다. 진짜 좋은 자세임."

친구들의 다양한 반응이 있었지만 나는 신경 쓰지 않고 열심히 내 할 일을 했다. 그렇게 몇 날 며칠 몇 개월이 가고 나는 이런 삶에 행복을 느꼈지만 어느 순간부터 회의감 또한 들기 시작했다.

"근데 내가 이렇게 해서 성공할 수 있을까?"

"이렇게 해서도 만약에 내가 책 속에서처럼 살게 된다면 굳이 열심히 살 필요가 있을까?"

아무리 마음을 다잡고 새롭게 시작해 보려고 해도 마음은 다잡아지지 않았다. 결국, 나는 다시 그 책을 보고 자극을 받겠다고 생각했고 책을 펼쳐보았다.

하지만 책에는 아무 내용이 적혀 있지 않았고 그 순간 다시 눈앞이 새하얗게 변하였다.

새롭게 들어온 책에서 나는 그전의 내용과는 반대된 삶을 살고 있었다. 이번 책의 내용에 나는 굉장히 멋진 집도 있었다. 집에 있는 액자 속에서 환히 웃고 있는 나를 발견했다. 그리고 나는 생각했다.

'그래 내가 잘하고 있는 거야… 내가 요새 하는 것처럼만 열심히 산다면 나는 미래에 이런 삶을 살 수 있어.'

집을 둘러보던 중 푹신해 보이는 침대를 발견하고 나도 모르게 눕게 되었고 서서히 잠이 들었다.

"아……. 자기 싫은데. 잠자리에 들면 다시 현실로 돌아갈 것 같아."

"돌아가기 싫어."

하지만 나는 완벽히 잠에 빠졌고 어쩔 수 없이 다시 잠에서 깨었다.

현실로 돌아왔다는 사실은 마치 한여름 밤의 꿈을 꾼 것 같은 좋은 기분에 사로잡히게 하였다. 다시 마음을 고쳐먹고 열심히 내 미래를 향해 살아가기로 또 한 번 다짐했다.

"그래, 미래를 위해서 한번 열심히 살아 보자!"

에필로그

'한여름 밤의 꿈'이라는 작품에서 꿈을 찾지 못하고 방황하고 있는 주인공인 혜주는 한 할머니께서 주신 책을 보곤 꿈에 빠지게 되고 꿈 안에서 삶의 열쇠를 찾아 방황이라는 매듭이 묶여 있는 끈을 풀게 된다.

한 번씩 생각해 봤을 나의 미래가 생생하게 다가온다면 어떻게 될까? 우리는 미래를 바꿀 수 있을까? 이 책의 주인공인 혜주는 과연 어떤 식으로 인생의 해답을 찾을까?

이야기를 작성하면서 다른 친구들의 이야기나 생각에 대해서도 알 수 있어서 좋았다. 나와는 다른 생각을 가진 친구들이 어떤 생각을 하고 있는지 어떠한 주제를 가지고 썼는지 등 평소에는 잘 알지 못했고 말도 별로 섞어보지 못한 친구들의 이야기를 글로 만나볼 수 있어서 좋았다.